W0343402

Gallmeister

Mark Haskell Smith est né en 1957 au Kansas. Dans les années 1990, il travaille pour le cinéma, le théâtre et la télévision, avant de se consacrer à l'écriture. Hédoniste, grand amateur de gastronomie et moraliste impitoyable, il apprécie tout particulièrement les contre-cultures moralement douteuses ou quasi illégales, et ceux qui vivent leur passion au risque de se faire stigmatiser par la société. Il est actuellement enseignant à l'université de Californie, à Riverside.

Coup de vent

C'est la cour des miracles à la sauce Caraïbes, et croyez-moi la sauce est très épicée. Coucheries à tous les étages, beuveries sans fin et humour 100 % politiquement incorrect. Je vous garantis que ça décoiffe !

EUROPE I

Une fable éthique drôle et échevelée sur les dérives de la finance, le pouvoir corrupteur de l'argent et de certains désirs.

LA CROIX

Ce roman démarre comme un polar classique puis embraye sur une vigoureuse critique du capitalisme avant de virer à la comédie. On ne s'ennuie pas une seconde car les rebondissements s'enchaînent telles des perles sur un collier.

LIBÉRATION

Une course à l'homme dans les Caraïbes, troussée comme par Iain Levison, en plus sexe, stoppée net par une fin scélérate… Qui dit non ?

LE POINT

Le scénario est classique mais la réalisation est brillantissime.

FRANCE INTER

Mark Haskell Smith

COUP DE VENT

Roman

Traduit de l'américain
par Julien Guérif

Gallmeister

TOTEM n°190

Ouvrage publié sous la direction de François Guérif

Titre original : *Blown*

ISBN 978-2-35178-786-1
ISSN 2105-4681

Pictogrammes © Bart Heideman
Illustration de couverture © Rui Ricardo
Conception graphique de la couverture : Valérie Renaud

Pour MacKenzie et Steven ; Jon et DLD

En mer

NEAL Nathanson songea à boire sa propre urine. N'est-ce pas la procédure habituelle lorsqu'on se retrouve à court d'eau ? L'équipe de foot chilienne l'avait bien fait après s'être écrasée dans les Andes. À moins que ce ne soient les mineurs ? Il était certain que des gens originaires du Chili avaient survécu à une terrible épreuve en buvant de la pisse.

Il se rallongea sur le pont du voilier à moitié détruit, tel un cadavre étendu dans l'enchevêtrement de cordes et de câbles, de métal tordu et de bois fendu. Il bougeait au rythme de la houle et des vagues de la haute mer ; au loin, l'horizon scindait le monde entre eau et ciel.

À l'aide de sa chemise, il essuya ses lunettes maculées de fines gouttelettes d'eau salée, puis les remit sur son nez. Il cligna des yeux en observant le ciel nocturne constellé d'une infinité d'étoiles, de planètes, de galaxies, de supernovas, de trous noirs, de géantes rouges, de naines blanches et de tous les autres trucs qu'on trouvait là-haut. Il y en avait trop. Ils étaient entassés les uns sur les autres, à tel point qu'il ne reconnaissait pas la moindre constellation.

New York lui manquait. Sa circulation, son bruit, sa pollution lumineuse. Quand on ne le voit pas, l'Univers ne paraît pas aussi grand et oppressant.

Neal savait que les marins d'antan se guidaient à l'aide des étoiles. Maintenant qu'il y pensait, il regrettait de ne pas avoir téléchargé une application de navigation céleste avant de quitter le port. Il n'en avait pas eu le temps. Et puis le bateau était à la pointe de la technologie. Il disposait d'un disque dur de secours pour l'ordinateur, d'une météo actualisée en continu, d'un système de navigation par satellite avec cartes et graphiques, même d'un signal de détresse. On pouvait envoyer un e-mail ou passer un coup de fil. Sauf qu'une fois aspergé d'eau de mer, plus aucun équipement électronique ne fonctionnait.

Il n'avait aucune idée de ce qui était arrivé à la voile. Arrachée, avalée par l'abîme. Dévorée par des monstres marins. Qui sait ? Le bateau était en piteux état. La cabine était ouverte comme une coquille d'œuf, les portes avaient sauté de leurs gonds. Neal s'estimait heureux d'être toujours à flot. Mais où étaient-ils tous passés ? Était-il le seul survivant ?

Et qu'était-il arrivé à Bryan LeBlanc ? Il était à l'origine de cette histoire. Tout était sa faute.

Neal arracha un bout de peau pelée sur son front brûlé par le soleil, le roula entre ses doigts et le mit dans sa bouche. Il avait un goût salé, semblable au prosciutto. Manger ses peaux mortes n'était sans doute pas la chose la plus intelligente à faire, mais il avait été incapable d'attraper un poisson, un oiseau ou même un putain de moustique. Il mourait de faim. Pas comme quand il trouvait le temps long alors qu'il se rendait au fin fond de Brooklyn pour essayer un nouveau restau à la mode. Il était littéralement en train de crever la dalle, car il n'avait pas mangé depuis trois jours, depuis qu'il avait avalé le dernier morceau de camembert moisi.

Seul point positif, il avait dépassé ses objectifs de perte de poids. Sa situation ne prêtait pas à l'optimisme, mais il ne voulait pas succomber au désespoir et être l'un de ces types qui abandonnent et se laissent mourir. Ça avait été facile tant qu'il y avait eu de la nourriture à bord. Il avait réussi à la faire durer plus d'une semaine, mais son estomac était maintenant vide depuis des jours. Et toutes ces histoires de gens qui dérivaient des mois en mer ? Comment avaient-ils survécu ? Neal prit conscience qu'il était de plus en plus angoissé. Ça ressemblait à une crise de panique.

Il inspira profondément. Il devait rester calme, rationnel. La situation exigeait des solutions proactives. Il n'allait pas se contenter de rester allongé en attendant que les mouettes viennent lui picorer les yeux. S'il le fallait, si les choses en arrivaient vraiment là, il boirait un verre de pisse.

Il roula sur le ventre et se releva lentement. Il avait les jambes en coton et tout mouvement rapide l'étourdissait. Il prit donc son temps, s'appuya sur le gouvernail pour garder l'équilibre et descendit dans la cabine. Elle qui avait jadis l'élégance zen d'un hôtel chic évoquait une chambre à coucher après le passage d'une tornade. Ou l'intérieur d'une benne à ordures. Il ramassa une bouteille de vin vide et s'assura que son bouchon fermait toujours. La bouteille devait être hermétique. C'était la première règle de la flottaison.

Combien de messages avait-il jetés à la mer ? Tellement qu'il était à court de papier. Que dire qu'il n'avait déjà dit ? Comment pourrait-on le secourir s'il ne savait pas lui-même où il se trouvait ? En fouillant dans les placards, il trouva un sac en papier détrempé, qui se désintégra dans sa main quand il essaya d'écrire dessus.

Neal sortit sa dernière carte de visite de son portefeuille. Elle avait fière allure. NEAL NATHANSON, CHARGÉ DES RECOUVREMENTS SPÉCIAUX, avec le nom de la banque d'affaires pour laquelle il travaillait, l'adresse à Wall Street, le numéro de téléphone et l'e-mail. Il retourna la carte et réfléchit à ce qu'il allait écrire. Comment résumer sa situation aussi clairement et succinctement que possible ?

Il écrivit FOUTU et glissa la carte dans la bouteille.

Neal revissa le bouchon aussi fort qu'il le put pour s'assurer qu'il était bien fermé, puis chancela jusqu'au pont.

Il contempla le bateau. Il avait été impressionnant, avec des lignes pures dignes de la création d'un architecte scandinave. Un Beneteau Oceanis 38.1. Neal connaissait le nom depuis qu'il avait retrouvé le mode d'emploi. Avait-il encore une quelconque valeur sur le marché ? Son patron allait-il récupérer une partie de l'argent ?

Neal se serait acheté ce genre de bateau s'il avait aimé naviguer et s'il avait disposé d'un compte offshore garni de millions illégalement acquis. Sauf qu'il était désormais pratiquement certain qu'il n'aimait pas naviguer.

Il balança la bouteille dans la nuit et attendit le plouf.

NEAL avait dû piquer du nez, sombrer dans un mini-coma, si cela peut être considéré comme une pathologie reconnue. Il se réveilla en sursaut et cligna des yeux pour chasser la morsure brûlante du sel de ses yeux desséchés. Était-ce une lumière ? Là, au loin ? Il battit des paupières en se demandant s'il était en train d'halluciner.

La lumière continuait de briller. Elle se dirigeait pile à l'endroit où le courant le conduisait.

Il devait envoyer un signal.

Il n'y avait ni électricité, ni torche, ni pistolet de détresse. Neal se dit qu'il pouvait toujours mettre le feu à un tas de cordes, mais elles étaient accrochées à ce qui restait de gréement, désespérément hors de portée.

Le point de lumière s'éloignait. Il allait devoir prendre une décision capitale, une décision qu'il devrait justifier à son patron.

Neal se traîna jusqu'à la cale et en sortit l'un des gros sacs de toile empilés sur le sol. Il glissa la main dans un petit réduit et s'empara d'une bouteille d'essence à briquet qu'il songeait encore à boire la veille. Il transporta le tout jusqu'à l'avant du bateau, la proue pour les gens de mer, et ouvrit la fermeture Éclair. Chaque sac contenait un mélange de devises : des euros, des dollars, des yen, des yuan et de la menue monnaie du Mexique et des îles des Caraïbes. Neal renversa le sac et des briques d'argent soigneusement emballées dégringolèrent sur le pont. Il reconnut des billets de la République dominicaine, avec des vieux gars d'un côté et un bâtiment ressemblant à un hôtel miteux de l'autre. Les billets de la Jamaïque arboraient un Noir en costard cravate à l'air furax. Le tas faisait presque un mètre de haut. Il y avait beaucoup d'argent, plus d'un million de dollars, mais comme le dit l'adage : "Vous ne l'emporterez pas avec vous si vous êtes mort et que les mouettes picorent les yeux de votre cadavre desséché."

Et puis ce n'était pas son argent. Enfin, pas vraiment.

Il vida l'essence sur les billets et gratta une allumette. Le tas s'embrasa si vite que Neal tomba à la renverse. Il s'éloigna des flammes en rampant vers l'arrière du bateau.

Il se releva et scruta l'horizon. Le point était toujours là, bien visible. Ce n'était peut-être pas un mirage après tout.

L'odeur de la résine et du bois qui se consument le fit sursauter. En brûlant, les billets avaient mis le feu au bateau. L'espace d'un instant, Neal songea à aller chercher un extincteur pour éteindre le début d'incendie. Et après ?

Alors que la proue disparaissait dans les flammes, Neal sortit les derniers sacs et les empila à l'arrière du bateau. Ils n'étaient pas si lourds, mais il y en avait neuf. Il les fixa. Pourquoi avait-il pris de tels risques pour de l'argent qui ne lui appartenait pas ? Avait-il perdu la tête ? Une gerbe de flammes s'éleva dans la nuit. Il se souvint du radeau de sauvetage qu'il avait découvert quand il était encore assez vaillant pour fouiller le bateau. Il le sortit et tira la languette déclenchant le gonflage automatique. Le canot pneumatique se mit à enfler, envahit le cockpit et l'obligea à bouger pour ne pas se faire jeter à la baille par la seule chose encore capable de le sauver. Avec ses dernières forces, il parvint à le faire basculer à l'eau. Il prit soin de l'attacher pour qu'il ne dérive pas, puis chargea les sacs à son bord.

Neal scruta la lumière. Elle semblait s'approcher, mais il ne la voyait plus très bien maintenant que l'avant du bateau était englouti par les flammes.

Chlöe remonta la fermeture éclair de sa veste et observa le type qu'elle venait de tirer du radeau de sauvetage. Même en étant indulgente, elle trouvait qu'il avait l'air d'une putain de loque humaine. Il était dépenaillé et puait le varech comme un animal mort échoué sur la plage. Elle lui avait donné de l'eau en le prévenant de ne pas boire trop vite, puis l'avait vu s'enfiler toute la bouteille et se vomir dessus avant de s'évanouir à même le pont. Impossible de savoir s'il était inconscient ou mort. Ça ne faisait pas grande différence ; il fallait le ramener sur terre aussi vite que possible.

Elle regarda le bateau couler. L'océan souffla les flammes à une vitesse hallucinante. En un instant, le brasier infernal montant à cinq mètres et son épais panache de fumée noire disparurent, les étoiles revinrent et l'eau retrouva son calme. Comme si quelqu'un avait éteint la lumière.

Elle se baissa. Le type avait l'air complètement rincé. Son visage cramé par le soleil était à moitié pelé, il avait une barbe touffue pleine de trous et ses bras et ses jambes étaient criblés de croûtes, d'éraflures et de plaies infectées. Elle voyait bien qu'il n'était pas marin. Même dans cet état de décharnement, il était mou et pâteux. Elle avait affaire à un employé de bureau à la solde d'une grosse boîte, à moins qu'il ne s'agisse d'un milliardaire du Net cherchant à prouver sa virilité en prenant la mer. En temps normal, il devait être plutôt beau gosse. S'il se refaisait une beauté et qu'elle le voyait, un verre de shiraz à la main, dans un restaurant chic, c'est le genre de mec qu'elle aurait pu trouver séduisant. À vrai dire, elle aimait les hommes qu'elle considérait comme ses égaux sur le plan physique. Même s'ils étaient plutôt rares.

Chlöe savait qu'elle devait suivre le protocole maritime et transmettre la nouvelle du sauvetage à son équipe, mais elle n'en fit rien. Elle naviguait autour du monde en solitaire, de Melbourne à Melbourne, un tour du globe sans la moindre compagnie. Les médias comprendraient-ils qu'elle avait dû sauver la vie de ce pauvre type ou la traiteraient-ils d'imposteur pour ne pas être restée seule durant l'intégralité du périple ? Elle frémit en imaginant ce que les gens posteraient sur les réseaux sociaux. Personne n'hésiterait à lui foutre la honte. La mauvaise presse aurait raison de son projet. Ses sponsors l'abandonneraient et elle se retrouverait fauchée, ruinée, humiliée jusqu'à la fin de ses jours. Une personne saine d'esprit aurait laissé le type sombrer avec son navire.

Elle s'était préparée à toutes sortes de problèmes : dématages, naufrages, attaques de requins ou de pirates. Venir en aide à quelqu'un était une complication non anticipée. Elle pourrait peut-être le larguer discrètement au prochain port, à Paramaribo au Suriname. Elle reprendrait le large sans que personne ne se rende compte de rien. Ce n'est pas ce type qui allait s'en plaindre. Elle lui avait sauvé les fesses. Si c'était un gros bonnet, elle se retrouverait peut-être avec un nouveau sponsor. Après tout, chaque dollar comptait.

Chlöe enjamba son passager inconscient. Ils étaient l'un sur l'autre, car le cockpit de son bateau, conçu pour accueillir une seule personne, ne pouvait pas vraiment être qualifié de spacieux. Elle se faufila derrière les sacs de toile et rejoignit la cambuse. Elle avait pêché un thon banane plus tôt dans la journée, une bête d'une bonne dizaine de kilos qu'elle gardait au frais dans l'évier. En temps normal, un poisson de cette taille lui ferait la semaine, mais son invité n'avait sans doute pas mangé depuis un bon moment. Il aurait faim à son réveil.

Elle s'empara du poisson, le largua sur le tableau arrière et détacha l'opinel à sa ceinture. Elle hésitait à le vider. Elle tourna la tête vers le type évanoui sur le pont. Sa poitrine se soulevait lentement. Chlöe avait été si accaparée par le sauvetage et le spectacle du bateau qui sombrait qu'elle ne s'était même pas demandé ce qu'il y avait dans les sacs. Elle avait aidé à les hisser à bord. Que contenaient-ils de si important pour être sauvés des eaux ? Son téléphone satellite émit un bip. Elle s'en empara et envoya un court SMS en guise de réponse. Le message de minuit était l'un de ses protocoles de sécurité. Elle s'engouffra dans la cabine et passa en revue ses instruments. Tout avait l'air de bien fonctionner. Le GPS indiquait son emplacement. Le radar n'annonçait aucune tempête.

Munie de sa lampe frontale, Chlöe s'accroupit devant l'un des sacs et l'ouvrit. Elle n'avait aucune idée de ce qu'elle allait trouver. De la drogue ? Des armes ? Des têtes coupées ? Elle s'attendait à tout, mais ne put retenir un cri de surprise lorsqu'elle découvrit l'argent. Il y en avait vraiment beaucoup, plus qu'elle n'en gagnerait tout au long de sa vie, quels que soient ses sponsors ou la fréquence de ses expéditions autour du monde.

Elle sortit une liasse de billets soigneusement attachés. Des euros. Des briques et des briques de jolis billets de deux cents d'un jaune brillant. Ils étaient magnifiques : l'image d'une arche d'un côté, un pont de l'autre. Chlöe éclata de rire. Ce tas de billets pouvait lui ouvrir des portes. Il y avait d'autres liasses : des billets verts de cent euros, des cinquante de couleur orange, et des cinq cents violacés. Elle ouvrit un autre sac et vit qu'il était rempli de dollars américains. Des liasses et des liasses de magnifiques billets de cent. Le dollar n'était pas aussi joli que l'euro, mais il dégageait un certain sérieux, une gravité qui lui coupa le souffle. Dans un autre sac, elle trouva des billets indiens, avec une image de Gandhi, et des billets australiens, verts et ornés d'un portrait de Dame Nellie Melba, la célèbre chanteuse d'opéra. Elle trouva bizarre qu'on choisisse une chanteuse d'opéra pour illustrer de l'argent. Les oiseaux étaient plus fréquents : des faisans sur les billets taïwanais, des gros-becs sur les canadiens et des grues sur les yen japonais. Réflexion faite, une chanteuse d'opéra valait mieux que des piafs.

Chlöe n'était pas née dans une famille riche. Ses parents tenaient un restaurant de fruits de mer à Melbourne, un établissement sans prétention qui proposait des spécialités en fonction de la pêche du jour, même si la majeure partie de leur clientèle préférait leur *fish and chips* à emporter. Son père aimait tant pêcher qu'elle avait passé la plus grande partie de son enfance sur l'eau. Elle avait appris à pêcher, à naviguer et à cuisiner, ce qui l'avait condamnée à une vie de nomade, à bosser sur les yachts pour préparer des repas gastronomiques au club des 1 % tout en s'efforçant de détourner les yeux quand les millionnaires se bourraient la gueule, gobaient du Viagra, emmanchaient des putes qui auraient pu être leurs filles et baisaient sur le pont comme si l'équipage faisait partie des meubles. Ses voyages préférés étaient ceux où elle convoyait les yachts à bon port. Elle naviguait de Sydney à Macao ou à Bali pendant que les millionnaires faisaient le trajet en jet privé.

Elle ramassa une liasse de francs suisses. D'où venait cet argent ? Qu'est-ce que ce type allait en faire ? Elle savait ce qu'elle en ferait, elle. Avec un tel pactole, elle ouvrirait son propre restaurant à Melbourne : un bar à vins servant des huîtres fraîches. Puis elle achèterait un de ces appartements modernes ultra-chic en bordure du fleuve. Avec autant de fric, c'est elle qui irait s'éclater sur le pont d'un yacht. Elle aimait les types sportifs, les golfeurs professionnels et les surfeurs, ces hommes à la peau tannée par le soleil, les beaux blonds athlétiques cachant leur grosse quincaillerie dans leurs moule-bites. Voilà une chose qu'elle avait apprise en travaillant pour les millionnaires : plus vous êtes riche, plus vous vous tapez des gens séduisants.

Elle pourrait faire tout ce qu'elle voudrait. En tout cas, elle n'aurait plus à naviguer autour du monde pour sensibiliser le grand public à une putain de maladie.

NEAL ouvrit les yeux et battit des paupières en apercevant le ciel. Le soleil pointait au-dessus de l'horizon, transformant l'indigo froid en un bleu chaud et brillant. Il se lécha les lèvres et sentit les morceaux de peau pelée et les petits reliefs formés par les croûtes.

— La chose est vivante.

Il se tourna en direction de la voix.

— Je te filerais bien de l'eau, mais si tu dégueules encore sur mon pont, tu rentres chez toi à la nage.

Neal essaya de parler, mais ses cordes vocales émirent un coassement aux relents salés. Il hocha la tête et tenta de s'emparer de la bouteille, sauf que sa main ne bougea pas. Elle était attachée au garde-fou avec une lanière en plastique d'une résistance industrielle. Neal regarda la femme assise juste derrière lui. Elle avait les bras posés sur le gouvernail et semblait hausser les épaules, comme pour s'excuser.

— C'est juste une précaution.

Il émit un autre coassement.

Elle posa la bouteille dans sa main gauche, qu'elle avait curieusement décidé de ne pas attacher. Neal porta l'eau à ses lèvres et laissa un filet tomber sur sa langue. L'eau avait un goût de bonbon sucré. Son bras fut parcouru d'un frisson si intense qu'il craignit de renverser la bouteille. Il prit une autre gorgée, puis se mit à boire goulûment. L'eau déborda de ses lèvres gercées et se déversa sur son visage.

— Doucement.

Il hocha la tête pour qu'elle ne lui prenne pas la bouteille, puis se racla la gorge.

— Merci.

Il prit une autre rasade.

— J'ai cru que j'allais mourir.

Neal lui adressa un regard qu'il espérait reconnaissant et sincère.

— Je m'appelle Neal. Neal Nathanson.

— Tu veux manger quelque chose, Neal ?

Neal essaya de décrypter son expression. Elle ne souriait pas.

— Si ce n'est pas trop vous demander.

Il l'observa descendre l'escalier menant à la cambuse. Il prit une nouvelle gorgée d'eau. Le liquide glissa le long de sa gorge et le ramena peu à peu à la vie. Il allait s'en sortir. Il chercha les sacs de toile du regard. Il les aperçut, empilés sur le pont. Ils étaient tous là, à l'exception de celui auquel il avait mis le feu. Mission accomplie.

La perte du bateau était le seul point noir. Il allait devoir s'expliquer. Peut-être l'inclure dans ses frais de déplacement. À part ça, il avait fait son travail. Il aurait peut-être même droit à une prime. Il pourrait partir en vacances à Paris. Manger un croissant. Rencontrer un beau Français appelé Patrice.

Il tira sur la lanière en plastique. Elle lui entailla la peau et il grimaça de douleur. Qu'avait-il fait pour mériter ça ? Il n'était pas dangereux.

Puis il lui vint à l'esprit qu'elle l'était peut-être.

NEAL ressentit une vive douleur au niveau de la cheville. Puis une autre. Il ouvrit les yeux et vit la femme avec une assiette dans chaque main. Elle lui donnait des coups de pied.

Il ne se souvenait pas s'être endormi. Le soleil, plus haut dans le ciel, l'aveuglait.

— J'ai pêché un thon banane hier, dit-elle.

Il prit l'assiette de sa main gauche et la cala sur ses genoux. Une fourchette-cuillère en plastique était posée sur le rebord. L'odeur du poisson grillé fit gronder son estomac et ses glandes salivaires se mirent en action, envoyant un épais filet de bave valser hors de sa bouche. Il regarda le poisson, le riz et les haricots. L'espace d'un instant, il pensa dire une prière. Il n'était pas religieux. Il n'avait jamais cru à l'existence d'un pouvoir suprême, au karma ou à la bienveillance de l'Univers. C'était une pensée illogique, puérile, et il était un être rationnel qui croyait en la science. Malgré tout, il se sentait reconnaissant. De toute son existence, il n'avait jamais été aussi reconnaissant. Il était heureux d'être en vie.

— Banane, dit-il en réprimant un sanglot.

Elle s'assit en face de lui dans le cockpit, appuya son bras sur la barre, et attaqua son assiette. Neal prit une petite bouchée de poisson et la mâcha. C'était délicieux. La meilleure nourriture qu'il ait jamais mangée. Il mit l'assiette en équilibre sur son genou et se pencha en avant aussi loin que son entrave le lui permettait. Si sa main n'avait pas été attachée au garde-fou, il aurait enfoui son visage dans la nourriture et pleuré des larmes de joie. Il se souvint qu'il devait se ménager. Mâcher lentement. Il ne voulait pas en demander trop à son corps.

— C'est bon, dit-il en souriant. Vraiment délicieux.

Elle le fixa sans répondre.

Neal prit une autre bouchée, plus grosse, et regarda autour de lui. Il se trouvait sur un bateau plus petit que celui auquel il avait mis le feu. Une large bande rose était peinte en plein milieu, et une autre identique sur la voile, qui pendouillait, délaissée par le vent. Il y avait un tas de logos et de noms de sociétés imprimés dessus. Neal reconnut la sirène, la célèbre pomme dont on avait croqué un morceau, le nom d'un fabricant de matériel électronique coréen et un constructeur automobile allemand.

— Vous participez à une course ?

Elle continua à manger en l'observant. Son regard était trop intense pour que Neal puisse le soutenir. À moins qu'il soit trop fatigué. Peu importe. Il se tourna vers l'océan. Ils étaient au milieu de nulle part. La mer était parfaitement calme.

— Où sommes-nous ?

Elle laissa sa question en suspens. Neal se mit à gigoter. Il commençait à se sentir mal à l'aise. Il voyait bien qu'elle avait quelque chose en tête. Elle le jaugeait. Peut-être passait-elle en revue toutes les façons de le cuisiner ?

Neal sentit un frisson lui remonter l'échine.

— Vous pouvez me détacher ?

Elle engouffra la dernière bouchée de poisson et cogna l'assiette contre la coque pour envoyer la fin de son riz dans l'océan. Puis elle reposa l'assiette, prit une rasade d'eau de sa gourde et plongea son regard dans le sien.

— Raconte-moi ce qui t'est arrivé, Neal. Dis-moi d'où vient l'argent.

Précédemment, sur la terre ferme…

BRYAN LeBlanc n'avait jamais vu une telle bande de trous du cul.

Certes, ils étaient bosseurs et intelligents, ces battants qui trimaient quatre-vingts heures par semaine sans jamais se plaindre. Ils restaient assis à leur bureau des journées entières à regarder les images clignoter et défiler sur leurs moniteurs, alignés dans l'open space telles des vaches laitières branchées à des machines qui leur pompaient la vie du corps. Et ils adoraient ça.

Ils n'avaient aucune vie sociale, aucun ami en dehors du travail. Ils surfaient sur l'algorithme, ils chevauchaient les marchés pour exécuter des combines toujours plus complexes afin d'extraire le lucre du système et d'engraisser leur employeur. Ils oubliaient de dormir et enchaînaient les nuits blanches. Ils gonflaient les résultats. Ils bouffaient des chiffres. Et une fois qu'ils étaient rassasiés et qu'ils avaient savouré leur victoire, ils allaient prendre une douche dans la salle de sport. Ils faisaient le nécessaire pour mériter leur pécule, pour décrocher leur bonus, pour goûter aux délicieux fruits du système. Ils étaient les héros de l'économie libérale, les marines du capitalisme, les heureux élus, si fiers et totalement imbus d'eux-mêmes. Les vecteurs de la culture d'entreprise dispensée par les gros bonnets d'InterFund.

Pourquoi se consacraient-ils aussi férocement à leur travail ?

Une personne saine d'esprit était en droit de se poser la question.

Bryan se considérait comme quelqu'un de sain d'esprit. Et il savait pourquoi ils s'infligeaient ça.

La réponse, qui ne surprendra personne, était qu'ils voulaient devenir riches. Pas pour s'offrir une jolie maison, de belles vacances et des repas dans les restaurants branchés. L'idée était de devenir super riche, d'accéder à la richesse qui permet de tyranniser et d'humilier ses semblables. La richesse qui vous offre des majordomes, des chauffeurs, des cuisiniers et des jets privés, qui vous permet de boire du champagne tout en vous faisant sucer la bite par la poupée Barbie qui vous sert de femme alors que vous vous apprêtez à faire un golf avec le président des États-Unis. Voilà ce qui faisait fantasmer ces trous du cul. Ils voulaient leurs privilèges et leurs entrées, qui leur permettraient de faire rentrer plus d'argent et d'avoir le privilège de le garder. Voilà pourquoi ils restaient assis devant leurs écrans, les yeux explosés, chargés d'un cocktail d'Adderall, de Ritaline et de la benzodiazépine du jour. Voilà pourquoi ils mouillaient le maillot et se donnaient à deux cents pour cent. Ils allaient dominer depuis les sommets. Bryan était toujours dérouté de les entendre prononcer ces devises illusoires, comme si elles avaient un sens, comme si elles permettaient d'évaluer leurs compétences. Mais ils y croyaient dur comme fer. Alors ils achetaient, ils vendaient, ils swappaient, ils shortaient et ils tradaient.

Et ils se tapaient dans la main.

Bryan jeta un œil au moniteur sur sa gauche. Il en avait sept sur son bureau. Ils lui retransmettaient les dernières infos business et les rapports de marché venus des quatre coins du monde, la plupart consacrés au marché des changes. Un dernier écran lui permettait de lire ses e-mails et de suivre les informations politiques relayées par les flux auxquels il était abonné.

Lorsqu'il essayait d'expliquer son travail à ses collègues, ou même à ses clients, leurs yeux devenaient vitreux en moins de soixante secondes. Les opérations sur le marché des changes étaient complexes. Elles requéraient une attention constante aux plus petits détails : les bulletins météo, les manœuvres politiques et les moindres faits et gestes recensés dans des endroits lointains comme le Bangladesh, le Botswana, Berlin ou Buenos Aires, le genre d'informations dont se fout éperdument la majorité des gens. Bryan avait joué aux jeux vidéo toute sa jeunesse sur sa Xbox et sa PS2. Son travail n'était pas si différent : il devait rester concentré sur l'écran pendant des heures et avoir les doigts rapides quand il fallait passer à l'action.

La plupart des courtiers aimaient les opérations simples. Les introductions en Bourse, les actions qui ont le vent en poupe. La séquence classique de l'achat, de l'attente et de la vente. Les gens ne voulaient pas s'intéresser aux petits détails qui permettaient de comprendre une situation dans son ensemble. Ça revenait à faire des maths, et les maths, c'est pénible. Mais si vous étiez doué pour ça, si vous aviez l'œil pour relier les petits détails au vaste monde, alors vous aviez un avantage. Vous pouviez trouver un filon et l'exploiter sans vergogne.

Ce qui expliquait l'effondrement du système financier mondial.

— Je ne sais pas si tu es au courant, mais là où tu vas, il y a un truc qui s'appelle le soleil. Tu auras besoin de ça.

Bryan leva les yeux de son écran. Seo-yun Kim, sa boss et directrice générale des opérations sur le marché des changes, lui tendait un tube de crème solaire.

— Je ne savais pas qu'il existait un indice aussi élevé, dit Bryan en lisant l'étiquette.

— Ça montre à quel point je me soucie de toi.

— J'aime bien ton foulard, répondit Bryan en souriant.

Elle tira sur l'étoffe rouge vif enveloppée autour de son cou.

— C'est un cadeau de mon fiancé. Ça le rend heureux quand je le porte.

C'était une variante de sa tenue classique composée d'un tailleur noir et d'un chemisier blanc. Seo-yun enleva le foulard et le tint à bout de bras comme s'il était contaminé. Bryan éclata de rire.

— J'en déduis que toi, ça ne te rend pas heureuse.

Elle le laissa tomber sur son bureau.

— Ce n'est pas pour me rendre heureuse qu'il m'a offert ce foulard, dit-elle en se passant la main dans les cheveux. Tu penses que tu pourrais quitter ton bureau pour aller manger des sushis ?

Bryan acquiesça.

— Je te suis.

Lorsqu'ils s'assirent au bar, Bryan se demanda pourquoi les restaurants à sushis étaient aussi austères. Ce n'était pas la première fois qu'il se posait la question. La nourriture était simple, sans fioritures : du riz et du poisson avec un soupçon de wasabi. Pourquoi le restaurant devait-il se conformer à sa nourriture ? Quelle était la logique ?

Il observa Seo-yun piocher habilement une tranche de gingembre mariné avec ses baguettes et la déposer dans sa bouche sans toucher son rouge à lèvres.

— C'est le gingembre qui me plaît ici, dit-elle en se tournant vers lui. Je me fous un peu du poisson.

Une serveuse arriva avec une bière fraîche et la versa dans un verre.

— Désolé. Je prends un peu d'avance sur mes vacances, dit Bryan.

— Je suis jalouse.

— Tu vas bientôt partir en lune de miel.

Seo-yun émit un grognement.

— Ce mariage va me tuer.

Bryan leva un sourcil. Ça faisait bientôt quatre ans qu'ils travaillaient ensemble, mais il ne la connaissait pas beaucoup. Chez InterFund, Seo-yun passait pour une anomalie, une solitaire excentrique. Les gens disaient qu'elle était "dans le spectre autistique". Elle avait gravi les échelons car elle était extraordinairement efficace; elle comprenait intuitivement ce qui se passait dans le monde et faisait des rapprochements qui échappaient à Bryan. Pourtant, il était doué pour décrypter l'info et prendre la bonne décision. Seo-yun n'évoluait pas dans la même catégorie. Certains collègues détestaient travailler avec elle et essayaient de la discréditer, mais Bryan admirait son talent et appréciait son style de management. Elle était directe. Elle ne menait personne en bateau. Elle manquait à tel point de charme qu'il trouvait cela charmant. Ils n'étaient pas proches, mais ils s'entendaient suffisamment bien pour que leur relation professionnelle soit facile. En dehors du bureau, elle restait dans son coin. Sa vie privée était un mystère. Il ne connaissait même pas le prénom de son fiancé.

Le serveur déposa un rouleau au crabe bleu dans chaque assiette. Seo-yun hésita, comme si elle s'apprêtait à se confier sur ses noces imminentes, mais au lieu de cela, elle enfourna la moitié du rouleau et le mordit de toutes ses forces.

Plutôt que de faire un commentaire, Bryan la regarda mâcher.

Seo-yun s'empara de la bière de Bryan et en prit une longue gorgée.

— Désolée. Wasabi.

— Ça ne me dérange pas de partager.

— Je ne sais pas ce qui m'arrive, dit-elle en réprimant un rot, mais depuis que j'ai accepté de me marier, je ne suis plus la même.

— Je crois que c'est normal.

— Ah bon ?

Bryan hocha la tête.

— C'est pour ça que les gens se marient, non ? Pour ne plus être les mêmes ?

Seo-yun finit la bière.

— La notion de contrôle est étrange. Savoir qui est en contrôle. Comment tu te contrôles toi-même. Ça fait tellement de décisions, dit-elle en soupirant. C'est difficile d'y trouver du plaisir.

Alors qu'ils revenaient à pied du restaurant, Bryan annonça à Seo-yun que toutes ses positions seraient automatisées durant son absence. Si les monnaies fluctuaient au-delà de certains paramètres, des opérations seraient déclenchées automatiquement. Sauf cataclysme financier du type défaut de la Grèce ou éclatement d'une guerre obscure, tout devrait se dérouler tranquillement.

Elle lui promit de couvrir ses arrières en cas de problème. Seo-yun n'aimait pas partir en vacances, mais elle lui souhaita quand même de passer un bon moment. Il avait été sujet à beaucoup de stress ces derniers mois.

— Le stress tue, dit-elle.

C'était vrai. Il avait eu le vent en poupe, il avait fait rentrer des millions pour la société. Il s'était forgé une réputation de caïd, de faiseur de pluie, de putain de distributeur de cash. Dans la hiérarchie de la boîte, Seo-yun était sa supérieure, mais elle était assez maligne pour le laisser mener sa barque dans son coin. Elle ne regardait jamais au-dessus de son épaule, elle ne commandait jamais d'audit. Ça faisait d'elle une grande manageuse. C'était aussi sa faiblesse.

De retour à son bureau, Bryan vit que l'euro oscillait. Il n'y avait aucune raison pour qu'il se comporte de la sorte, mais l'argent était étrange. Parfois, il n'en faisait qu'à sa tête et il fallait accepter de suivre le mouvement.

Il jeta un œil à son téléphone et réalisa qu'il était dix-sept heures. Il mit son ordinateur en veille, enfila sa veste et resserra sa cravate. Le code vestimentaire était l'une des choses qu'il détestait le plus dans ce job. Pourquoi porter un costume hors de prix pour regarder un écran toute la journée ? Il aurait pu bosser en slip. En toute honnêteté, il aurait préféré bosser en slip. Le costume n'était qu'une autre composante de l'imposture qu'ils vous vendaient. Il faut s'habiller comme un homme de pouvoir, un vrai *winner*. Quel tissu de conneries.

Il referma la porte de son bureau, guetta le clic du loquet derrière lui et adressa un hochement de tête à son assistant. Puis il traversa l'open space d'où émanaient parfois des odeurs de sueur et de pet. Il ne jeta pas un regard aux jeunes traders qui se cassaient le cul à faire du fric pour se payer leurs single malt et leurs week-ends à Vegas. Bryan savait que partir à dix-sept heures le rendait haïssable à leurs yeux. Mais vu qu'il arrivait avant tout le monde pour l'ouverture des marchés européens, personne ne se montrait trop désobligeant. De toute façon, il se foutait bien de ce qu'ils pouvaient penser. C'était la dernière fois qu'il mettait les pieds ici.

Seo-yun Kim n'était pas stupide. Elle savait qu'elle était difficile, maladroite, particulière. Peu importe le mot, ça voulait simplement dire qu'elle n'était pas intéressée par les conneries habituelles. Elle était douée pour la logique et les nombres. Elle aimait les systèmes. Et elle détestait les gens qui se laissaient guider par leurs émotions. L'excès d'émotions était néfaste. Les émotifs prenaient de mauvaises décisions. Bien entendu, Seo-yun était capable d'identifier une émotion lorsqu'elle la voyait, en entendait parler ou lisait à son sujet. Au travail, elle était froide, analytique. On ne peut pas gérer de grosses sommes d'argent quand on est la proie de ses sentiments. C'est là que l'on commet des erreurs. La plupart des gens ne suivaient pas cette règle et Seo-yun était devenue experte dans l'art d'interpréter la manière dont les émotions affectaient une monnaie. Le Brexit était un bon exemple. La livre avait perdu dix-sept pour cent de sa valeur du jour au lendemain, mais elle avait anticipé la chose et fait gagner beaucoup de fric à la boîte. Elle n'était pas stupide.

Seo-yun avait un don étrange pour compartimenter sa vie. Au travail, elle était organisée, rigoureuse et sérieuse. Contrairement aux autres employés, elle ne traînait pas en salle de pause pour échanger des ragots ou se faire mousser tout en essayant de passer pour quelqu'un de modeste. Elle n'était pas asociale pour autant. Avec certaines personnes, elle se montrait aimable ; ce n'étaient peut-être pas des amis, mais des gens assez proches pour partager un déjeuner occasionnel. Elle avait beau détester l'expression *happy hour*, il lui arrivait de rejoindre des collègues pour un cocktail après le boulot. Elle préférait garder sa vie privée et sa vie professionnelle bien séparées. Est-ce que ça faisait d'elle quelqu'un de mauvais ?

Marcher de son bureau à la station de métro de Rector Street ne lui prit pas longtemps. De là, elle sauta dans un train, descendit à Prince Street, et quelques minutes plus tard, elle entrait dans son appartement de West SoHo, en plein cœur d'une parcelle de Manhattan façonnée par des spéculateurs immobiliers convaincus qu'il fallait créer un marché pour les jeunes battants. Leur plan avait fonctionné. Seo-yun adorait son immeuble, une usine reconvertie avec d'immenses fenêtres et des murs en brique nue. Une vie haut de gamme avec une petite touche artistique. Lorsqu'elle découvrit l'appartement témoin, elle voulut l'acheter en l'état. L'agent immobilier lui donna le numéro de la décoratrice, et Seo-yun fit de son chez-soi une réplique de l'original. Ce n'était pas un nid douillet, c'était moderne, propre. En lui rendant visite, ses parents déclarèrent que "ça manquait d'âme coréenne". Ils lui avaient envoyé un lavis traditionnel représentant des montagnes et des arbres en fleurs plantés le long d'un fleuve tranquille. L'œuvre dominait désormais son salon.

Elle ne comprenait pas pourquoi ses amis et ses parents insistaient pour qu'elle s'approprie l'espace. Pourquoi son appartement devait-il refléter sa personnalité ? Elle vivait avec sa personnalité vingt-quatre heures sur vingt-quatre et sept jours sur sept. Elle n'avait pas besoin de la retrouver à la maison après le boulot.

Depuis quelques années, elle prenait le brunch du dimanche en compagnie de ses camarades d'université. C'étaient toutes des femmes qui avaient réussi, mais à mesure que certaines se mariaient et que d'autres déménageaient, le groupe avait fondu. Désormais, il ne restait plus que Stacy et Annie, des lesbiennes en couple depuis la fac. Les conversations étaient devenues plus domestiques. Au lieu de parler politique, sexe et musique, Seo-yun se retrouvait impliquée dans leurs conflits conjugaux. Elle avait l'impression de leur servir de psy, parfois même de se soucier de l'endroit où elles achetaient leur maison de campagne. Elle se demandait si elle continuerait à bruncher une fois mariée.

Pourquoi allait-elle se marier ?

Sous son côté intimidant, Seo-yun était séduisante. Elle n'avait jamais eu de mal à attirer l'attention des hommes. C'est sa personnalité qui posait problème, sa tendance à se montrer trop honnête. Les hommes préféraient qu'on leur mente. Si tu n'es pas capable d'accepter la vérité, pourquoi demandes-tu : "C'était bien pour toi ?" Ses parents s'inquiétaient que personne ne puisse supporter sa personnalité. Elle s'était elle-même souvent posé la question. Alors quand son petit ami lui avait demandé de l'épouser, elle s'était dit : Pourquoi pas ? Au pire, qu'est-ce que je risque ?

Son smartphone émit un gazouillement depuis le comptoir de la cuisine. Un texto de son fiancé. Il lui proposait de prendre des sandwichs au Café Habana et de venir la retrouver pour consulter des sites de photographes de mariage. Il en avait trouvé un qui était allé à Cooper Union* et qui repoussait les limites de la discipline.

Seo-yun laissa échapper un soupir. Depuis quand son fiancé était-il aussi motivé ? Elle tapa "je m'en fous", mais se ravisa. Au lieu de ça, elle lui demanda de rapporter de la bière.

Bryan fit un saut à son appartement de Battery Park, le temps de prendre son courrier, saluer le portier et se changer. L'endroit était plutôt joli : à la fois commun et luxueux, l'adresse idéale pour un jeune loup de Wall Street. Le loyer était exorbitant. Certains en auraient été impressionnés, mais pas Bryan. Il regarda la vue : le fleuve et les lumières du New Jersey scintillaient au loin. Qui était prêt à payer une fortune pour une vue sur le New Jersey ? Un trou du cul, voilà qui.

Désormais habillé d'un jean, d'une chemise blanche et d'une veste, Bryan rangea son costume à rayures et ses chaussures richelieu dans le placard, puis posa sa mallette sur le comptoir de la cuisine. Il prit le métro pour rejoindre l'appartement de son père, sur l'autre rive du fleuve. C'était un deux-pièces sympa dans un immeuble

* Université prisée de Manhattan, spécialisée dans les disciplines artistiques. (Toutes les notes sont du traducteur.)

sympa de Long Island City. Il en payait le loyer depuis la mort de son père l'année dernière. Pour Bryan, ce quartier où les artistes se mélangeaient à ce qui restait de la vieille ambiance populaire valait bien mieux que Battery Park City et son luxe de façade. L'appartement était pour lui un sanctuaire, un endroit où il venait décompresser, où il se sentait normal.

Alors qu'il s'arrêtait pour dîner dans une pizzeria de Vernon Boulevard, il reçut un texto d'une femme qu'il fréquentait. Ce n'était pas une relation sérieuse, même si Bryan avait compris qu'elle attendait une demande en mariage d'un jour à l'autre. Après tout, elle appartenait à la catégorie des belles femmes cultivées que tous les petits magiciens de Wall Street étaient censés épouser.

Un émoji apparut sur l'écran de son téléphone : un minuscule dessin animé composé d'un repas chinois avec des baguettes, de deux flûtes de champagne qui s'entrechoquent et d'un truc ressemblant à une danseuse de flamenco. Elle était déçue qu'il parte en vacances tout seul et proposait d'acheter à manger, de venir boire un coup chez lui et de danser à l'horizontale. Cette tentative désespérée de s'incruster dans son escapade aux Caraïbes tous frais payés était vouée à l'échec. Bryan ne prit même pas la peine de répondre. Il ne lui en voulait pas particulièrement, c'était sa manière de lui faire comprendre qu'il était déjà parti se coucher. Travailler avant le lever du soleil avait ses avantages. Son job lui servait d'excuse pour bon nombre de choses.

C'est sa réussite qui le rendait attrayant. Son gros salaire faisait de lui un bon parti. Nul doute que cette femme l'aurait apprécié même s'il s'était comporté comme ses collègues les plus répugnants. Les hommes sont incorrigibles, et les hommes riches sont les plus incorrigibles de tous. Parfois, lorsque Bryan s'activait sur elle comme un forcené, il baissait les yeux et voyait son visage se contorsionner machinalement pour donner l'illusion qu'elle prenait son pied. Elle lui évoquait plutôt quelqu'un qui payait de sa personne pour palper du fric. Ça l'écœurait. Mais pas au point de ne pas éjaculer. Elle n'était pas un monstre tout de même.

Bryan sirota son vin. Si son père avait été en vie, il se serait moqué de lui pour avoir commandé la bouteille la plus recherchée du menu. *C'est quoi la différence entre ton truc et de la piquette ?* Bien entendu, toute tentative d'expliquer la viniculture organique ou l'influence du terroir aurait été tournée en dérision. L'un des jeux favoris de son paternel était de donner à Bryan l'impression d'être un vantard prétentieux. Ce qui était plutôt étrange, car son père n'était qu'un pseudo-poète dont la seule activité consistait à s'épancher sur les faiblesses des autres écrivains.

Il avait été professeur de lettres au lycée. Après la mort de la mère de Bryan, il s'était retiré dans le petit appartement où il passait ses journées à écrire des poèmes et à se considérer comme une sorte de flâneur du Queens. Bryan éclata de rire. Son père trouvait que boire du bon vin était prétentieux, mais il ne s'écoutait pas pontifier sur Robert Lowell, W.S. Merwin et l'œuvre de Louise Glück, ou raconter à qui voulait l'entendre que les nouveaux poètes étaient nuls et la Beat Generation, bidon.

Il fallut six mois à Bryan pour nettoyer l'appartement. Il y avait tellement de choses à trier. Des piles de livres. Pourquoi son père achetait-il des recueils de poèmes en langue étrangère ? Lisait-il vraiment Cavafy en grec ? Apollinaire en français ? Maïakovski en russe ? Il ne parlait aucune autre langue que l'anglais. Bryan fit don des livres à la bibliothèque du quartier en espérant qu'on leur trouverait une utilité.

Mais il ne sut pas quoi faire de la collection de vieux cahiers. Il y en avait des centaines. Il en avait parcouru quelques-uns, lu ses poèmes, ses réflexions, ses diatribes. Son père n'était pas célèbre, il avait dû publier une dizaine de poèmes au cours de sa vie. Bryan ne pouvait pas donner ses archives à une université. Il demanda aux vieux amis de son paternel s'ils voulaient faire le tri, mais ils lui répondirent qu'ils n'avaient pas le temps, qu'ils n'étaient pas intéressés, ou qu'ils étaient impliqués dans une sorte de programme de désencombrement japonisant qui leur interdisait toute activité qui ne leur procurait pas de la joie. Au final, Bryan charria les cahiers sur le trottoir et les balança dans une benne à ordures.

Une fois les affaires de son père déblayées et les murs repeints, l'appartement devint propre et confortable. Bryan décida d'y passer ses week-ends. L'espace était petit et la chaudière capricieuse, mais c'était un endroit normal. Authentique, comme l'aurait dit son père. Un vrai appartement pour une vraie personne menant une vraie vie. Une personne humble, ayant les pieds sur terre. Dans un quartier où les gens fabriquaient et réparaient encore des choses, où ils travaillaient avec leurs mains. Tout l'opposé du monde imaginaire et bidon de la finance.

Bryan ignorait pourquoi il ne s'était jamais senti à l'aise avec les privilèges de la richesse. Peut-être était-ce dû au flot continu de moqueries que déblatérait son père au sujet de la corruption de Wall Street et des gros richards avides qui détruisaient le monde ? Être riche ne posait littéralement aucun problème. Pas de vrais problèmes en tout cas. Mais une parole de son père lui avait toujours semblé juste : “Les gens riches sont juste pas très sympas.”

Les directeurs généraux de tous les départements se réunissaient dans une grande salle de conférences aux murs de verre, autour d'une grande table de conférence également en verre. En entrant, ils passaient devant un comptoir de marbre blanc sur lequel on avait posé des plateaux garnis de pâtisseries et de fruits frais, des carafes de jus d'orange et des grandes Thermos de café. Jamais personne ne touchait à la nourriture. Seo-yun ne savait pas pourquoi. Ne pouvait-elle manger un pain au chocolat en écoutant les gens palabrer ? Manifestement, non. C'était peut-être un truc de macho, une démonstration de volonté et de retenue pour contrebalancer l'extravagance de leurs vies. Curieusement, se priver de muffin le matin permettait d'acheter une Maserati l'après-midi. Il n'y avait pas de place pour le plaisir quand il était l'heure de gagner de l'argent.

Elle n'était pas la seule femme autour de la table, mais elle était la seule Américaine d'origine asiatique à travailler à ce niveau de responsabilités. La pièce était pleine de monde, plusieurs directeurs assistaient même à la réunion via Skype depuis l'international, mais il n'y avait pas un seul Afro-Américain pour donner une illusion de diversité. À part elle, tout le monde était blanc.

Le directeur du marché obligataire était en train de se prendre le bec avec le directeur de l'analyse des données.

Ce dernier était mal vu, car il ne perdait jamais une occasion de rappeler à ses collègues qu'il était allé à Harvard. Et puis il avait toujours recours aux statistiques pour descendre en flammes les projets ultra-complexes – et souvent ultra-foireux – suggérés durant ces réunions. Seo-yun se foutait de l'endroit où il avait fait ses études, elle appréciait son sens logique.

Deux directeurs parlaient de la volatilité de certains secteurs de l'économie. L'immobilier continuait de performer, l'industrie pharmaceutique et la biotechnologie étaient instables. Le lobby du gaz et du pétrole avait réussi à faire passer une nouvelle loi à Washington et l'extraction avait de nouveau le vent en poupe.

Ces discussions ne l'intéressaient pas. Comme elles ne concernaient pas son travail, il était rare qu'on lui demande de participer. Elle ne se souvenait même plus de la dernière fois où elle avait pris la parole lors d'une réunion hebdomadaire. C'était tant mieux, car elle n'avait aucune envie de parler. Tant que son département rapportait des profits colossaux, son travail parlait à sa place.

Seo-yun baissa les yeux sur sa tablette et vit que le rouble était en train de bouger. C'était inhabituel. Elle envoya un message aux traders de son équipe.

— Mademoiselle Kim, comment pensez-vous que cela va affecter le riyal ?

Seo-yun leva les yeux. Une dizaine de costards cravates la dévisageaient. Impossible de savoir qui avait posé la question.

— Le riyal ? répéta-t-elle en souriant. C'est le rouble que nous devrions surveiller. Il commence à bouger.

Le directeur des directeurs hocha la tête.

— Qu'en pense LeBlanc ? J'imagine que cette nouvelle va déstabiliser les Saoudiens. Pouvez-vous lui demander de m'envoyer un e-mail sur le riyal ?

Seo-yun sentit son estomac sombrer.

— Bryan est en vacances, mais je vais vous envoyer un topo aujourd'hui.

— Formidable. Faites-le suivre à tout le groupe.

La réunion prit fin. Avant de quitter la pièce, Seo-yun s'empara d'un pain au chocolat et le fourra dans la poche de sa veste. Elle entra dans les toilettes des femmes, choisit la cabine la plus proche et rabattit le couvercle. Elle sortit le pain au chocolat, s'assit et se mit à le manger. Alors que les miettes s'éparpillaient sur sa veste noire, elle sentit le chocolat fondre dans sa bouche et enrober sa langue d'un parfum riche, sucré et légèrement amer.

BRYAN tourna le *Sunfish* dans la brise, la voile claqua quelques instants puis se gonfla de vent et poussa le bateau vers l'avant. Il était devenu bon navigateur. Depuis près d'un an, il passait ses dimanches après-midi à prendre des cours de voile à la Manhattan Sailing School. Avec un petit groupe de passionnés, il sortait sur l'Hudson à bord d'un J/24. Ils se relayaient à la barre et hissaient les voiles. Ce qu'il aimait par-dessus tout était leurs discussions sur les bateaux, les voiles et les nœuds, sur le vent, les vagues et les manières d'interpréter la météo. Il n'avait aucune idée de ce que les autres élèves faisaient dans la vie ; et eux ignoraient qu'il travaillait à

Wall Street. Il n'était pas question d'ascension sociale ou de surclasser les autres. Naviguer était la seule chose qui comptait.

Il maintint son embarcation proche du rivage, au-delà des vagues. S'aventurer sur l'océan dans un petit bateau était complètement absurde, d'autant qu'il n'avait pas besoin de se prouver quoi que ce soit. Il s'amusait suffisamment à traverser la petite baie de long en large. La journée était magnifique ; les eaux de Punta Cana étaient claires et le vent, régulier.

Il jeta un œil à la rangée de palmiers délimitant le terrain de l'hôtel. En dessous, une centaine de chaises longues étaient alignées face à l'océan, comme si ce dernier allait enseigner quelque chose. Pas étonnant que cette zone de la République dominicaine soit appelée la Coconut Coast. Vous pouviez vous poser le cul sur une chaise et laisser les gens vous apporter à manger et à boire toute la journée. Le remède idéal au rythme frénétique de Wall Street, l'occasion rêvée de tout oublier et de recharger les batteries.

C'était ce que les gens désiraient, non ? Dire adieu à la vie de con et passer ses journées ivres et pieds nus sous le soleil d'un paradis tropical. Son père avait toujours voulu prendre sa retraite à Hawaï, mais lorsque Bryan avait proposé de l'y emmener en vacances, il avait décliné son offre. Il ne voulait même pas aller en Floride alors que les Keys était censé être le paradis des poètes.

Pas de stress. Pas de réunions. Il n'avait plus à suivre les moindres variations du dollar et du yuan. Le S&P 500 n'avait qu'à aller se faire foutre. Pas de cul à lécher, pas de directives marketing, et personne pour raconter de conneries. Pourtant, tous les vacanciers étaient sur leurs tablettes ou leurs smartphones. Ils avaient des choses importantes à checker et se plaignaient que le wi-fi était capricieux et le réseau, trop lent.

Bryan vira de bord et se baissa pour laisser filer la bôme. Un psychiatre aurait eu une théorie intéressante sur les raisons de sa présence ici. Bryan cherchait la rédemption en vivant la vie simple et authentique que son père n'avait jamais pu s'offrir. Un truc de cet acabit. Sauf que la psychiatrie n'était pas vraiment une science et tout ça n'était sans doute qu'un tissu de conneries. Ça, son père en aurait convenu.

— DÉSOLÉE, dit Seo-yun en jetant un regard à son fiancé.

Il soupira et reposa sa fourchette.

— Soy. S'il te plaît. Tu travailles tout le temps. On a un mariage à préparer.

Seo-yun ne répondit pas. Que pouvait-elle dire ? Qu'il n'y avait rien de plus chiant que d'organiser un mariage ? Tout ce qui intéressait son fiancé était de passer en revue ses idées. Il était obsédé par les détails : la nourriture, les fleurs, la musique, les invitations. Il voulait même lui montrer des échantillons de tissu de nappe. Pourquoi s'infliger une chose pareille ? Qui s'en souciait ? Elle analysait les détails les plus infimes du monde de la finance à longueur de journée. Consacrer sa pause déjeuner à d'autres détails était la dernière chose qu'elle souhaitait. Pourquoi ne pas choisir une nappe blanche ? Pourquoi ne pas embaucher un organisateur de mariages comme les gens normaux ? Si tout le monde s'amuse, est-ce vraiment important que les serviettes soient assorties aux compositions florales ? Vu le fric que ça allait coûter, les gens avaient intérêt à s'amuser. Et pourquoi parler d'*essuie-mains* au lieu de serviettes ?

— Soy ? S'il te plaît.

Elle leva un doigt pour le faire taire le temps de lire le texto que venait de lui envoyer son assistant. Le département conformité/contrôle interne avait lancé une enquête de routine au sujet de retraits sur un compte sur marge. La transaction était étrange et le client, préoccupé. Elle répondit aussitôt.

— C'est important.

Son fiancé hocha la tête, envoyant ses mèches valser sur son front rouge et perlant de sueur. Quand ils avaient commencé à se fréquenter, elle aimait son look de chanteur emo avant-gardiste, mais il passait désormais pour un cadre marketing en surpoids qui se donnait trop de mal pour avoir l'air d'un chanteur emo avant-gardiste.

Il tendit le bras au-dessus de la table et lui tapota le poignet.

— Je suis vraiment censé offrir une oie à tes parents ? Je ne sais même pas où en trouver une.

— Tu peux leur donner une oie en bois ou une photo. C'est symbolique.

— C'est pas un peu débile ?

— Estime-toi heureux de ne pas avoir à porter un *jeogori*[*].

Seo-yun fit signe au serveur de leur apporter l'addition. Son fiancé émit un grognement nasal caractéristique de son mécontentement, puis tira sur sa moustache pour exprimer sa frustration.

---

[*] Vêtement traditionnel coréen couvrant les bras et le haut du corps.

— Je dois y aller, dit-elle en haussant les épaules.

— Je croyais que ta banque était trop grosse pour couler, dit-il en affichant une moue suffisante.

Elle voulait lui répondre que le moindre détail concernant son travail était mille fois plus intéressant que ses préoccupations au sujet des invitations ou de la disponibilité des pivoines roses. Elle voulait lui répondre que tout ce projet de mariage était une erreur, que sa gestion obsessionnelle et ultra-minutieuse de la cérémonie avait eu raison de l'affection qu'elle avait pour lui, qu'elle ne supportait plus d'entendre sa voix ou de poser les yeux sur sa bouche boudeuse, qu'elle ne serait plus jamais capable de prendre du plaisir à coucher avec lui, qu'elle ne voulait même pas qu'ils restent amis. Au lieu de ça, elle répondit :

— Si la banque coule, on devra se marier à la mairie.

Elle l'entendit renifler en quittant le restaurant. Quand elle se retrouva dans la rue, elle s'imagina ne jamais le revoir et, pour la première fois depuis des jours, elle se sentit légère.

Avec ses treize moniteurs disposés en arc de cercle et ses piles de documents et de dossiers en toile de fond, le bureau de Seo-yun avait des allures de centre de contrôle monétaire bunkérisé. Elle ferma la porte, posa son smartphone sur son bureau, se débarrassa de ses chaussures, puis s'assit et fit rouler sa chaise devant son poste. En attendant que sa machine accède au compte du client, Seo-yun réalisa que tous les pans de sa vie étaient brusquement devenus pénibles : son boulot, son fiancé, son mariage. Sans oublier qu'elle devait assurer le boulot de son collègue et qu'elle n'avait aucun moment pour elle. Ça commençait à faire beaucoup. Bryan aurait dû être là pour gérer tout ça, ce n'était pas son truc de s'occuper des comptes institutionnels. LeBlanc était un vieux sage du marché des changes, et Seo-yun n'était pas assez égocentrique pour nier qu'il était en partie responsable des excellents résultats de son département. Il n'avait pas été le seul à assurer, elle avait elle aussi quelques gros coups à son actif, mais elle préférait se dire que l'esprit d'équipe prévalait sur l'effort individuel.

Il ne lui fallut pas longtemps pour voir que près d'un demi-million de dollars avait été emprunté sur marge depuis ce compte. L'opération n'était pas claire. À l'origine, l'argent avait été converti en francs suisses, puis transféré dans une banque russe. Le compte était désormais fermé et les fonds avaient disparu dans un labyrinthe de transactions. Démêler ce fouillis ne serait pas une mince affaire. Pourquoi le client n'avait-il pas fait plus attention ? C'était le problème avec les institutions et les dotations : les gens ne vérifiaient pas leurs finances dans le détail, mais pétaient un plomb et accusaient la terre entière dès que quelque chose n'allait pas. Ils s'imaginaient sans doute que leur richesse provenait d'une fontaine magique. Seo-yun se dit qu'elle se montrait injuste. Ces clients avaient précisément engagé sa société pour protéger leurs fonds de pension et l'argent censé financer les études de leurs enfants.

L'assistant de LeBlanc passa devant son bureau. Pourquoi ne se souvenait-elle jamais de son nom ? Chad ? Brad ? Chip ? Elle ouvrit sa porte et lui fit signe d'entrer.

— Tu as un numéro où je peux joindre Bryan ?

L'assistant, un jeune homme originaire de Californie que Seo-yun trouvait étonnamment tendu, lui renvoya un regard perdu.

— Je peux essayer son portable.

Seo-yun hocha la tête. Elle avait entendu dire que les responsables et les managers devaient hocher la tête pour signifier leur empathie.

— Dis-lui de m'appeler, OK ?

— Je vais lui envoyer un texto.

— En attendant qu'il te réponde, tu peux appeler le contrôle interne et retracer quelques transactions ?

L'assistant se balança d'un pied sur l'autre. Elle voyait bien que sa requête le mettait mal à l'aise.

— C'est probablement un bug.

L'assistant de LeBlanc revint les mains vides. Il fut non seulement incapable de suivre la séquence de transactions et de retrouver l'argent, mais ne parvint pas non plus à joindre Bryan.

C'était inhabituel. S'il y avait quelque chose d'étrange ici, qu'en était-il des autres comptes de Bryan ? Seo-yun réinitialisa son mot de passe et accéda à tous les fichiers de LeBlanc. Maintenant qu'elle savait quoi chercher, il ne lui fallut pas longtemps pour trouver un compte d'où on avait mystérieusement retiré un demi-million de dollars avant de faire disparaître les fonds dans une suite d'opérations brumeuses sur le marché des changes. Elle vérifia un autre compte. Il était plus conséquent et s'était vu lester d'un million de dollars. Même procédé. Elle en ouvrit un autre. Encore une fois, un prêt sur marge, puis un dédale de transactions.

Elle se demanda qui appeler. Elle ne voulait pas sonner l'alarme. C'était peut-être comme ça que LeBlanc faisait gagner de l'argent à ses clients. Emprunter sur marge n'était pas un crime, c'était même plutôt courant. Il y avait sans doute une explication parfaitement valable.

Son téléphone sonna. C'était son fiancé. Le sommelier du mariage les attendait pour une dégustation. Elle lui dit qu'ils allaient devoir reporter. À moins qu'il préfère aller cracher dans un seau sans elle.

BRYAN finit d'écrire une carte postale pour son ex. Il ne s'attendait pas à ce qu'elle comprenne le message, mais ça n'avait aucune importance. Elle lui en voulait déjà de ne pas l'avoir emmenée avec lui. L'idée était qu'elle la donne à la personne que la banque engagerait pour retrouver sa trace. Il tendit la carte postale au concierge puis s'éloigna dans le hall. Ici, l'architecture était ouverte, légère. On avait l'impression que tout, jusqu'au toit, était en rotin. Il se demanda si ce matériau était originaire de la République dominicaine ou s'il était importé, comme les chaises longues et les parasols de plage, les accessoires de la mondialisation du loisir.

Une fois à l'extérieur, il fut enveloppé dans un souffle d'air fétide. Il n'était pas à Martha's Vineyard ou aux Hamptons, mais au milieu de nulle part, en pleine République dominicaine. Ici, l'air était chargé d'une puanteur salée agrémentée d'un parfum d'eaux usées. Les gens chient, c'est le propre de l'humanité. Ils chient tous les jours, aux quatre coins du monde. Vous pouviez traiter la merde avec des produits chimiques, l'enterrer dans le sol ou la balancer dans l'océan, tout comme l'argent, l'odeur vous suivait partout. Voilà une pensée que n'aurait pas reniée son père.

D'un signe de tête, Bryan salua des couples avec qui il avait discuté ces derniers jours. Il ne s'était pas montré antisocial, il était venu pour s'amuser, rencontrer des gens et donner des pourboires trop conséquents au personnel. On se souviendrait de lui et c'est tout ce qui comptait.

Deux femmes d'âge mûr parties en vacances entre copines le saluèrent sur le chemin du buffet. Il leur rendit leur sourire. Il avait un peu flirté avec elles. Il n'y avait aucun mal à cela, mais il n'allait pas répéter l'exercice ce matin. Il commençait à se sentir nerveux.

Le buffet ne lui faisait pas vraiment envie. La bouffe était en tous points semblable à ce qu'on trouverait dans un hôtel d'Orlando ou sur un bateau de croisière. Bryan s'empara d'une assiette et la remplit de fruits frais. Il avait un peu abusé de la cuisine régionale lors du festival caribéen de la veille : la double dose de mofongo et la purée de plantain à l'ail faisaient désormais office d'enduit dans son estomac. S'il comptait vraiment passer le restant de ses jours à parcourir le globe, à découvrir de nouveaux endroits et à manger comme les autochtones, il allait devoir s'habituer aux nourritures exotiques. À moins que sa détresse gastro-intestinale ne soit due à la culpabilité.

Impossible de savoir ce qu'ils avaient découvert. Bryan fut tenté de se connecter au serveur d'InterFund pour lire ses e-mails et prendre des nouvelles, mais c'était trop dangereux. Ils pourraient retracer l'adresse IP de l'hôtel. Il avait justement laissé son téléphone dans l'appartement de Long Island City afin d'éviter qu'ils s'en servent pour le retrouver. Il achèterait l'un de ces appareils prépayés une fois arrivé à destination.

Bryan espérait que les directeurs généraux ne découvrent rien avant qu'ils ne comprennent qu'il n'était pas rentré de vacances. Ils penseraient qu'il avait eu un problème, peut-être un accident qui l'aurait laissé inconscient à l'hôpital. À moins qu'il n'ait craqué et décidé de déserter son poste. Ce ne serait pas la première fois qu'une telle chose arriverait. Un trader parti rendre visite à sa mère pour son anniversaire avait refait surface six mois plus tard, habillé en clodo dans les rues de Varanasi.

Ils finiraient bien par déverrouiller son ordinateur et fouiller dans ses comptes. Il leur faudrait encore un ou deux jours pour comprendre que Bryan les avait entubés. Si son plan fonctionnait, après avoir quitté l'hôtel, il disposerait d'encore quelques jours pour créer une fausse piste. Puis il récupérerait son argent et disparaîtrait dans la nature. Bryan pensait s'y être bien pris, avoir suffisamment couvert ses traces, mais il craignait d'avoir commis une erreur, d'avoir sous-estimé Seoyun ou l'obscur technicien qu'ils allaient affecter à son dossier. Peut-être allaient-ils percer le mystère beaucoup plus tôt ? Peut-être étaient-ils déjà en route pour la République dominicaine ? Par réflexe, il jeta un coup d'œil derrière lui. Il poussa un soupir en découvrant des vacanciers qui s'enduisaient le corps de crème solaire.

Qui eut cru que la vie de criminel était aussi stressante ?

Dans sa tête, il s'était justifié mille fois son arnaque. La boîte n'hésitait jamais à exploiter les faiblesses des autres, alors pourquoi les autres n'exploiteraient-ils pas les siennes en retour ? Monsieur Tout-le-monde investissait les économies de toute une vie dans un jeu truqué : un système qui autorisait la corruption et les délits d'initié, un mastodonte avide d'argent qui crachait des opérations à chaque nanoseconde. L'injustice qui y régnait le démangeait comme une piqûre d'insecte.

Mais les gens savaient comment fonctionnait Wall Street. Ils avaient vu les films et les séries télé, ils avaient lu les journaux et écouté le mégaphone humain du mouvement Occupy dénoncer la corruption sur les marchés financiers. Tout le monde savait que c'était une putain d'arnaque, mais personne ne faisait rien pour l'arrêter : ni les commissions de régulation, ni le ministère de la Justice, sans parler du président ou de tout homme politique voulant survivre plus d'une semaine. Bryan LeBlanc, lui, avait fait quelque chose. Il était passé à l'action. Il avait abusé de la confiance de ses clients et de son employeur et il avait escroqué tous ces fils de pute. Quoiqu'il arrive, c'est une chose dont il pourrait toujours être fier.

Ses collègues se moqueraient probablement de lui pour avoir volé si peu d'argent. Pourquoi ne pas viser plus haut ? Aller décrocher la lune ? Il était très loin de la terrible mais très lucrative arnaque des subprimes. C'était un exemple idéal de l'avidité institutionnelle et de la perfidie du monde de l'entreprise : un groupe de types pas doués en maths avait exploité le marché des prêts immobiliers pour amasser une fortune et la perdre aussitôt. Tout ça parce que ceux qui étaient bons en maths avaient identifié les faiblesses de leur combine et parié sur l'effondrement du marché. En un instant, ils étaient devenus milliardaires. Dans le jargon du milieu, ils avaient tout défoncé. Dommage que le reste du monde ait dû subir les dommages collatéraux.

L'arnaque de Bryan était plus modeste, plus discrète et elle portait uniquement préjudice à InterFund. En matière de larcin, c'était plutôt élégant.

Bryan émettait de faux avis de prélèvements stipulant que les fonds de ses clients devaient être transférés sur un nouveau compte. Il en avait ouvert dans des banques de Moscou, Copenhague, Singapour et Dubaï. Il variait les opérations pour éviter d'attirer les soupçons, optant chaque fois pour une banque différente, alors qu'en réalité, tous les comptes étaient contrôlés par un avocat portugais à qui Bryan versait une généreuse commission. À partir de là, Bryan procédait à une savante partie de bonneteau grâce à une suite complexe de changements de devises qui faisaient transiter l'argent de compte en compte, de pays en pays, de monnaie en monnaie, jusqu'à ce qu'il finisse tranquillement aux îles Caïmans. Ses clients étant des institutions ou des dotations, personne ne remarquerait les transactions avant qu'un audit ne soit effectué.

Chaque matin, Bryan empruntait quelques centaines de milliers de dollars sur le compte d'un client et les envoyait à Moscou. Du compte russe, il achetait des roupies indiennes. Après son café, il échangeait les roupies pour des dollars singapouriens – INR/SGD – qu'il conservait quelques heures. Puis, si le dollar singapourien variait d'un iota par rapport à une autre monnaie, il les échangeait de nouveau, pour des dinars koweïtiens – SGD/KWD – qu'il convertissait ensuite en roubles – KWD/RUB – puis il effectuait un rapide RUB/DKK et déposait l'argent sur un compte numéroté à Copenhague. En revenant de déjeuner, il débitait le compte et convertissait les fonds en bath thaïlandais – DKK/THB – puis en dollars de Hong-Kong et leur faisait passer la nuit sur un compte à Macao. Le matin suivant, il achetait des balboas panaméens – HKD/PAB – et cet argent était envoyé dans une banque privée de Panama avant d'être de nouveau transféré sur le compte d'une société écran aux îles Caïmans. Là, un jeune banquier de George Town faisant office de mandataire retirait autant de cash que possible et le déposait dans un coffre-fort.

Bryan n'était pas avide. L'avidité rendait les gens idiots. Il savait que tôt ou tard, le marché subirait une correction et que les prêts seraient remboursés. À moins que l'un de ses clients décide de lire les petits caractères sur son relevé mensuel et exige qu'on lui explique tout ce bordel. Il avait une petite fenêtre de tir de quelques mois pour effectuer son détournement. Il avait réussi à amasser dix-sept millions de dollars, plus qu'assez pour disparaître jusqu'à la fin de ses jours.

Une fois hors du territoire américain, il avait de bonnes chances d'échapper à la justice. Il ne pensait pas que sa boîte ferait appel à la police ou au FBI, car elle ne voudrait pas passer pour un établissement qui employait des voleurs. Les clients n'auraient pas à payer la facture, la société les rembourserait jusqu'au dernier centime. Personne n'aurait intérêt à ce que l'affaire s'ébruite ; la boîte absorberait la perte et le statu quo serait préservé. Toute reconnaissance du problème, toute révélation de dernière minute deviendrait trop effrayante.

Maintenant qu'il avait quitté le pays, il était libre. Mais il ne fallait pas sous-estimer la probabilité que tout parte subitement en vrille.

D'un autre côté, Bryan commençait à regretter sa décision. Pourquoi ne pas avoir simplement démissionné ? Voulait-il vraiment passer le restant de ses jours à regarder derrière son épaule ? Peut-être aurait-il dû déménager dans un endroit comme Nashville et ouvrir une épicerie fine. Faire les choses honnêtement. Les gens de Nashville avaient besoin d'épiceries fines. Il aurait pu importer des anchois et de l'huile d'olive d'Espagne, faire sa propre burrata. Il aurait mené la belle vie.

Les criminels avaient-ils tous des remords ?

Seuls les sociopathes n'en éprouvaient aucun. Lui, oui. Donc il n'était pas sociopathe, et c'était tant mieux. Il avait regardé la définition dans un dictionnaire de son père alors qu'il préparait son coup. Un sociopathe était quelqu'un d'antisocial, une personne incapable de faire preuve d'empathie ou de remords, un être au comportement impudent, irréfléchi et dénué de retenue. Bryan n'aimait pas les trous du cul avec qui il travaillait, mais il ne se voyait pas comme un antisocial. Il avait des amis. Il fréquentait les membres de son club de voile. Il rencontrait des filles. Il avait certes du mal à éprouver de la compassion pour les profiteurs sans visage des grosses banques, mais il était capable d'éprouver des remords. La preuve était là.

Un vent de terre se leva et Bryan dut retenir son chapeau de paille en descendant vers la plage. Il s'installa sur une chaise longue abritée d'un petit toit de chaume et fit signe à la serveuse. Tout le monde buvait des cocktails avec des morceaux d'ananas accrochés au verre. Il préféra commander une bière. Une Présidente.

Plus qu'un jour de vacances et il serait temps de disparaître.

NEAL Nathanson s'installa au Starbucks à côté de son bureau et lut l'e-mail sur son téléphone. Une huile de la boîte avait disparu dans la nature et, pire encore, il avait probablement détourné de l'argent. Une somme non négligeable. Le directeur de la conformité et du contrôle interne voulait que Neal aille vérifier l'appartement du courtier pour voir si ce dernier s'y trouvait. Bien entendu. On dérobe quelques millions de dollars et puis on s'assoit en slip dans son salon pour regarder une émission de téléréalité sur son écran géant flambant neuf. Mais c'était son travail. Il était doué pour retrouver les gens et encore plus pour récupérer l'argent égaré.

Neal leva les yeux lorsqu'un homme beau et élancé au look de bûcheron passa devant lui. Il lui fallut quelques secondes pour reconnaître Bart, son ex.

— Tu mets des chemises à carreaux maintenant ?

Bart fit la grimace et secoua la tête.

— Arrête ça, s'il te plaît.

Neal lui jeta un regard vaincu.

— Désolé, c'est juste que… je vois que tu t'es mis à la muscu.

— À l'escalade. Tu devrais essayer.

Ils évitaient soigneusement de se regarder dans les yeux.

— C'est plutôt calme à la maison sans toi, dit finalement Neal en essayant de ne pas paraître totalement malheureux.

— Ça ne fait que quelques mois, répondit Bart en caressant sa barbe. Les choses vont s'arranger.

C'était une private joke entre eux et Neal ne put retenir un petit gloussement. Il leva les yeux vers Bart et vit qu'il souriait lui aussi.

— Tout se passe bien pour toi à Brooklyn ?

— J'aime bien Red Hook, dit Bart en hochant la tête.

Il sortit une clé de la poche de son jean et la posa sur la table devant Neal.

— J'ai oublié de te la rendre.

Neal s'empara de la clé.

— Je continuerai à te faire suivre ton courrier.

— Merci.

Ils restèrent à se regarder un moment, jusqu'à ce que Neal dise :

— J'ai du boulot.

Bart lui tapota l'épaule.

— T'es obsédé par le boulot.

— Tu dis toujours ça.

— Parce que c'est vrai.

Lorsque Bart fit volte-face, Neal ne put s'empêcher de remarquer qu'il portait un jean particulièrement seyant et une superbe paire de bottes coquées.

— J'aime bien tes pompes.

— Merci. C'est un type que j'ai rencontré à Brooklyn qui les fabrique à la main.

NEAL détestait ces immeubles. Ils étaient pensés comme des bureaux, selon un style qui leur donnait un look architectural insipide. Ils étaient empilés les uns à côté des autres tout le long de Battery Park City, comme une gigantesque clôture construite pour empêcher le vent de déferler sur le sud de Manhattan. Si Godzilla surgissait un jour des eaux de l'Hudson, Neal espérait que ces bâtiments seraient les premiers à se faire piétiner. Il pénétra dans le hall et s'avança vers la réception.

L'agent de sécurité appela le cabinet de gestion de l'immeuble, qui appela le superviseur, qui s'empressa de mettre le concierge sur le coup. Ce dernier surgit d'une porte située derrière la réception et gratifia Neal d'un hochement de tête.

— On dirait pas que vous bossez à Wall Street.

Neal acquiesça et suivit le concierge jusqu'aux ascenseurs. Pourquoi n'avait-il pas l'air de bosser à Wall Street ? C'était pourtant le cas. Certes, il ne faisait pas partie de la légion de types rasés de près et affublés de costards gris et de cravates rayées. Il préférait les chaussures en daim au cuir ciré et arborait une barbe de plusieurs jours. Il n'était pas négligé pour autant, comme en témoignaient sa veste sport et son beau jean noir charbon.

— Je suis plutôt du côté technique, répondit-il en regardant le concierge.

Ce qui n'était pas tout à fait juste.

Son interlocuteur, un ancien rockeur bedonnant aux longs cheveux clairsemés mais magnifiquement entretenus, leva la main comme s'il voulait chasser l'odeur d'un pet.

— Je disais ça comme un compliment. Je peux pas saquer ces trous du cul.

Les portes de l'ascenseur s'ouvrirent.

Un crâne argenté avec des rubis en guise d'yeux dansa sur le doigt manucuré du concierge alors qu'il appuyait avec insistance sur le bouton de l'étage. La machine percevrait-elle l'urgence de la situation ? L'agacement ? À moins que le concierge ne soit l'un de ces accros à la vitesse ? Ses mains étaient couvertes de bagues. L'une représentait deux dragons entrelacés crachant du feu.

Neal compta les étages alors que l'ascenseur s'élevait dans les airs.

Les portes s'ouvrirent au vingt-quatrième. Neal suivit le concierge le long du couloir, reniflant au passage un relent de déodorisant surchargé en phéromones, le genre de produit qu'on utilise pour camoufler l'odeur de la pisse de chat. Le concierge s'arrêta devant la porte d'un appartement et sortit une clé magnétique.

— M. LeBlanc n'est pas souvent ici, dit-il en se tournant vers Neal. Je crois qu'il a une copine.

— On veut juste s'assurer que tout va bien, répondit Neal en hochant la tête.

Le concierge inséra la clé magnétique, la serrure se déverrouilla et la porte s'ouvrit. Puis, comme tous ses confrères de New York, le concierge tendit la main pour que Neal puisse y déposer gracieusement un billet de cent dollars.

— Vous voulez venir avec moi ?

Le concierge secoua la tête en fourrant le billet dans sa poche.

— Je reviens dans vingt minutes. Si vous trouvez un cadavre ou un truc de ce genre, appelez la police.

L'appartement avait autant d'âme qu'une suite du Marriott. Les rideaux, le tapis et les meubles neufs donnaient une impression de bon goût inoffensif.

Neal passa rapidement en revue les étagères de livres. Une piètre collection, principalement constituée de bouquins sur l'économie et de biographies d'anciens présidents. Une bibliothèque en disait long sur une personne ; celle-ci disait que LeBlanc n'aimait pas lire.

Il entra dans la chambre à coucher. En général, quand les gens avaient des choses à cacher, c'est ici qu'elles se trouvaient. Mais la chambre de LeBlanc était encore plus insipide que son salon.

Neal ouvrit l'immense placard et y découvrit une rangée de costumes, une douzaine de variations de bleu roi et de gris foncé. Il y avait aussi des chemises encore enveloppées dans le plastique de la blanchisserie et un assortiment de cravates rayées. Des chaussures de golf bien cirées luisaient sur une étagère. Il n'y avait pas la moindre chaussette en boule ni paire de tennis.

Neal sortit son iPhone et prit quelques photos. Il tira une paire de gants chirurgicaux de sa poche, les enfila et commença à ouvrir les tiroirs. Il ne voulait pas contaminer d'éventuelles preuves. Ses années d'expérience lui avaient surtout appris qu'il ne voulait pas toucher quoi que ce soit de répugnant.

Il fouilla précautionneusement le porte-cravates, le stock de boutons de manchette, de chaussettes, de sous-vêtements, de T-shirts et de boîtes de produits de toilette encore intactes. Il n'y avait rien d'intéressant. Pas de talons de billets de concert, pas de préservatifs, pas de magazines porno, pas de feuilles à rouler, pas de sextoys.

Neal sortit une petite lampe de sa veste et fouilla sous le lit. Il n'y avait même pas de mouton de poussière.

L'absence de bagages suggérait que LeBlanc était toujours en vacances, mais après ce qu'ils avaient découvert sur ses comptes, Neal était quasiment certain que LeBlanc n'avait aucune intention de rentrer.

Une mallette en cuir était posée sur le comptoir de la cuisine. Il l'ouvrit et découvrit sans surprise qu'elle était vide.

Les placards de la cuisine ne contenaient que quelques boîtes de soupe, un bocal de sauce tomate et des sachets de pâtes déshydratées : le garde-manger typique d'un individu qui se nourrit le plus souvent au restaurant. À en croire la date d'expiration sur la boîte de flocons d'avoine, cela faisait six mois que le contenu était immangeable. Neal ferma le placard et retira ses gants. Comment quelqu'un pouvait-il être aussi maniaque de la propreté ? LeBlanc avait-il vraiment vécu ici ?

Une photo de LeBlanc était collée sur le frigo. Il était beau, les cheveux au vent, le bras autour des épaules d'une jeune femme blonde et mince. Avec leurs lunettes de soleil de marque et leurs spritz, ils semblaient parés pour une garden-party réservée à l'aristocratie de Long Island. Les happy few. L'élite dorée.

Neal arracha la photo et la fourra dans sa poche.

ENCORE haletant, Bryan se dégagea de la femme et roula sur le dos. Sa poitrine se soulevait comme s'il avait grimpé quatre étages au pas de course. Il chassa la sueur qui lui coulait dans les yeux et se tourna vers elle. La jeune femme était charmante. Sa peau d'un brun profond était luisante de sueur, ses seins avaient basculé d'un côté et ses yeux scintillaient.

— Qu'est-ce qui est arrivé à ton nez, mon chéri ? dit-elle en riant.

Il sentait le préservatif s'accrocher à sa bite comme un bas, mais il leva la main en direction de son nez. Il avait pris un coup de soleil sur le ferry de Santo Domingo. Rien de terrible, juste de quoi détacher quelques petits morceaux de peau.

— Je pèle.

Elle rit de plus belle.

— Les petits Blancs doivent faire attention au soleil.

Son rire était extraordinaire, sonore et chaleureux.

En l'observant sortir du lit et entrer dans la salle de bains, Bryan pensa à sa copine rachitique à New York. Quand ils couchaient ensemble, elle se mettait sur lui et s'agitait dans tous les sens comme ces mannequins gonflables qu'on installe devant les vendeurs de voitures d'occasion. C'était une expérience frénétique et pas toujours agréable. Les bruits qu'elle faisait lui évoquaient des suppliques grinçantes adressées à une obscure puissance supérieure. Il s'était senti flatté à l'époque, mais aujourd'hui, il voyait cela comme un numéro de film porno calibré pour satisfaire son ego masculin. Pourquoi les gens ne pouvaient-ils pas baiser sans se donner en spectacle ?

Cette femme ne faisait pas ça.

Il entendit la chasse d'eau, puis le bruit de la douche. Il avait l'impression de suivre un cours intensif sur la vie dans les Caraïbes. Après avoir quitté la République dominicaine, Porto Rico avait été une première étape facile et évidente. C'était un territoire non incorporé des États-Unis, et quoique Bryan ignorât ce que cela signifiait pour le Commonwealth de Porto Rico, il savait que cela autorisait un Américain à s'y rendre sans trop de difficultés. Il prit le ferry de Santo Domingo à San Juan, puis eut recours aux services d'un chauffeur pour traverser l'île jusqu'à Fajardo.

Une fois là-bas, il mangea des *tostones* et but une bière Coquí. Puis il embarqua sur le ferry rapide vers Saint Thomas aux îles Vierges américaines, un autre territoire non incorporé des États-Unis. De combien de ces territoires l'Amérique disposait-elle ? Il se dit que Guam appartenait sans doute à cette catégorie.

Son itinéraire n'avait rien d'improvisé. Il avait passé des heures sur les ordinateurs de la bibliothèque municipale de New York pour qu'on ne puisse pas retrouver son historique de navigation au bureau. Il avait étudié les horaires et les trajets de ferry afin de voyager le plus discrètement possible d'île en île. Il avait mis au point un plan méthodique pour disparaître. Le détective que la boîte engagerait retrouverait sa piste et la suivrait jusqu'aux îles Vierges, mais c'est là qu'elle refroidirait. Il n'était resté à Saint Thomas que quelques heures, assez longtemps pour acheter des bouteilles de rhum et croiser la route d'un couple d'Australiens sympas qui visitaient les Caraïbes sur leur voilier. Il les avait rencontrés par la page Facebook de son club de voile et ils avaient proposé de le déposer. Bryan s'était présenté à eux sous le nom de Randy, un publicitaire fraîchement licencié dépensant ses indemnités à parcourir le monde. Ça faisait une semaine qu'il s'était laissé pousser la barbe et il pensait avoir l'air d'un riche hipster en vacances. Il leur avait confié que sa seule intention était de s'allonger dans un hamac et de boire de la bière. Il voulait sentir l'air de l'océan lui chatouiller les pieds, ne plus jamais poser les yeux sur un tableau Excel, et s'abandonner à une consommation excessive de margaritas. Ce qui était plus ou moins la vérité.

Bryan avait pris soin de faire chier les Australiens en passant du Grateful Dead dès que possible. Si on leur posait la question, ils répondraient qu'ils avaient pris à leur bord un hippie détestable qui allait en Jamaïque pour assister au Reggae Sunsplash Festival.

Ils avaient accosté à Ocho Rios, au nord de la Jamaïque. Les Australiens étaient allés se présenter aux autorités pour obtenir leur permis de navigation et Bryan avait quitté le navire et mis le cap sur la ville.

Il avait demandé au chauffeur de taxi de lui indiquer un hôtel tranquille et pas cher. Le type l'avait conduit jusqu'à un deux étoiles discret qui se présentait comme un établissement "sans prétention". Il était situé en périphérie de la ville, entre une parcelle de terrain envahie par la végétation et un petit amas de maisons. Bryan jugeait l'endroit plus délabré que sans prétention, mais il était propre et parfait pour ce qu'il comptait faire. Il avait raconté à la réceptionniste qu'il venait de tout perdre après un divorce difficile et qu'il ne voulait surtout pas que sa femme ou ses avocats le retrouvent. Il avait besoin de se détendre. De marcher sur la plage. De remettre de l'ordre dans sa vie. Il s'était efforcé de prendre un air triste et avait convaincu la fille de l'enregistrer sous le nom de “M. Smith” en payant une semaine d'avance et en lui glissant un billet de cent dollars pour sa peine.

La réceptionniste s'appelait Grace. L'histoire de Bryan l'avait intriguée, ou du moins, elle avait titillé sa curiosité au point que, quelques jours plus tard, elle était venue se joindre à lui pour dîner, boire un verre et l'avait suivi jusqu'à sa chambre. Les parties de jambes en l'air n'étaient pas dans ses plans, mais Bryan n'y voyait aucun obstacle moral ou religieux. Après deux jours à marcher sur la plage et à glander à l'hôtel, il se sentait plutôt nerveux.

Bryan ôta délicatement le préservatif de sa bite et le jeta dans la poubelle alors que Grace sortait de la salle de bains. Elle resta nue au pied du lit à s'essuyer les cheveux avec une serviette. Bryan ne put s'empêcher de l'admirer. Elle était chaude, détendue, tout l'opposé des femmes qu'il avait pris l'habitude de fréquenter, froides et coincées comme des esquimaux névrosés.

— Qu'est-ce que tu vas faire aujourd'hui ? demanda-t-elle.

Bryan haussa les épaules.

— Peut-être aller voir une cascade.

— Les chutes de la Dunn ? dit-elle en riant. Tu vas bien t'amuser, mais ne bois pas l'eau.

— Les gamins pissent dedans ?

— C'est pas les gamins le problème, répondit-elle en remettant sa robe. Eh bien, monsieur Smith, je crois que tu as passé un bon moment hier soir.

— Tout à fait, dit Bryan en lui rendant son sourire.

— Alors montre à Grace que tu es satisfait, dit-elle en tapotant le lit.

Bryan la dévisagea. Il n'avait jamais aimé que les gens parlent d'eux-mêmes à la troisième personne. L'espace d'un instant, il se demanda ce qu'elle attendait de lui. Un baiser ? Un câlin ? Et puis il comprit.

— Tu veux un pourboire ?

— Deux cents dollars feront l'affaire, répondit-elle en hochant la tête.

C'ÉTAIT une carte postale idiote, le genre qu'envoient les touristes. La photo d'une femme magnifique à la peau cacao, au sourire scintillant et aux seins engoncés dans un minuscule bikini rouge et blanc. Elle avait les dents blanchies par Photoshop et tenait une grappe de bananes d'un vert vif dans les bras comme s'il s'agissait d'un bébé. Derrière elle, des palmiers oscillaient sur fond de ciel retouché et de vagues turquoise s'écrasant contre un sable écru ; c'était une plage à la fois exotique et sûre, une vision hygiénique des Caraïbes. Une police particulièrement joviale proclamait BONJOUR DE PUNTA CANA !

— La République dominicaine ?

Neal sentit ses allergies se réveiller. La fumée de cigarette le faisait souffrir. Il était surpris que LeBlanc soit sorti avec une fumeuse. C'était pourtant la bonne personne : la blonde maigrichonne de la photo récupérée sur le frigo. Neal retourna la carte. Il y avait le nom et l'adresse de la femme. Il mâchonna l'ongle de son pouce et plissa les yeux pour déchiffrer les petits caractères. La blonde tira une dernière bouffée sur sa cigarette, souffla un mince filet en direction du visage de Neal, puis écrasa son mégot dans le cendrier. Il cligna lentement des yeux, le temps que la fumée se dissipe. En scrutant le mégot écrasé, il ne put s'empêcher de remarquer les traces de rouge à lèvres rouge tout autour.

— On était censés y aller en vacances. Il avait pris deux semaines dans un hôtel, avec formule tout compris.

— Pourquoi n'êtes-vous pas partie avec lui ?

— Faut croire que je me suis fait larguer.

— Pensez-vous qu'il soit toujours là-bas ?

— Comment je le saurais ? Mon copain s'est payé des vacances de luxe et tout ce que j'ai eu, c'est cette putain de carte postale à la con.

Neal n'avait pas mis longtemps à la retrouver. Après un examen rapide des relevés téléphoniques du bureau de LeBlanc et un petit hack de son compte Facebook, il se retrouvait face à son ex aigrie, à se faire traiter comme une merde.

— A-t-il dit quoi que ce soit avant de partir ?

— Comme quoi ?

— A-t-il laissé un indice quant à ses intentions ?

Elle plissa les yeux.

— Il m'a esquivée.

— Comment ça, il vous a esquivée ?

— En faisant une putain d'esquive. Vous connaissez d'autres techniques ?

— Il se comportait bizarrement la dernière fois que vous l'avez vu ?

— Il a toujours été bizarre, répondit-elle en secouant la tête.

— Bizarre, vous dites ?

— Bryan était un mec bizarre.

Elle alluma une autre cigarette et lui souffla la fumée au visage.

— Mais il était super au plumard.

Neal décida de ne pas creuser la question. Il aurait peut-être besoin de lui reparler et il ne voulait pas qu'elle disparaisse, ou pire, qu'elle engage un chargé de communication.

Elle avait plutôt fière allure. Avec ses cheveux blonds coiffés en queue-de-cheval et son long corps fin habillé de vêtements à la fois chers et décontractés, elle était jolie comme peuvent l'être les riches filles originaires du Connecticut. Il voyait bien ce qui avait plu à LeBlanc. C'était le genre de femme que les mecs de Wall Street appréciaient : le modèle haut de gamme avec les dernières options, comme le top de chez Tesla. Neal se dit qu'elle devait jouer au tennis et faire de très bons Manhattan. Fumer des cigarettes était visiblement son seul défaut.

Il retourna plusieurs fois la carte postale. À côté du nom et de l'adresse, un mot était étalé sur la partie réservée au message.

— *Mofongo* ? Ça veut dire quoi ?

— Peut-être "va te faire foutre" en espagnol.

Elle se débarrassa de sa cendre et lui sourit d'un air moqueur.

— Vous savez, quand vous avez appelé et que vous m'avez dit ce qu'il avait fait, je n'ai pas été surprise. Mais je n'arrive pas à comprendre comment il a pu s'en tirer. Il arrive à détourner des millions dans une boîte pleine de petits génies de la finance. Comment il s'y est pris ?

Neal ne répondit pas. Elle avait refusé de lui parler jusqu'à ce qu'il consente à lui raconter ce que LeBlanc avait fait.

— Maintenant, je comprends.

Il y avait quelque chose dans sa voix, une nuance subtile. Neal se sentit rougir et son col se resserrer autour de son cou.

— Comment ça ?

Elle éclata de rire, relâchant des petits nuages de fumée grise.

— Vous êtes tous qu'une bande de nerds.

En tant que merveilles naturelles, les chutes de la Dunn se posaient là. Elles n'étaient pas aussi impressionnantes que les chutes du Niagara ou d'Iguaçu, leur beauté ne vous coupait pas le souffle comme les cascades vertigineuses d'Hawaï. On était loin du mur d'eau rugissant, mais elles étaient plus grandes qu'il s'y attendait. Comparativement, c'étaient des chutes d'eau plutôt pépères.

Par contre, en tant qu'attraction touristique, l'endroit était dingue. Des chaînes humaines de vacanciers blanchâtres en maillots de bain se tenaient par la main alors que leurs guides jamaïcains les menaient vers les chutes. Bryan ne prit pas la peine de compter, mais environ deux cents personnes pataugeaient dans les eaux en essayant d'escalader les rochers glissants tandis que les photographes officiels prenaient des clichés et des vidéos. C'était là tout le génie de la scène : traîner les touristes dans la flotte, puis leur vendre des images où ils se font traîner dans la flotte. Il y avait beaucoup de cris et d'encouragements. On ne poussait pas les touristes à se lever et à défendre leurs droits, mais à se hisser sur les rochers. C'était un spectacle des plus étranges. Tout le monde barbotait, glissait. Les gens étaient trempés, mais ils semblaient vraiment heureux, comme si l'eau qui se déversait de la montagne était chargée d'un remède miracle.

C'était peut-être ça, le truc. Quand on n'a pas beaucoup d'argent, il faut inventer des manières d'en gagner : développer une pensée alternative et transformer une chute d'eau certes jolie mais tout à fait ordinaire en une attraction incontournable. Pas seulement un endroit agréable pour lequel on paye un droit d'entrée. Il faut employer des dizaines d'autochtones pour guider les touristes dans la flotte et des photographes pour leur refourguer des photos souvenirs. Vous vendez des T-shirts et des babioles, des beignets de bœuf jamaïcains et de la bière Red Stripe. Bryan ne put s'empêcher de sourire. Ça lui rappela le moment où Grace lui avait demandé un pourboire. Elle n'était pas une prostituée, elle avait simplement trouvé de nouvelles manières d'augmenter son revenu. Il trouvait ce genre de comportement tout à fait remarquable. L'exploitation des chutes de la Dunn obéissait à la même logique.

Bryan suivit le conseil de Grace et ne s'aventura pas dans l'eau. Il préféra se prendre une bière et s'asseoir sur un banc pour observer les touristes escalader les chutes.

Il se demanda si ce comportement était révélateur de sa personnalité. Pourquoi n'enfilait-il pas son maillot de bain pour sauter à la baille avec le reste de l'humanité ? Il avait toujours été comme ça. Il avait traversé l'adolescence sans devenir scout ou jouer au football. Durant ses années de lycée, il n'avait appartenu à aucun club, comité ou gang. Il n'avait jamais ressenti l'envie de s'engager auprès d'un collectif. Il ne voulait pas être catalogué. Il n'était ni démocrate, ni républicain, ni membre des sociaux-démocrates. Il avait même du mal à voter.

Ses amis de l'université vivaient leurs vies. Ils se mariaient, ils élevaient leurs enfants. Il ne les voyait plus beaucoup.

Bryan observait une jeune femme en bikini. Elle glissa sur un rocher, disparut sous la surface, puis resurgit un sourire aux lèvres et poussa un cri de joie. Il vida sa bière et jeta la bouteille vide dans une poubelle. Un Jamaïcain sympathique lui demanda s'il voulait qu'il prenne sa photo à côté des chutes, mais Bryan secoua la tête. Tous ces gens qui s'amusaient commençaient sérieusement à le plomber.

Seo-yun venait d'envelopper de ses lèvres l'extrémité du pénis lorsque son téléphone se mit à vibrer et qu'une sonnerie résonna depuis la table de nuit. Elle n'eut pas besoin de regarder. C'était son fiancé. Il avait choisi une sonnerie pour ses appels. *Always* d'Atlantic Starr était la chanson la plus énervante que Seo-yun connaisse, mais c'est ce qu'il avait foutu dans son téléphone. C'était le morceau numéro un pour les premières danses de mariage. Il était très impatient de partager cette première danse avec elle et il avait même prévu des cours avec un chorégraphe pour qu'ils concoctent un numéro mémorable qu'ils filmeraient et posteraient en ligne. Il faut croire que les gens faisaient ce genre de choses.

Il essayait sans cesse de la joindre ces derniers temps. Pour parler des invitations, pour qu'ils écrivent des vœux originaux, pour pinailler au sujet des fleurs, de la salle, du menu, de sa robe… N'était-elle pas censée choisir elle-même ce qu'elle porterait ? Devait-elle se taper cette chanson cinquante fois par jour ?

L'air frais qui baignait la pièce la fit frissonner, mais elle trouvait agréable de se retrouver nue, d'enlever son chemisier et sa jupe et de révéler son corps fin. Elle fit doucement passer sa langue sur le gland du jeune homme et le sentit frémir. Peut-être allait-elle demander à son fiancé d'inclure une phrase dans leurs vœux. Elle promettait d'être fidèle tant qu'il ne l'emmerdait pas au point de lui donner envie de le tromper durant sa pause déjeuner.

La chanson passait en boucle, au point que le type demande :

— T'es pas censée décrocher ?

Seo-yun secoua la tête et continua d'explorer la bite avec sa langue.

— T'es sûre ?

— Hmm-hmm.

Alors qu'elle lui pompait le dard, Seo-yun réalisa qu'elle était engagée dans un autre type d'opération de change. Les corps s'assemblaient et échangeaient des valeurs dans une transaction que toutes les parties espéraient équitable. Elle savait que la pratique n'était pas rare chez ses collègues masculins, mais c'était la première fois qu'elle emmenait quelqu'un baiser à l'hôtel, peut-être même la première fois qu'elle s'éclipsait du bureau en plein après-midi. Ça ne lui ressemblait pas du tout.

Il s'appelait Stanford, comme l'université de Californie. C'était le petit-fils d'un des membres du conseil d'administration de la société. Stanford, vingt-cinq ans, avec son MBA tout frais et sa cuillère en argent dans la bouche, devait faire ses armes sur le marché des changes. Ce n'était pas un début de carrière typique dans la finance, mais Stanford n'allait pas commencer au bas de l'échelle.

Comme il s'intéressait au marché des changes, on avait demandé à Seo-yun de lui montrer les ficelles du métier afin de voir s'il avait les épaules pour se faire sa place dans son département. Il était intelligent, bien entendu, et sérieux, mais il n'était pas timide et elle sentit tout de suite la tension sexuelle entre eux. En temps normal, elle n'y aurait prêté aucune attention, mais son téléphone ne cessait de sonner et son fiancé lui envoyait texto sur texto. Ça l'avait tellement énervée qu'elle avait invité Stanford à déjeuner. Pourquoi ? Elle en ignorait la raison exacte. C'était un acte impulsif et ça l'avait excitée.

Ce genre de choses pouvait se révéler dangereux.

En jetant un œil à son CV, elle avait remarqué qu'il avait été sélectionné dans l'équipe universitaire de lacrosse. Elle n'avait pas été déçue lorsqu'il avait retiré sa chemise et découvert son corps parfaitement musclé. Elle peinait à se souvenir de la dernière fois où elle avait touché des abdos bien dessinés. Ça aurait tué son fiancé d'aller à la salle de sport de temps en temps ?

Elle bougea la tête de haut en bas, prenant la bite profondément en bouche, puis la retira et roula sa langue sur le gland, ravalant bruyamment sa salive tout en lubrifiant l'intégralité de l'engin.

Elle ne se comportait pas de manière professionnelle. Les ressources humaines n'auraient pas donné leur aval. De toute façon, elle allait se retrouver au chômage, car on la tiendrait pour responsable des malversations de Bryan. Voilà ce qui se passait quand on faisait confiance à quelqu'un. Elle avait été convoquée chez le P-DG à quatre heures de l'après-midi. Quitte à se faire virer, autant que ce soit en puant le sexe illicite.

Son téléphone sonna de nouveau. Elle sentit le jeune homme gigoter. Elle leva les yeux vers lui.

— C'est juste mon fiancé.

— Quoi ?

— Mon fiancé. Il veut que je regarde des serviettes.

Le jeune homme lui jeta un regard perdu. Allait-il lui adresser quelques mots réconfortants ou chercher une excuse pour s'éclipser ? Il finit par hocher la tête.

— OK.

Elle se mit à le branler sérieusement. Elle lui suçait le gland tout en lui caressant le manche jusqu'à ce qu'il jouisse. Elle retira son visage et laissa le sperme lui maculer le cou et les seins. Lorsqu'elle leva les yeux vers lui, elle vit qu'il avait l'air surpris. Seo-yun étala son sperme sur ses seins jusqu'à ce que le fluide gluant couvre toute sa poitrine. Puis elle se leva et l'embrassa.

— Maintenant, voyons si tu as les qualifications nécessaires pour ce travail.

Elle s'allongea sur le lit et attendit qu'il lui renvoie l'ascenseur.

Neal s'installa confortablement sur la vieille banquette en vinyle du taxi qui se frayait un chemin dans les rues de New York. Son bureau était dans le centre-ville ; en théorie, il aurait pu marcher jusqu'au métro, histoire de se débarrasser de l'odeur de fumée de cette horrible femme, mais le trajet en taxi lui donnait l'occasion de réfléchir. À InterFund, son titre officiel était "chargé des recouvrements spéciaux", un département composé de lui seul dont le but était de retrouver les investisseurs qui avaient visé trop haut, fait de mauvais placements, s'étaient vu réclamer des sommes importantes et avaient préféré prendre la fuite. Habituellement, ça ne concernait pas les employés de la société, surtout des gens comme Bryan LeBlanc.

Toute cette histoire lui paraissait absurde. LeBlanc était une étoile montante d'InterFund. Le P-DG lui-même l'avait choisi et formé pour qu'il devienne l'un des leaders de demain. Son destin était de prendre la tête du département des opérations de change. Il était beau, sympathique, et tout le monde l'appréciait. S'il avait joué le jeu, il aurait eu un salaire à sept chiffres d'ici un an ou deux. Il aurait été multimillionnaire avant ses quarante ans. C'était justement pour ça que ces types choisissaient ce métier. Alors pourquoi arnaquer la boîte ?

Il n'y avait aucune manifestation de ce que Neal avait baptisé le *big three* : les trois raisons caractéristiques conduisant à ce genre de comportement : consommer de la drogue, en général de la cocaïne ou une forme d'analgésique prescrit sur ordonnance, contracter des dettes auprès d'un bookmaker en pariant sur les Jets, les Mets ou les Nets, ou développer une addiction aux prostituées haut de gamme. À ce stade de son enquête, LeBlanc ne présentait aucun de ces symptômes.

Il avait falsifié des documents qui lui avaient permis d'emprunter de l'argent sur les comptes de ses clients et d'investir les fonds en leur nom. En temps normal, cette pratique n'avait rien d'inhabituel, car de nombreux traders travaillaient de cette manière avec l'autorisation de leurs clients. Lorsque le marché se portait bien et que les actions étaient en hausse, un bon investisseur pouvait doubler, voire tripler sa mise. Quand le marché était en baisse, là, plus personne ne rigolait.

LeBlanc avait fait passer les fonds dans un circuit complexe de comptes factices et de manipulations de devises, des milliers de transactions dont certaines ne duraient qu'une poignée de secondes. Neal arrivait à peine à suivre la trace de l'argent. Le monde des opérations de change n'était pas réglementé. Comparé à toutes les branches de l'industrie des services financiers, c'était le Far West.

Lorsque les marchés étaient dans le vert, personne ne se souciait de rien. Sur le papier, tout le monde gagnait de l'argent. L'arnaque de LeBlanc n'avait été découverte qu'en raison d'une dévaluation soudaine de la livre sterling. Le marché s'était ajusté et l'une des institutions qu'il avait pour client avait ordonné un audit.

Mais LeBlanc et ses dix-sept millions de dollars s'étaient déjà volatilisés dans la nature.

Un autre élément le déconcertait. Pourquoi ne pas voler plus ? Il n'avait qu'à se servir. Bernie Madoff avait piqué des milliards. Pourquoi LeBlanc s'était-il contenté de si peu ?

Le taxi tourna brusquement en direction de son bureau et Neal aperçut son reflet dans le rétroviseur. La copine de LeBlanc l'avait traité de nerd. C'est vrai que sa peau était pâle et qu'il souffrait encore d'éruptions sporadiques d'acné rosâtre malgré ses trente-trois printemps. Mais les nerds étaient censés manquer de style. Neal trouvait qu'il avait du style. Il portait des lunettes tendance. Ses cheveux étaient rassemblés en une crête brouillonne au milieu de son crâne ; une coupe que son styliste qualifiait de faux mohawk. Et il n'arborait pas l'uniforme bleu marine rayé des banquiers d'affaires. Il n'était pas un nerd, mais un rebelle. Ses bottines en témoignaient.

Neal entra dans les locaux d'InterFund – faits de verre, d'acier et de caméras de surveillance – et salua les vigiles d'un hochement de tête. Il passa son badge sur le lecteur, accéda aux ascenseurs, appuya sur le bouton du onzième étage et patienta en regardant le prix des actions s'afficher en temps réel sur le bandeau déroulant.

Il traversa l'open space où des dizaines de traders scrutaient leurs moniteurs, puis déverrouilla sa porte et pénétra dans son bureau. Neal s'estimait heureux de ne pas se retrouver engoncé dans un box, mais l'intimité qu'on lui autorisait n'était due qu'à la sensibilité des données qu'il traitait, des informations que la société ne voulait pas voir apparaître en une du *Wall Street Journal* ou, pire encore, sur un site Internet spécialisé dans les ragots du métier.

Il accrocha la carte postale BONJOUR DE PUNTA CANA ! sur le panneau en liège au-dessus de son bureau. Il n'éprouvait franchement aucun état d'âme à l'avoir volée à la copine fumeuse de LeBlanc. S'il lui avait demandé de la conserver, elle lui aurait dit non rien que pour l'emmerder. Neal s'assit devant son ordinateur, entra son mot de passe et ouvrit Google. Il ne savait pas encore ce qu'il cherchait, mais on trouvait toujours des choses intéressantes quand on passait au crible les données d'un individu, surtout ses relevés de carte bancaire.

À chaque appel de marge, la banque saisissait les comptes pour couvrir les pertes. C'était parfaitement légal et stipulé en tout petits caractères au bas du contrat. Neal avait toujours pensé que les gens feraient mieux de les lire avant de se mettre à spéculer. Dans le cas où le client perdait plus d'argent qu'il n'y avait sur le compte, ce qui n'était pas rare lorsqu'il boursicotait sur le marché des biens, la banque exerçait un droit de rétention sur son patrimoine immobilier ou forçait la vente de sa collection d'art, de ses automobiles ou de ses bateaux. En gros, toutes les choses de valeur dont le client disposait étaient saisies. Certains n'avaient pas forcément envie de régler l'addition et décidaient de prendre la fuite. C'est là que Neal intervenait. Les recouvrements spéciaux étaient un croisement entre le travail d'un détective privé et celui d'un agent de saisie. Neal y trouvait son compte. Les histoires humaines étaient intéressantes. Les gens avaient toujours une bonne raison de ne pas payer la banque. Neal aimait les retrouver, relever chaque fois un nouveau défi. En général, il localisait la personne rapidement. Même si elle avait vendu sa maison, abandonné sa voiture et vivait avec un vieux pote de l'université. C'étaient toujours les mêmes erreurs, la même négligence. Ça pouvait prendre la forme d'une page Facebook, d'un compte Twitter, d'un profil Tinder ou d'un flux Instagram. Parfois, les coupables quittaient la ville en laissant une adresse de suivi de courrier au bureau de poste. La majorité retournait vivre chez leurs parents. Plus souvent qu'on ne pourrait le croire, ils restaient chez eux et continuaient à vivre comme si de rien n'était, comme s'ils n'avaient pas fait de mauvais placement et vu leurs économies se volatiliser. Ils ne répondaient pas au téléphone, aux e-mails et aux lettres recommandées. Neal les appelait les autruches. Ce genre de dossier ne prenait qu'une heure ou deux. Il retrouvait la personne, obtenait un mandat d'arrêt ou une décision de justice pour saisir leur patrimoine et les faisait embarquer par le shérif du coin. Une fois que l'autruche se retrouvait entre les mains de la police, elle était soudain très pressée de trouver un arrangement. La plupart du temps, les gens étaient soulagés. Ils n'avaient plus à se cacher, ils pouvaient affronter les conséquences de leurs actes et reprendre une vie normale. Neal n'était pas diplômé de psychologie, il n'avait jamais étudié les pathologies criminelles, mais son expérience lui avait appris que le cerveau humain avait besoin d'ordre et que les coupables couraient après la justice même si ce n'était pas dans leur intérêt. Les gens fonctionnaient comme ça.

Les choses étaient différentes lorsqu'ils cherchaient activement à disparaître. Il fallait se rendre sur le terrain. Neal obtenait une décision du tribunal et gelait leurs actifs. En général, ça suffisait. Lorsque quelqu'un se retrouvait privé de ses comptes bancaires, de ses cartes de crédit, de ses téléphones portables… il faisait appel à un avocat et essayait de passer un accord au plus vite. Peu de gens gardaient du liquide sous leur matelas. Quoiqu'au vu de l'instabilité des marchés, ça ne semblait pas le pire endroit pour conserver ses richesses.

Ce dossier était différent. Ce type savait comment fonctionnait le système, il était parti avec une bonne longueur d'avance et dix-sept millions de dollars.

Neal espérait que LeBlanc ait une forme de perversion sexuelle. Dans un monde idéal, il le retrouverait attaché et bâillonné par une dominatrice dans une suite luxueuse quelque part en République dominicaine. Il lui suffisait de contacter les hôtels haut de gamme et d'enquêter sur les grosses transactions en liquide. Ça lui prendrait une semaine, peut-être deux. S'il avait de la chance, il pourrait se rendre sur place et s'autoriser quelques heures de farniente dans un hamac. Ses dernières vacances remontaient à une éternité.

Neal aimait travailler avec méthode. Il n'avait aucune envie de perdre son temps à suivre ses intuitions ou à chasser des fantômes. Il décida donc de commencer par le dernier endroit où l'on avait aperçu M. Bryan LeBlanc. Selon Wikipédia, Punta Cana était une ville balnéaire située à la pointe est de la République dominicaine, un endroit disposant de "l'un des aéroports les plus fréquentés et les mieux connectés des Caraïbes". Il s'apprêtait à appeler la sécurité de l'aéroport de Punta Cana lorsque sa messagerie pro et son iPhone bipèrent à l'unisson. Deux missives urgentes. Il était convoqué sur-le-champ dans le bureau du P-DG.

En sortant de l'ascenseur, Neal goba deux pastilles à la menthe étonnamment fortes et songea à ce qu'il fallait dire à ses supérieurs. Il n'avait pas grand-chose à se mettre sous la dent, mais il n'était pas non plus dans l'impasse. Les impasses n'existaient pas, à moins que la personne choisisse de se suicider ou meure dans un accident. Même si on racontait que Kenneth Lay*, le capitaine pirate qui avait sabordé Enron, avait

* P-DG d'Enron jusqu'à ce que l'entreprise fasse faillite en 2001. Lay truqua les comptes, encouragea l'avidité et l'amoralité des traders et détourna personnellement des dizaines de millions de dollars.

mis en scène sa mort et vivait maintenant sur une île déserte.

L'assistant du P-DG lui montra la porte.

— Ils vous attendent.

Dès qu'il entra, Neal se sentit enveloppé de l'atmosphère caractéristique de la richesse et du pouvoir. Il pénétrait dans un autre monde. L'air n'avait pas la même odeur, comme s'il avait été importé des Alpes suisses. Même la lumière était différente. Elle était douce, presque luxueuse, conçue pour donner aux clients l'impression d'être aussi inestimables que les fortunes qu'ils confiaient à la banque.

Le P-DG se leva et lui tendit la main.

— Ravi de vous voir, Cornelius, merci d'être venu aussi vite.

Le P-DG était la seule personne qui l'appelait par son vrai prénom, à l'exception de ses parents. Lorsque Neal leur avait demandé pourquoi ils l'avaient baptisé ainsi, ils avaient éclaté de rire et répondu qu'ils aimaient *Soul Train*. Comme si baptiser son fils d'après un présentateur télé était la marque d'un humour irrésistible. Neal avait réalisé que c'était là un effet secondaire du goût prononcé de ses parents pour la marijuana. Depuis le lycée, tout le monde l'appelait Neal.

Le P-DG le gratifia d'une poignée de main experte. Il semblait plus vieux que la dernière fois qu'il l'avait croisé, il y a plusieurs mois de cela. Ses yeux bleu acier étaient toujours assortis à sa cravate, mais ils étaient désormais masqués par d'épaisses lunettes, et les déjeuners riches en lipides dans les restaurants quatre étoiles avaient fini par le rattraper. Si on en croyait les ragots circulant au bureau, le P-DG avait développé un méchant problème de goutte et n'était maintenant plus capable de jouer au tennis le week-end. Son bronzage avait fané et il avait développé une bedaine et un double menton caoutchouteux. Il avait l'air d'un col blanc lambda, bardé de diplômes mais en mal cruel d'exercice.

Neal se tourna et aperçut Seo-yun, la directrice du département des opérations de change. Elle était assise au bord du canapé et affichait un air nerveux.

Le P-DG fit signe à Neal de prendre place à côté d'elle.

— Comment avance le dossier LeBlanc ?

Neal s'attendait à quelques banalités, peut-être même des présentations, mais le P-DG n'était manifestement pas d'humeur à perdre du temps. Neal décida de faire de même.

— Je crois qu'on devrait demander l'aide du FBI. Il s'agit d'une affaire de détournement de fonds et c'est leur spécialité.

Le P-DG retira ses lunettes et les nettoya avec un mouchoir. Neal s'imagina un acteur qui tentait de s'occuper les mains pour paraître pensif. Il observa Seo-yun, qui observait le P-DG. Elle était totalement immobile, les yeux rivés droit devant elle. Neal renifla l'air. Elle portait un parfum musqué. Il se pencha plus près et inspira profondément, s'efforçant d'identifier l'odeur émanant de son corps. Elle tourna la tête vers lui et lui adressa un regard étrange.

Le P-DG remit ses lunettes et se racla la gorge.

— Si l'affaire devenait publique, cela causerait des dommages irréparables à la société. J'ai déjà parlé au conseil d'administration et nous avons tous convenu qu'il fallait gérer ce dossier en interne. Vous vous en sentez capable ?

Neal se pencha en avant.

— Il a quitté le pays il y a deux semaines. Personne ne l'a revu depuis.

Le P-DG afficha un air peiné.

— Ça signifie qu'il pourrait être n'importe où ?

Neal hocha la tête.

— Apparemment, il a pris une formule tout compris dans un hôtel.

— Où se trouve cet hôtel ?

— En République dominicaine.

Le P-DG garda le silence un instant, puis il s'exprima avec délicatesse.

— Le fils de pute.

— Il a quitté l'hôtel, poursuivit Neal. De là, il a pu se rendre dans toutes sortes d'endroits où il sera difficile à retrouver : le Brésil, les îles Caïmans, le Vénézuela. Impossible de le savoir à ce stade.

Seo-yun sortit de sa réserve.

— Il a mis sur pied une suite très complexe de transactions pour cacher l'argent. Nous sommes en train de tout détricoter.

Le P-DG se frotta le visage.

— C'est moi qui l'ai engagé. C'est moi qui l'ai promu. J'ai pris ce petit salaud sous mon aile. Vous comprenez ce que je suis en train de vous dire ?

— Je vais être obligé d'embaucher des consultants extérieurs, répondit Neal avant de désigner Seo-yun. Et je vais avoir besoin d'elle. Je ne comprends pas très bien le fonctionnement du marché des changes.

— Personne n'y comprend rien. C'est pour ça que ça rapporte autant d'argent.

Seo-yun se tourna vers Neal.

— Je vous aiderai autant que je le peux.

Le P-DG se racla la gorge.

— Bien. Vous deux, faites de votre mieux. Il a arnaqué des clients importants, des gens qui peuvent faire un scandale public. Si vous avez besoin d'engager des gens sur le terrain, même des mercenaires, allez-y. Peu importe ce que ça coûtera. Retrouvez-moi cet enfoiré avant qu'il dépense le moindre centime de l'argent qu'il a volé. Retrouvez-le et ramenez-le moi. Mais assurez-vous que personne ne soit au courant de ce que vous faites et n'appelez surtout pas ces putains de flics.

Ils quittèrent le bureau, abandonnant la moquette luxuriante pour un faux granito brillant. Une sonnerie robotique ténue annonça l'arrivée de l'ascenseur. Les portes s'ouvrirent, ils entrèrent et restèrent debout côte à côte, à regarder le compte à rebours des numéros d'étage.

Seo-yun lui donna sa carte de visite.

— Si vous avez besoin de quoi que ce soit, n'hésitez pas. Je suis navrée de ce qui s'est passé.

— Ce n'est pas votre faute, dit-il en prenant la carte.

— Ce n'est pas ce que j'ai cru comprendre.

Neal se pencha vers elle et inspira profondément.

— Vous avez des allergies ? dit-elle en tournant la tête.

Neal rougit.

— J'essaye juste de reconnaître le parfum que vous portez.

— C'est du foutre, dit-elle en souriant.

Les portes de l'ascenseur s'ouvrirent et Seo-yun s'éloigna. Alors qu'elles se refermaient, Neal se demanda si elle parlait de sperme ou d'une marque de parfum dont il n'avait jamais entendu parler.

Plus ils s'éloignaient du rivage, plus la cargaison du bateau empestait. La puissante odeur de créatures marines fraîchement pêchées se mélangeait à la fumée de cannabis. Bryan se tourna vers le capitaine. Son grade était signifié par une vieille casquette usée perchée au sommet d'une montagne de dreadlocks. Installé dans le cockpit, il pilotait d'une main la petite embarcation filant vers le large. Le copilote, un jeune homme à la beauté saisissante, était assis à côté, un spliff aux lèvres. Il pencha la tête en arrière pour recracher la fumée, qui voleta devant Bryan avant de se perdre au-dessus de la mer.

Bryan cligna des yeux. N'était-ce pas là un pur cliché ? Comme dans ce film, *The Harder They Come*.

Le bateau ne devait faire que sept ou huit mètres de long. Le capitaine et son copilote profitaient de l'ombre du cockpit, mais Bryan avait été installé sur une grosse glacière et grillait sous le soleil de l'après-midi. Il y en avait une dizaine, les plus imposantes qu'il ait jamais vues, remplies de conques géantes et d'une variété de bigorneau gigantesque qu'on ne pouvait pêcher qu'avec un permis spécial délivré par le gouvernement local. Comme le capitaine ne disposait pas dudit permis, il convoyait ses prises illégales aux îles Caïmans, à trois cents kilomètres de là.

Le copilote prit une grosse bouffée de son joint et jeta un coup d'œil à Bryan.

— Tu veux une taffe ?

Bryan acquiesça et marcha jusqu'au cockpit. Il n'aimait pas vraiment fumer, il ne l'avait fait qu'en de rares occasions avec des membres de son club de voile, mais c'était une bonne excuse pour s'abriter du soleil. Il prit une bouffée et sentit un goût terreux et sucré tapisser le fond de sa gorge. Il toussa, puis se tourna vers le capitaine.

— Vous ne fumez pas ?

L'homme secoua la tête et le copilote éclata de rire.

— Il fait rien, lui. Pas de ganja, pas d'alcool. Il est végan.

— Je suis *straight edge**, dit le capitaine avec un regard noir. J'aime rester sain.

Le copilote rigola de plus belle.

— Moi aussi j'aime les choses saines. C'est pour ça que je mets toujours une capote quand je vends de la canne à sucre aux touristes.

Le capitaine regarda Bryan.

— Il marchande sa sève.

— Quoi ?

— C'est un gigolo. Un homme prostitué.

D'une pichenette, le copilote se débarrassa de son mégot dans l'eau.

— Je bosse dans le secteur de l'hospitalité et du tourisme de l'économie jamaïcaine et c'est bien mieux que de se retrouver avec une cargaison de conques qui puent la merde.

— Un gigolo ? dit Bryan en souriant. C'est comment d'être gigolo ?

Le copilote se pencha tout près de Bryan.

— Les femmes célibataires viennent dans l'île pour le fun, le soleil et les coups de bite, non ?

---

* Sous-culture dont les adhérents ne consomment ni alcool, ni tabac, ni drogues. Pour certains, cela va jusqu'à se priver de viande, de café ou de médicaments, et ne pas coucher avec plusieurs partenaires.

— Sans doute, répondit Bryan.

— Tout le monde veut coucher avec un Jamaïcain. Je suis sûr que t'as payé pour *le duggu-duggu* pendant ton séjour, dit le copilote en lâchant un gloussement.

Bryan sentit son visage s'empourprer. C'était vrai. Même après coup, par inadvertance, il avait bien payé pour baiser. Il n'aurait jamais couché avec Grace s'il avait su qu'elle demanderait de l'argent. Pourtant, il ne regrettait pas de l'avoir payée. Peut-être était-ce juste sa contribution à l'économie locale ?

— Escort, c'est le bon plan, man. Je les regarde droit dans les yeux, je leur sers le couplet classique à la *Hakuna Matata*, parfois on fume un peu et puis elles payent pour me sucer la bite.

— C'est pas ce que j'ai entendu, dit le capitaine en secouant la tête.

— Il est jaloux, dit le copilote à l'attention de Bryan, parce que lui, il conduit cette bassine à conques au lieu de boire du chardonnay avec des Blanches.

Le capitaine éclata de rire.

— Les conques seront encore là quand tu ressembleras plus à rien.

— Et toi ? demanda le copilote à Bryan. Qu'est-ce que tu fous dans ce rafiot ?

— Mon ex m'a tout pris après le divorce. Alors je me suis barré. Depuis, je crois que j'essaye de me trouver.

— Et t'as trouvé quoi ? demanda le capitaine.

— Je trouve que je me sens mieux.

Le copilote était mort de rire.

— T'as qu'à apprendre à plonger pour aller chercher des conques. Ça te ferait une nouvelle carrière.

— Continue plutôt à fuir ta femme, dit le capitaine en secouant la tête.

Bryan était surpris que ces deux hommes parlent aussi facilement de leurs passe-temps illégaux. Voilà donc ce que faisaient les criminels entre eux ? Était-il censé leur dire ce qu'il avait fait, lui ? Il fut soulagé que la conversation évolue en un débat animé au sujet d'un joueur de snooker du nom de Rory McLeod. Le capitaine était fan, pas le copilote.

Comment en était-il arrivé à vivre cette existence de malfrat ? Le crime était à géométrie variable, c'était la seule raison pour laquelle il avait réussi son arnaque. Les criminels volent ce à quoi ils ont accès. Le capitaine avait accès aux conques et, quoique la prostitution n'ait rien à voir avec le vol, le copilote avait accès aux femmes qui voulaient baiser. Bryan étant un homme blanc muni d'un diplôme universitaire. Il avait été mis dans une position de confiance qui lui avait donné accès à des millions de dollars. Avec les mêmes opportunités, le capitaine et le copilote auraient-ils agi comme lui ? Curieusement, il en doutait. Ils étaient devenus criminels par nécessité, lui était de mouvance plus philosophique. Il voulait rendre au système la monnaie de sa pièce. Même s'il doutait que le système ait pris conscience de son existence.

Bryan ferma les yeux et se laissa bercer par les vagues et la ganja. Sa vie ressemblerait-elle désormais à ça ? Évoluer dans les bas-fonds de la pègre, ne dormir que d'un œil, ne jamais savoir à qui se fier ? Pour la première fois, il réalisa qu'il n'était peut-être pas taillé pour passer sa vie dans des petits bateaux merdiques bourrés de gastéropodes de contrebande.

DEBOUT derrière le comptoir de sa cuisine, Seo-yun avait les yeux rivés sur le micro-ondes.

Dans la salle à manger, son fiancé observait deux invitations de mariage et semblait réfléchir puissamment à leur sujet.

Le micro-ondes émit un bip. Seo-yun sortit le dîner décongelé, mélangea les nouilles de son pad thaï vegan et le goûta. Aucune épice ne vint lui piquer la langue, aucune saveur identifiable n'explosa dans sa bouche. On aurait dit une bouillie tomateuse, pratique et peu calorique, l'un de ces compromis sans saveur. À l'image de sa vie. De ce mariage.

Seo-yun pensa à LeBlanc et ne put s'empêcher de l'envier. Elle aurait aimé tout envoyer balader et partir vivre une nouvelle vie. Mais elle n'aurait jamais osé voler leur boîte. Elle n'avait rien d'un escroc. En réalité, elle était tout l'opposé. Les escrocs étaient audacieux. Quoiqu'elle se fût montrée plutôt audacieuse avec le jeune joueur de lacrosse cet après-midi. Peut-être avait-elle une légère tendance à la transgression. Était-ce un crime de se révolter ? De pimenter sa vie d'une dose de spontanéité ? Elle pensait qu'elle aurait éprouvé de la culpabilité, mais au lieu de ça, elle se sentait déconnectée, comme si elle vivait une expérience extracorporelle. Pas durant l'acte sexuel. Cette partie avait été profondément intracorporelle, mais sa réaction après coup lui paraissait très étrange.

Peut-être s'était-elle montrée trop sage au cours de sa vie. De l'école primaire au MBA, elle avait toujours fait ce qu'on lui avait demandé en excellant dans tous les domaines. À en croire ses parents, ses amis ou les codes de la société, elle aurait dû être heureuse. Elle l'était sur bien des plans. Elle aimait son travail, elle adorait vivre à New York et dépenser ce qui restait de son salaire à voyager. Elle avait tout ce qu'elle désirait. Alors d'où venait ce besoin de tout risquer ? Pourquoi ne pouvait-elle se repaître de sa réussite professionnelle ? Peut-être devait-elle assouvir un besoin spirituel plus profond ? Une envie que même le cours de sport le plus branché ne pouvait soulager. Peut-être fallait-il qu'elle se lâche l'espace d'un week-end ? Mettre le cap sur Vegas et faire ce qu'on faisait là-bas ? Ou aller au festival Burning Man, prendre un acide et participer à un gang-bang dans l'Orgy dome ? Elle avait lu un article à ce sujet. L'un des participants qualifiait l'expérience de "transcendantale".

Son fiancé leva les yeux vers elle.

— Je ne suis pas sûr pour l'Helvetica. C'est moderne, mais je sais pas… j'ai l'impression qu'on utilise ça pour annoncer une fusion ou une acquisition.

Seo-yun lui sourit et réfléchit un moment avant de répondre :

— Tu penses que tu serais d'accord si je sortais avec d'autres types ?

Son fiancé lui renvoya un regard perdu.

— Quoi ?

— Pour baiser, clarifia-t-elle.

Il posa les invitations de mariage.

— Mais on va se marier.

— C'est pour ça que je demande, dit-elle en acquiesçant. Ça te dérangerait ?

Il fit la moue.

— Oui, oui, je crois bien que ça me dérangerait.

Seo-yun fourra une cuillerée de nouilles dans sa bouche.

— Pourquoi ? Ça te fait envie ?

— Je veux juste savoir ce qu'on attend de moi, dit-elle en haussant les épaules.

Il tendit le bras et lui prit la main.

— C'est normal d'avoir un peu peur avant de se lancer là-dedans. C'est un engagement très important. Un engagement pour la vie.

Elle laissa sa main dans la sienne. Il lui sourit.

— Soy. Si tu as besoin de plus de temps, si tu veux en parler ou si tu veux qu'on suive une thérapie de couple, tu sais que tu peux compter sur moi.

Seo-yun appréciait sa proposition, mais comment lui faire comprendre que la vie qu'il avait imaginée était si viscéralement normale qu'elle semblait tout droit sortie d'un catalogue IKEA ? Elle manquerait cruellement d'impulsivité, de fantaisie et d'imagination. Il n'y aurait aucune place pour la folie, pour l'excentricité ou l'originalité. Elle sentit sa gorge se resserrer et retira sa main.

— J'aime bien l'Helvetica.

— Vraiment ?

Elle hocha la tête et posa les mains sur ses hanches pour signifier qu'elle prenait la chose au sérieux.

— Il faut que j'aille bosser.

— Les marchés sont fermés, répondit-il d'un ton moqueur.

— On m'a donné une mission spéciale.

— À t'entendre, on croirait que tu travailles pour le FBI.

— Je ne peux ni confirmer ni démentir, dit-elle avec un sourire condescendant. C'est top secret.

— Oh, ne sois pas comme ça. (Il se leva et vint l'enlacer par-derrière.) Je plaisantais.

Il rapprocha son visage de son cou et prit une profonde inspiration.

— Dis donc, tu sens bon.

Seo-yun se libéra des doigts qui lui enserraient la taille, entra dans sa chambre et ouvrit son ordinateur.

Les criminels n'étaient pas particulièrement dignes de confiance. C'était désormais une évidence pour Bryan. Après tout, ils gagnaient leurs vies en transgressant les règles, en prenant ce qui ne leur appartenait pas et en trahissant la confiance des gens. Une personne religieuse pourrait les considérer comme des gens malfaisants, mais ça lui paraissait excessif. Bryan n'était pas quelqu'un de malfaisant. L'adjectif *péteux* était plus approprié. Cela étant dit, peut-être que ça ne se limitait pas au milieu criminel, peut-être que personne n'était digne de confiance. En croyant au capitalisme, ce système économique conçu pour enculer la majorité de la populace afin qu'une minorité en profite, on acceptait d'obéir à une entité instaurée pour arnaquer tout le monde et encourager les gens à s'arnaquer entre eux. La société américaine était fondée sur ce genre de tromperie mâtinée d'opportunisme.

Bryan pouvait entuber son employeur, mais il était tout à fait raisonnable de penser que son complice, un directeur de banque adjoint nommé Leighton, l'entuberait tout aussi facilement. Avait-il vraiment le choix ? Il fallait bien faire confiance à quelqu'un. Bryan devait déplacer l'argent d'un compte électronique facilement identifiable à un endroit où les injonctions de justice et les ordres bancaires ne pourraient pas le saisir et le geler. Sauf qu'une fois passée du stade de l'argent digital à celui l'argent analogique, la chose devenait sujette au vol. C'était une somme si conséquente que toute personne normale serait tentée. Où va le monde quand les escrocs se font escroquer ?

Malgré son nom, Grand Cayman était une petite île. Sur un territoire de cette dimension, George Town passait pour une métropole. La plupart des sociétés étaient sur South Church Street, la principale avenue touristique, qui courait le long du front de mer. La livraison de conques jamaïcaines avait eu lieu sur un quai privé de l'autre côté de l'île et Bryan s'était fait déposer par le camionneur qui livrait ces articles de contrebande aux restaurants de George Town. Les chefs n'avaient aucune idée de la provenance des gastéropodes, ils voulaient juste qu'ils soient frais.

Bryan s'assit à la table d'un restaurant et attendit son contact local. Chose bizarre, un concessionnaire Harley-Davidson se trouvait juste en face du restaurant. Pourquoi acheter une moto sur une petite île ? Le restaurant était agréable, pas trop chic mais joliment décoré d'images de bateaux et d'un gros poisson empaillé, trônant au-dessus du bar. Mieux encore, il était plein de touristes descendus d'un bateau de croisière. Personne ne remarquerait Bryan et son contact. Personne ne se souviendrait d'eux.

Bryan avait tellement faim qu'il commanda des beignets aux conques et une pinte de Caybrew. C'était l'instant de vérité. Le type allait-il se montrer ? Il n'avait aucune idée de la marche à suivre dans le cas où il se serait fait doubler. Il avait entendu dire que les criminels voulaient qu'on les arrête et qu'on les punisse pour mieux supporter leur culpabilité. Bryan n'avait aucune envie d'être puni. Rien à foutre. Il avait quelques milliers de dollars dans son sac à dos. Quels choix s'offraient à lui ? Devenir un vagabond ? Un clochard qui squatte les plages ? Un serveur ? Il pourrait économiser et s'acheter une Harley. Il parcourrait l'île en laissant le vent lui fouetter la peau et le soleil lui rôtir le crâne jusqu'à ce qu'il pète un plomb et se jette d'une falaise.

Leighton arriva avec quelques minutes de retard. Bryan se souvenait de lui depuis leur seule et unique rencontre. C'était un type mince à la peau marron clair, aux cheveux coupés ras et aux grosses lunettes en fausses écailles. Il portait un pantalon fraîchement repassé et un polo jaune clair, le genre que Bryan détestait, avec le petit animal brodé sur la poitrine. Leighton lui tendit la main et Bryan la serra. Il ne savait pas vraiment comment se comporter dans ce genre de situation. Étaient-ils des associés qui se rencontraient pour la première fois ? De vieux amis ? Est-ce qu'on les surveillait ?

Leighton prit place face à Bryan et lui tendit une enveloppe en papier kraft. Bryan remarqua que les mains de son contact tremblaient. Devait-il se sentir rassuré qu'il soit aussi nerveux ou voir ça comme un mauvais signe ?

Leighton s'empara d'une serviette et se tapota le front.

— Vous avez fait bon voyage ?

— Je ne me suis pas ennuyé.

Bryan ouvrit l'enveloppe et découvrit un jeu de clés, des documents et un nouveau passeport. Il était rouge vif, avec des armoiries d'apparence royales estampées au milieu, le tout encadré par un lion et une licorne.

— C'est une licorne ?

Leighton hocha la tête.

— Je crois que ça fait partie des armoiries de la famille royale britannique.

Bryan remarqua qu'il s'agissait d'un passeport à la fois britannique et des îles Caïmans.

— Est-ce que ça fait de moi un citoyen britannique ?

— Tout à fait, répondit Leighton en s'épongeant de nouveau le front.

— Comment c'est possible ?

— Nous avons le droit de délivrer des passeports en urgence. Il suffit juste de connaître les bonnes personnes.

— Et de payer.

— Bien entendu, dit Leighton en levant les mains vers le ciel.

Bryan ouvrit le passeport et tomba sur son visage rayonnant. Il avait pris la photo au magasin FedEx de Midtown* il y a plusieurs mois. Puis il découvrit son nouveau nom.

— Cuffy Ebanks ?

— C'est un nom courant.

— Cuffy ?

— Il y a beaucoup d'Ebanks par ici. C'est un nom qui ne fera tiquer personne. Vous serez l'un des nôtres.

Bryan répéta le nom dans sa tête. *Cuffy*. Il véhiculait un sentiment de désinvolture et de spontanéité. Ce nouveau nom allait-il changer sa vie ? Ferait-il de lui quelqu'un de plus amical ? Un marin jovial et imbibé de rhum qui passait d'île en île en bouffant du poisson frais et en se baignant à poil avec de jolies filles ?

Leighton se pencha vers lui.

— Il y a les clés et un bail prépayé d'un an, comme vous me l'aviez demandé. Tout est sous votre nouveau nom. Il

* Quartier d'affaires du sud de Manhattan.

y a aussi un permis de conduire, et vous avez un compte bien fourni avec une carte Visa à la Butterfield Bank. Tout a été fait selon vos désirs. J'ai noté les frais sur la feuille.

— Merci. Excellent travail.

— Le reste vous attend à l'appartement.

Les beignets de conques arrivèrent et Leighton haussa un sourcil.

— Vous aimez les conques ?

Comme Bryan n'en avait aucune idée, il fourra un beignet dans sa bouche. C'était délicieux. Cuffy aimait les beignets de conque. Peut-être était-ce même son plat favori.

— Vous en voulez un ?

Leighton secoua la tête et se mit à tripoter ses couverts.

— J'espère que vous allez bien profiter de votre séjour à Grand Cayman.

Bryan fit passer la conque avec une rasade de bière fraîche.

— À partir de maintenant, je crois qu'il vaut mieux faire comme si on ne se connaissait pas.

— C'est sûr, répondit Leighton en souriant.

— Vous avez pris votre commission ?

— J'ai touché ce qui me revenait. Merci.

— Et vous êtes satisfait ?

— Extrêmement satisfait d'avoir eu l'opportunité de vous servir. Si vous avez besoin de quoi que ce soit d'autre à l'avenir, n'hésitez pas à me recontacter.

À ces mots, Leighton se leva et lui tendit la main.

— Profitez bien de la vie.

Bryan lui serra la main et le regarda sortir du restaurant. Puis il essuya sa paume sur sa serviette. Ça devait être la poignée de main la plus moite de toute sa vie. Pourquoi Leighton était-il si mal à l'aise ?

Bryan commanda une deuxième bière. Quelque chose n'allait pas, mais il ignorait quoi. Au cas où, il décida de concocter un plan B. C'était une chose dont son père s'était toujours moqué : *Tu feras quoi si les marchés financiers s'effondrent demain ?* À l'époque, Bryan lui avait ri au nez et répondu qu'il enseignerait les maths au lycée ou opterait pour une autre activité noble. En fait, son père avait raison.

La première chose était de tester sa nouvelle identité et sa nouvelle carte de crédit. Il paya son repas au restaurant en tant que Cuffy Ebanks. La carte fut acceptée. Bryan se rendit ensuite en taxi à l'aéroport et loua une voiture de taille moyenne avec un grand coffre. Il entra dans un café Internet et dénicha un lieu de repli sur Airbnb. Il opta pour un endroit en périphérie de George Town et réserva un petit cottage sur Seven Mile Beach. Savoir qu'il avait une planque lui fit un bien fou. Même s'il ne l'utilisait pas.

Pourquoi se sentait-il aussi agité ? La paranoïa était peut-être uniquement dans sa tête. Elle le titillait, car il approchait de la ligne d'arrivée. Il se souvint de l'un de ses dictons préférés : Ce n'est pas parce que tu es parano qu'ils ne sont pas après toi.

L'appartement était dans un immeuble neuf, avec air conditionné et parking souterrain sécurisé, mais il avait été construit dans le style architectural caractéristique de l'île. Avec ses grandes vérandas et ses balcons à chaque étage, on aurait dit une ancienne demeure. L'endroit était idéalement situé, près du centre-ville, non loin du restaurant où il avait retrouvé Leighton. Bryan se gara dans le parking. En sortant, il jeta un coup d'œil aux alentours. Il n'y avait qu'un ou deux véhicules, mais il ne pouvait se défaire de l'impression qu'il était observé. C'était une sensation étrange. Quelque chose qu'il n'avait jamais ressenti auparavant.

Il monta au premier étage, trouva sa porte et glissa la clé dans la serrure.

L'appartement était décoré en rose pastel et vert écume, des couleurs choisies pour accentuer le bleu vif de l'eau, qu'on apercevait de l'autre côté de la rue. Bryan pensa à la manière dont il pourrait meubler les lieux: des fauteuils en rotin et des coussins avec des imprimés tropicaux, peut-être un Douanier Rousseau qu'il accrocherait dans le salon.

Il ouvrit la porte-fenêtre et sortit sur le balcon. On apercevait tout George Town, un bateau de croisière dans le port et au-delà, l'océan. Le paysage était superbe. Cuffy aurait sans doute aimé le contempler un moment, mais Bryan n'avait aucune intention de prendre racine. Il ne resterait à George Town que quelques jours, le temps de récupérer l'argent et de mettre les voiles. L'appartement n'était qu'une nouvelle fausse piste, au cas où ses poursuivants débarqueraient aux îles Caïmans et découvriraient cette adresse. La police pourrait surveiller les lieux jusqu'à ce que son bail expire. Il se serait volatilisé depuis longtemps.

Il trouva l'argent soigneusement rangé dans douze sacs marins en nylon empilés dans le placard de la chambre. Il s'agenouilla et se mit à les ouvrir un à un. Tout était là: des briques et des briques de billets, assez pour construire un mur qui tiendrait le reste du monde à distance. C'était miraculeux. Il fut surpris de ne pas avoir envie de déverser l'argent par terre pour se rouler dedans. Après tout ce temps à jongler avec les nombres, à construire un labyrinthe de chiffres, toutes ces entités éphémères, ce fantôme au cœur de la machine, rien ne lui avait jamais paru aussi réel. Maintenant, il était dans le vrai. Il ne ressentit même pas le besoin de compter l'argent. Il y en avait tout bonnement trop.

Il lui fallut six voyages, mais il finit par tout charger dans l'ascenseur et dans le coffre de sa voiture.

En remontant à l'étage, il fut de nouveau pris du sentiment étrange que quelque chose ne collait pas. Peut-être que tout ce liquide allait lui faire péter les plombs. Il sortit sur le balcon et observa la rue en contrebas. Un homme assis dans une Jeep lisait un magazine. Le même individu qu'à son arrivée.

Une pluie fine s'était mise à tomber, mais Bryan laissa la porte-fenêtre ouverte et les lumières allumées. Il descendit au parking, s'assura de partir dans la direction opposée à la Jeep et gagna tranquillement le cottage en périphérie de la ville.

La musique était si forte qu'elle le fit grincer des dents.

Un homme musclé du nom de Brandon hurlait dans un micro, poussant les gens présents dans la salle à visualiser le corps qu'ils désiraient. Neal essaya de se représenter en athlète d'élite, un gymnaste avec des muscles protubérants et un fessier si dur qu'on pouvait casser une brique dessus. Sauf qu'avec le martellement de la musique et les lumières disco pulsant tout autour, il était difficile de se concentrer sur autre chose que le rythme frénétique auquel il fallait pédaler. C'était sans doute l'objectif recherché. De la sueur lui goutta dans les yeux, mais les remontrances de Brandon lui firent augmenter la cadence. Non, il n'allait pas mourir ! Oui, il contrôlait ! Ces phrases n'étaient pas seulement destinées à le rassurer, c'était une prophétie : il garderait le contrôle de sa vie tant qu'il continuerait de pédaler.

Depuis sa rupture avec Bart, Neal n'avait pas envie de rentrer chez lui après le boulot. Il allait à un cours de vélo, au yoga, à une conférence ou à une dégustation de vin : des activités saines qui lui permettaient de se développer au niveau personnel. Comme si la sueur, la fatigue et les décharges d'endorphine allaient lui faire oublier sa peine de cœur. En tout cas, rester actif l'empêchait de pleurnicher sur son sort. Du moins provisoirement.

Un taxi le déposa au coin de la 24e rue et de la 10e avenue. Neal redescendit le pâté de maisons d'un pas traînant. Plus il se rapprochait de chez lui, plus un sentiment de terreur l'envahissait, ce qui était plutôt étrange, car son logement était un charmant appartement situé dans un bel immeuble sans ascenseur. Il appréciait ses voisins. Le propriétaire était sympathique et vigilant. C'était parfait en tous points. La terreur était une chose étrange.

Il pénétra dans l'appartement et laissa tomber son sac sur le grand canapé d'angle que Bart lui avait fait acheter. Il soupira en posant les yeux sur ce chef-d'œuvre du design. Bart l'avait désiré plus que tout au monde et Neal avait accepté de claquer des milliers de dollars dans le seul espoir que le meuble devienne une plate-forme sexuelle, une extension de la chambre qui permettrait à leurs désirs de s'exprimer partout. La moindre des choses aurait été que Bart lui fasse une petite branlette sur le tissu à trois cents dollars le mètre. Mais ça n'était pas arrivé. Ce n'était qu'un fantasme semblable à son rêve de devenir un athlète puissant et musculeux. Au lieu de lui faire l'amour, Bart s'était installé sur le canapé pour mater des matchs de base-ball en buvant de la bière. Il n'y avait rien de mal à regarder du sport. Qui n'aimait pas ça ? Mais après des mois à écouter Ron Darling et Keith Hernandez parler du bon vieux temps, Neal commença à croire que Bart était plus intéressé par les Mets que par leur couple. Il n'avait pas vraiment tort. Au bout de deux ans, Bart mit les voiles pour des rivages plus sportifs et partit s'installer à Brooklyn avec un prof d'escalade hipster au look de bûcheron.

Neal se débarrassa de ses chaussures et se traîna jusqu'à sa chambre. Il suspendit sa veste, posa son pantalon sur le bord du lit et jeta ses vêtements imbibés de sueur dans la corbeille de linge sale. Il enfila un vieux T-shirt et un jogging. Il n'aimait pas se balader à poil dans son appartement, contrairement à l'astronome amateur d'en face qui passait ses soirées nu à sa fenêtre, à observer les étoiles au télescope.

Neal ouvrit le tiroir où il rangeait les menus des restaurants du quartier et les étala sur le petit comptoir séparant la cuisine du salon. Des bols de nouilles, des tacos, peut-être quelque chose de plus sain comme du saumon grillé… rien ne lui faisait envie. Il finit par opter pour des makis. Il prit une canette de sa bière favorite, la Bell's Oarsman, et ouvrit son ordinateur portable.

Il avait demandé au contrôle interne et aux ressources humaines de lui envoyer toutes les informations disponibles sur LeBlanc. Les mecs d'IT venaient de lui faire suivre ses e-mails. Neal leur avait aussi demandé les messages sauvegardés et supprimés. La masse de données était plus conséquente qu'il ne l'aurait cru.

LeBlanc avait toutes les références classiques : membre d'Alpha Kappa Psi, MBA à Carnegie Mellon, stage chez Goldman Sachs. Son premier boulot était dans l'équipe de gestion des risques sur les devises chez JP Morgan. C'était là que LeBlanc s'était fait connaître. À en croire la coupure du *Wall Street Journal*, il était devenu un expert d'une chose appelée gestion passive des couvertures de change.

L'interphone vrombit. Il avait beau savoir que c'était le livreur du resto japonais, il sentit une pointe d'excitation au fond de son ventre en s'imaginant que Bart était de retour.

Il paya les makis et alla se rasseoir. En ouvrant le sac, il vit qu'ils avaient oublié les baguettes. Neal n'aimait pas manger avec les doigts lorsqu'il travaillait. Il n'y avait rien de pire que de répandre des condiments sur son clavier. Les touches devenaient gluantes et avec la chaleur, l'ordinateur dégageait une odeur de nam pla. Neal alla chercher un couteau et une fourchette dans la cuisine. Tout ça ne lui plaisait pas. Manger des makis avec des couverts le déprimait, il se sentait étrangement découragé, comme s'il se décevait personnellement.

Il prit une bouchée de California tout en découvrant la liste d'avantages que LeBlanc avait négociés lors de son embauche. Le salaire à six chiffres et les commissions étaient courants pour quelqu'un de son niveau d'expérience. Par contre, la voiture avec chauffeur, les comptes dans les restaurants branchés et le tailleur privé étaient réservés aux pontes de l'entreprise. Ils devaient vraiment vouloir le faire signer pour lui accorder ces avantages. Curieusement, rien n'indiquait que LeBlanc en ait fait usage. Peut-être voulait-il juste voir ce qu'il pouvait leur soutirer ?

Neal jeta un œil à son historique de navigation des douze derniers mois. Ce n'était pas passionnant. LeBlanc passait pas mal de temps à s'informer sur les événements politiques qui se déroulaient dans le monde. Cela paraissait logique vu qu'il suivait les monnaies. LeBlanc s'intéressait tout particulièrement à la météo et aux rapports agricoles. Une ou deux recherches Google supprimées sortaient du lot. LeBlanc avait cherché un livre sur la loi maritime. Étrange. Peut-être une simple coïncidence ? Neal n'avait pas la moindre idée de ce qu'il cherchait et pourtant, il allait bien falloir qu'il trouve une idée. N'importe laquelle.

Il accéda aux relevés téléphoniques du compte professionnel de LeBlanc. Il y avait plusieurs appels à destination ou en provenance de l'hôtel de République dominicaine, des coups de fil à ses clients, à des restaurants, même à certains collègues. Rien de plus. Mais c'était son portable pro. La plupart des gens utilisaient un téléphone perso. C'était le cas de Neal. Il y a certaines choses que vous n'avez pas envie que votre employeur sache. Lorsque vous voulez envoyer une photo de votre pénis en érection à votre petit ami, mieux vaut le faire sur un téléphone personnel.

Neal avait également demandé aux types d'IT de récupérer tous les textos du téléphone pro de LeBlanc, même ceux qu'il avait effacés. Il parcourut la liste et y trouva un message énigmatique que Bryan avait reçu avant de le supprimer. Il n'y avait qu'un mot : *confirmé*. Le numéro avait l'indicatif international 345. Après une vérification rapide sur Internet, Neal découvrit que le texto venait des îles Caïmans. Il appela le numéro et tomba sur une annonce enregistrée. C'était une banque, la CIBC Trust Company Limited. Probablement rien d'intéressant, la simple confirmation d'une opération réalisée pour un client. Sauf que LeBlanc s'était montré des plus méticuleux. Il n'avait laissé derrière lui aucune trace. Peut-être qu'une personne à l'autre bout de la chaîne avait été plus négligente. La question méritait d'être creusée.

Si LeBlanc se cachait quelque part aux Caraïbes, et tout semblait pointer dans cette direction, Neal allait devoir faire appel à un spécialiste de la région, quelqu'un qui connaissait les autorités locales. Il envoya un message à une vieille amie qui bossait pour le ministère des Affaires Étrangères. Elle lui recommanderait quelqu'un.

Il referma son ordinateur et prit une gorgée de bière. Il était fatigué, mais il n'avait pas sommeil. Il alluma sa télévision et passa en revue sa modeste collection de DVD. Il n'arrivait pas à se décider entre *L.A. Tool & Die* et *Kansas City Trucking Co.**, deux classiques qu'il avait visionnés en boucle depuis le départ de Bart. Neal n'appréciait pas les nouveaux films pornos, les twinks et les Titans**, mais l'univers érotique des travailleurs manuels de Joe Gage l'excitait. Sans doute parce qu'il ne croisait pas souvent de travailleurs manuels. Il choisit les camionneurs, vida sa bière et fit tomber son pantalon sur ses chevilles. Il était grand temps de faire des taches sur ce beau canapé.

---

* Ces films, classiques du porno gay de la fin des années 1970, ont conservé leurs titres originaux en France. On pourrait les traduire par *Les Routiers de Kansas City* et *L'Usineur de Los Angeles*.

** Archétypes de personnages et d'acteurs dans le porno gay : les minets et les titans.

BRYAN déposa l'argent au cottage, puis retourna à l'appartement. Sauf qu'au lieu de se garer et d'entrer dans l'immeuble, il resta dans la voiture et observa l'homme assis dans la Jeep jaune. Il était toujours là, à surveiller. La nuit était tombée et il pleuvait maintenant à verse. Ça permettait à Bryan de passer facilement inaperçu, mais il ne voyait pas grand-chose. Dans l'appartement, les lumières étaient toujours allumées et les portes du balcon battaient au vent, donnant l'impression que l'endroit était occupé. Par quelqu'un qui se foutait royalement que son sol soit mouillé. Bryan ne savait pas vraiment pourquoi il était revenu. Il avait fait un dépôt conséquent sur le compte de Cuffy Ebanks au cas où il serait obligé de fuir précipitamment. Il aurait pu rester caché et ne jamais revenir à l'appartement. Mais la présence de l'observateur signifiait que son secret avait été éventé et que quelqu'un était prêt à ratisser l'île pour mettre la main sur l'argent. C'était pas bon du tout. Bryan avait encore besoin de quelques jours pour mener à bien la dernière étape de son plan.

Vers dix heures, Bryan vit une voiture se garer à côté de la Jeep. Leighton en descendit en se protégeant de la pluie à l'aide d'un journal et grimpa dans la Jeep côté passager. Bryan soupira. On ne pouvait décidément plus faire confiance à personne.

Bryan avait rencontré Leighton à Miami, lors d'une conférence sur le marché des changes. Il débordait d'ambition et proposait ardemment les services de sa banque aux courtiers américains susceptibles d'être intéressés par une niche fiscale offshore. Bryan n'avait aucune envie que ses clients échappent à l'impôt. Son père prof de lycée avait dû lui transmettre l'idée que la majorité des riches ne payaient pas assez. Montages, vides juridiques, déductions fiscales : les tours de passe-passe ne manquaient pas. Les riches s'enrichissaient alors que les services publics et le système scolaire tombaient en ruines. Qui voulait d'une société où les ponts s'effondraient et où les gens devenaient de plus en plus cons ? Après quelques cocktails, Leighton avait fini par avouer à Bryan qu'il avait d'autres choses à offrir : un statut de résident, des visas, peut-être même un passeport. Bryan commença à s'y intéresser de plus près. Leighton avait fait ce qu'il avait promis, c'était indiscutable. Il avait suivi ses consignes à la lettre, même dépassé ses attentes. Bryan lui aurait écrit une superbe lettre de recommandation. Sa trahison en devenait d'autant plus décevante. Après quelques minutes, Leighton et le conducteur de la Jeep sortirent du véhicule et traversèrent la rue en direction de l'immeuble. Bryan entrouvrit sa fenêtre pour mieux les voir. Leighton fourra la main dans sa poche et en sortit une clé. Les deux hommes portaient des gants en latex. Bryan partit du principe que ce n'était pas pour garder les mains au sec.

Il leur fallut moins de cinq minutes pour comprendre qu'il était parti. En ressortant de l'immeuble, le conducteur de la Jeep n'était pas content. Il hurlait et frappait du doigt le torse de Leighton. Bryan était presque désolé pour lui. Ne l'avait-il pas assez rémunéré ? Il n'avait qu'à demander s'il voulait plus d'argent. Bryan lui aurait donné un bonus. En fait, il n'était pas vraiment désolé. S'il avait été à la maison, Bryan serait mort à l'heure qu'il est et les deux hommes seraient en train de porter les sacs d'argent jusqu'à leurs voitures.

Le type bouscula Leighton, remonta dans sa Jeep et s'en alla. Leighton resta planté sous la pluie. Bryan n'arrivait pas à voir s'il était frustré ou simplement triste, mais il était clairement en train de réévaluer la situation. Il finit par enlever ses gants en latex. Il les jeta dans la rue et grimpa derrière le volant.

Bryan le laissa s'éloigner avant de démarrer et de le suivre.

Il n'avait jamais suivi personne. Il avait vu des gens le faire dans les films. On n'était pas censé s'approcher trop près, juste assez pour garder un œil sur le véhicule sans se faire repérer. Ça ne s'avéra pas si difficile, même sous ce déluge.

Quelques minutes plus tard, la voiture de Leighton tourna dans l'allée d'un petit pavillon. En passant devant, Bryan vit Leighton se précipiter vers la porte d'entrée. Il poursuivit sa route jusqu'à ce que la maison soit hors de vue, trouva une place et se gara le long du trottoir. Quelle approche adopter ? Devait-il l'affronter ? Lui proposer de négocier ? Cette dernière option lui sembla la plus intelligente. Il lui offrirait un ou deux millions supplémentaires. Ce n'était que justice : il n'aurait jamais été aussi loin sans l'aide de Leighton.

Il coupa le moteur. L'agence de location de voiture avait gentiment laissé un parapluie sur la banquette arrière. Bryan s'en servit alors qu'il remontait la route en direction du pavillon. Les seules lumières venaient du porche et des maisons voisines. La maison de Leighton venait d'être repeinte en blanc, avec les volets bleu-vert. Bryan voyait bien qu'il en était très fier : le jardin était parfaitement entretenu et un chemin bordé de gros coquillages menait à la porte d'entrée. Bryan se baissa pour en ramasser un. Il le mit à l'envers et vida l'eau de pluie. C'étaient des coquillages imposants, plus gros que son poing et deux fois plus lourds. Il ignorait ce qu'il allait en faire, mais il fallait être prêt à se défendre. Autant se montrer prudent. La situation pouvait déraper. Leighton était peut-être un pro du kung-fu.

Bryan frappa à la porte. Il se sentait nerveux, il ne savait pas à quoi s'attendre. Il essaya de se convaincre que Leighton serait ravi qu'on lui offre un ou deux millions supplémentaires. Mais l'inverse était tout aussi juste : peut-être voudrait-il garder l'intégralité de l'argent ? Peut-être était-il cupide ?

Alors que la pluie martelait le parapluie, Bryan eut une meilleure idée. Son nouveau plan n'était pas très recherché, mais il pourrait se révéler efficace : il proposerait à Leighton de lui donner plus d'argent, sauf qu'il commencerait par lui donner un grand coup de conque sur la tête. Puis il l'attacherait et ils auraient une petite conversation. D'abord, la manière forte, ensuite le cash. Avec l'effet de surprise et un bon coup dans la gueule, ça pouvait marcher. Leighton était un mec raisonnable. Ils trouveraient une forme d'arrangement.

Quand Leighton ouvrit la porte, Bryan bondit en avant et le frappa aussi fort qu'il le put. Il voulait l'atteindre en haut du crâne, mais le parapluie s'accrocha dans l'embrasure de la porte, ce qui gêna son mouvement et le fit trébucher de telle sorte qu'il rata le sommet de la tête de Leighton et plongea le bout pointu du coquillage dans son œil gauche, envoyant valser ses lunettes et perçant la chair jusqu'au cerveau.

Leighton s'effondra et ses membres furent parcourus de spasmes. Le coquillage dépassait de son orbite gauche.

Bryan n'avait jamais rien vu d'aussi horrible.

Il laissa tomber le parapluie et entra dans la maison. Ses entrailles se serraient et s'agitaient dans tous les sens.

Venait-il de se chier dessus ? Était-il sur le point de le faire ?

Il se pencha au-dessus de Leighton.

— Hé. Hé, mon pote. Tu m'entends ?

Leighton ne répondit pas.

Bryan haletait. La pression grandissait au niveau de ses intestins. On lui donnait l'ordre de chier sur-le-champ. Ce n'était pas ce qu'il avait prévu, mais nul besoin d'être un génie pour comprendre que la mort de Leighton réglait son problème.

Bryan avait suffisamment regardé la télé pour savoir qu'il fallait cacher le corps et faire disparaître ses empreintes du coquillage. Dans l'idéal, il emmènerait Leighton en haute mer et le jetterait à la baille. Dans l'idéal, il irait se soulager dans la salle de bains la plus proche. Le moment était malheureusement mal choisi. Leighton était-il marié ? En couple ? Il allait devoir le sortir de l'appartement sans perdre une seconde. Bryan comprima son sphincter et sentit une sueur glacée lui couvrir le corps.

Il prit garde de ne toucher à rien, fouilla les poches de Leighton et en tira ses clés de voiture, puis il sortit et ouvrit le coffre. La végétation dense et le déluge tropical lui permettraient peut-être de s'en tirer sans que personne ne le voie. Il revint au pavillon, agrippa Leighton sous les aisselles et traîna son corps hors de la maison. Étrangement, ses aisselles étaient aussi moites que ses mains. Peut-être était-ce un signe qu'il n'était pas digne de confiance ?

Bryan déposa délicatement le cadavre dans le coffre. La lumière fit briller le coquillage, révélant le petit éclat d'opalescence rosâtre qui dépassait de manière grotesque du visage de Leighton. Bryan essuya soigneusement la conque avec un bout de la chemise de Leighton et referma le coffre.

Les entrailles de Bryan s'agitèrent si puissamment qu'il faillit en perdre le contrôle. Il était à deux doigts de se chier dessus, ici et maintenant. Il serra les dents, tendit les muscles de son rectum et se précipita vers le pavillon pour éteindre la lumière du porche et fermer la porte d'entrée. Puis il ramassa le parapluie et prit ses jambes à son cou.

La pluie continuait à tambouriner tout autour de lui. Bryan ralentit l'allure ; il ne voulait pas que quelqu'un raconte qu'il avait vu un homme quitter la maison en courant. Mais il devait quand même fuir la scène du crime. Ses entrailles étaient en feu, ses boyaux le mettaient au supplice. Bryan n'allait pas réussir à se maîtriser jusque chez lui, même jusqu'à sa voiture. Il ne pouvait plus se retenir. Qu'il le veuille ou non, ses intestins s'étaient mis en action. Ignorant la pluie et les aboiements distants d'un chien, il se faufila dans les buissons en déboutonnant frénétiquement son pantalon. Puis il s'accroupit sous le parapluie et déversa un puissant torrent de merde.

Piet sirotait son daiquiri en attendant que le mérengué s'achève. Le mérengué n'était pas une danse sexy. Il préférait la *bachata*. Ces délicates ondulations du postérieur ponctuées de jolis coups de hanches lui en disaient long sur la manière dont une femme se comportait au lit. Le mérengué, lui, n'apprenait rien sur personne.

Quelques gouttes de condensation coulèrent de son verre sur sa *guayabera* jaune citron. Piet s'empara d'une serviette en papier pour les essuyer. Avec son pantalon chocolat fraîchement repassé, ses chaussures en cuir parfaitement cirées et ses cheveux enduits de gel parfumé, il était idéalement paré pour supporter l'humidité ambiante.

L'orchestre enchaîna sur une salsa. On était encore loin de la *bachata*, mais c'était déjà mieux pour évaluer le potentiel sexuel. Piet scruta les gens qui s'activaient sur la piste. Durant ses années dans la police, il avait appris à identifier les terroristes et les individus suspects dans une foule. Il se servait désormais de ses compétences pour jauger les femmes.

La pleine lune éclairait délicatement les gens qui ondulaient en rythme. Piet avait dansé avec une ou deux jeunes femmes, mais ce n'étaient que des touristes qui avaient voulu vivre une expérience inédite et prendre un selfie à partager sur les réseaux sociaux. Comme tous les play-boys qui se respectent, Piet attendait de croiser la route de quelqu'un qui ne lui ferait pas perdre son temps.

Ce n'était pas la boîte la plus tendance de Willemstad. Ce n'était d'ailleurs pas vraiment une boîte, plutôt un bar de plage qui jouait de la bonne musique latine le vendredi soir. Les barmans concoctaient de super daiquiris et l'endroit était plein de touristes venus passer du bon temps durant leurs vacances à Curaçao.

Piet l'aperçut du coin de l'œil et se tourna pour mieux la voir. Avec ses longs cheveux blonds et son rouge à lèvres qui ressortait sur sa peau tannée par le soleil, elle était jolie, mais pas vraiment belle. Elle devait être en fin de trentaine. Piet était doué pour évaluer l'âge et appréciait les femmes avec un peu de bouteille. Comment prendre du plaisir avec les jeunes qui ne savaient pas ce qu'elles faisaient ?

Il l'observa danser la salsa. Son corps ondulait sous son ample robe de plage, une ceinture faite de boucles en argent s'agitait sur ses hanches et son décolleté plongeant révélait un petit crucifix en or niché entre ses seins. Piet voyait bien qu'elle ne savait pas vraiment danser la salsa ; elle ne suivait pas les pas classiques, elle improvisait, elle bougeait et virevoltait à son propre rythme.

Piet sourit. Il avait beau être un ancien flic, il n'aimait pas les gens qui obéissaient aux règles. Ils manquaient de confiance en eux. Ceux qui connaissaient les pas et les exécutaient sans erreur perdaient en passion ce qu'ils gagnaient en précision. Le plus important était de rester soi-même, de sentir la musique, de ne pas se soucier de ce que pensaient les autres. Le sexe obéissait à la même logique. Les bons amants avaient assez confiance pour se lâcher.

Le groupe se mit à jouer une *bachata*. Piet posa son cocktail sur le bar et vint vers elle.

Ils dansaient depuis plus d'une heure lorsqu'il lui proposa d'aller prendre un verre. Il la suivit jusqu'à sa table et fit signe à une serveuse de leur apporter deux daiquiris.

— Tu es une danseuse incroyable.

Elle sourit en glissant une mèche rebelle derrière son oreille.

— Toi aussi.

— J'adore danser la *bachata*, dit-il en souriant de toutes ses dents.

Les cocktails arrivèrent et ils trinquèrent. Piet se mit à l'aise et savoura l'air frais de l'océan. Il était temps d'échanger des banalités.

— Tu es en vacances ?

— Je suis venue au mariage d'un ami, dit-elle en prenant une nouvelle gorgée de son verre. C'est juste un collègue, mais j'avais besoin de changer d'air.

— Tu n'es pas déçue ?

— Pas du tout, répondit-elle en souriant.

C'est là que son expression changea. Elle se pencha tout près de lui.

— Mais j'ai beaucoup de mal à supporter l'humidité et j'ai vraiment besoin d'une douche. Tu veux venir avec moi ?

— Sous la douche ?

Elle hocha la tête.

— Je peux te frotter le dos, dit-il en levant son verre.

Piet lui emboîta le pas. Alors qu'ils quittaient le bar et grimpaient dans le taxi, il inclina la tête à l'angle idéal pour étudier la courbe de ses reins.

Piet avait une relation unique avec le derrière des femmes. Il n'était pas uniquement un fin connaisseur du *culo*, un aficionado des fesses, il avait l'impression que les culs lui parlaient, par signes, comme des sémaphores. Ils lui envoyaient des messages, ils lui donnaient des instructions, ils l'informaient sur la manière dont ils aimaient être caressés ou rudoyés. Ils le taquinaient, ils l'invitaient, ils lui racontaient leurs chagrins, leurs douleurs, leurs extases, leurs envies. Sa capacité à lire un cul n'avait rien d'un superpouvoir : c'était une compétence développée à force d'attention.

Le cul de cette femme avait des choses à dire. Il était rond, mais pas sphérique, légèrement gros mais pas vraiment large. Piet voyait bien qu'il était grandiose : l'alliance parfaite de la fermeté de la piste de danse et de la douceur de la chambre à coucher. Le cul rougit sous le coup de son appréciation silencieuse, mais lui dit aussi de se comporter avec tendresse. Il avait été négligé par le passé, maltraité. Il souffrait de solitude. En général, le cul d'une touriste avait surtout besoin d'un ami.

L'un des rares avantages de l'achondroplasie, la maladie génétique qui avait donné à Piet des bras et des jambes beaucoup trop courts, était qu'elle n'affectait pas son visage, beau et de taille normale, ou ses parties génitales, plutôt imposantes. Si Piet avait mesuré un mètre quatre-vingts comme son père, son pénis aurait été considéré de taille normale. Sauf qu'il ne mesurait qu'un mètre quarante. Une fois dans la chambre d'hôtel, le pantalon sur les chevilles, il ne fut donc pas surpris qu'en découvrant son érection, elle dise :

— Oh, mon Dieu.

QUE mangeaient les meurtriers ? Devait-il prendre “le petit déjeuner du pirate” ou le pain perdu à la noix de coco ? Les pirates disent toujours que “les morts ne racontent pas d'histoires”, mais Bryan ne les croyait pas capables d'engouffrer une montagne de galettes de pomme de terre, de pancakes, de bacon et d'œufs. Voilà sans doute ce qui le différenciait d'un vrai pirate. Il ne se battait pas au sabre et ne tirait pas au mousquet, il assassinait à l'aide d'un coquillage décoratif. Un vrai pirate aurait une faim de loup après une nuit de pillage. Mieux vaut faire le plein d'énergie pour réduire femmes et enfants en esclavage et se tirer avec les richesses de la ville. C'est pas évident sous le soleil des tropiques. Bryan n'était pas un pirate. Il ne voulait pas qu'on lui rappelle ce qu'il avait fait. Il commanda le pain perdu à la noix de coco et une deuxième tasse de café.

Les murs du restaurant étaient peints de couleurs tropicales, des verts et des jaunes criards. Une grande fresque représentait une bande de singes hilares en train de boire de la Miller Lite. Deux grands coquillages soigneusement posés sur le bar attirèrent son attention. Bryan n'avait pas voulu tuer Leighton, ça ne faisait pas partie de son plan. Il tenta de se convaincre que l'homicide était justifiable. Il avait des circonstances atténuantes. Il n'était pas un psychopathe ou un tueur assoiffé de sang. Tout cela avait été purement accidentel. Si Bryan n'était pas déjà en cavale pour avoir détourné des millions de dollars, il aurait été tenté de tout avouer à la police, de faire passer ça pour une plaisanterie qui avait mal tourné. Aucun être censé n'irait enfoncer un coquillage dans l'orbite de son semblable. Bryan LeBlanc n'était pas un tueur. Mais une pensée lui vint alors qu'il versait du sirop d'érable sur son pain perdu. Cuffy Ebanks, lui, en était peut-être un. Peut-être qu'il ne fallait pas lui chercher d'emmerdes. Car, au fond, qui savait de quoi ce mec était capable ?

Piet fut réveillé par le bruit de la douche. Il resta prostré sur le lit et passa sa langue dans sa bouche. Sa lèvre supérieure était légèrement enflée. Il se l'était mordue quand la fille avait sauté de sa bite, calé ses jambes de chaque côté de sa tête, écrasé son pelvis contre son visage et appuyé sa chatte contre sa bouche en gémissant “bouffe-moi” jusqu’à ce qu’elle jouisse. Frappé en pleine gueule par un pubis incontrôlable. Piet s’estimait heureux d’avoir encore toutes ses dents. Peu importe, le jeu en valait la chandelle. Les muscles de ses jambes étaient douloureux et il s’était fait mal à l’orteil en se cognant dans la lampe de chevet. Après s’être fait baiser pendant des heures, il gisait là, épuisé, blessé, affamé.

Piet reconnut l’air de marimba émis par son téléphone. Posé sur la table de nuit, l’appareil affichait l’indicatif 212. New York, New York. Étrange, il n’avait pas d’ami dans cette ville. Quelqu’un voulait peut-être lui proposer du travail. Le boulot de détective free-lance était aléatoire et il n’avait aucune envie de laisser une opportunité lui filer sous le nez. Il allait s’emparer du téléphone quand il entendit la porte de la salle de bains s’ouvrir. Il laissa le répondeur prendre l’appel. Le travail attendrait. Il avait ses priorités.

La touriste sortit de la salle de bains en se séchant les cheveux avec une serviette, son cul sublime enveloppé dans une sortie de bain.

— J’ai commandé le petit déjeuner, dit-elle en souriant. J’espère que t’aimes les œufs.

Piet sourit à son tour.

— J’adore les œufs.

— Tant mieux. Tu vas avoir besoin de toutes tes forces.

Elle s’assit sur le lit et tira le drap. En temps normal, il aurait été gêné que son petit corps se retrouve ainsi découvert, dévoilé comme pour un examen médical, mais elle tendit la main vers son pénis et le malaxa doucement.

— J’en ai pas encore fini avec cette bête féroce.

NEAL piocha le menu dans le dossier du siège situé devant lui et étudia les différentes options.

— Ils ont du houmous, dit-il en se tournant vers Seo-yun.

— Du houmous ?

— De la purée de pois chiches.

— Je sais ce que c'est, répondit-elle le dévisageant.

— J'aime le houmous, ne vous méprenez pas, mais je trouve ça drôle de dépenser des milliers de dollars pour voler en business et de se retrouver avec du houmous en entrée.

— Je veux que les gens mangent du houmous à mon mariage, dit-elle en souriant. Du houmous et du guacamole.

— Félicitations. Quand est-ce que vous sautez le pas ?

Seo-yun éclata de rire.

— En fait, je ne crois pas en être capable. C'est un vrai piège, ce truc.

Comme il ne savait pas quoi répondre, Neal décida de ne rien dire. Il ne connaissait Seo-yun que de réputation. Au boulot, elle était impeccable, mais on racontait qu'elle avait un petit côté Asperger. Bien entendu, les ressources humaines prenaient bien garde de formuler tout diagnostic amateur dans son propre jargon juridique. L'un de ses supérieurs avait exprimé son inquiétude en ces termes : "Elle excelle à son poste, mais elle ne génère aucune synergie culturelle dans l'équipe." Typique des ressources humaines : faire un compliment tout en exprimant des doutes obscurs au sujet de quelque chose de vague. Neal n'avait aucune idée de ce que "synergie culturelle" signifiait. Il trouvait Seo-yun plutôt sympa.

À part ça, il ne savait pas grand-chose à son sujet. Elle n'était pas sur les réseaux sociaux. Il n'y avait rien dans son dossier. De l'avis général, elle était une employée modèle.

Neal craignait qu'elle ne se soit pris le bec avec LeBlanc. Les pontes de la boîte attribuaient souvent à LeBlanc les bons résultats de leur département alors qu'elle en était la directrice. Il n'y avait aucune preuve que LeBlanc l'ait fait sciemment, c'était juste une pratique courante à Wall Street. Le patriarcat avait de beaux jours devant lui. Les vieux barbons choyés et gavés de Viagra préparaient les jeunes couillons pleins de sève. Pourquoi tant de femmes talentueuses n'obtenaient pas les honneurs qu'elles méritaient alors que quatre-vingt-dix-neuf pour cent des fraudeurs, des escrocs et des investisseurs malchanceux étaient des hommes ? Neal trouvait cela ironique. Des femmes comme Seo-yun avaient de vraies raisons d'en vouloir à la boîte. Pourtant, c'était LeBlanc qui l'avait arnaquée.

L'hôtesse de l'air se pencha vers eux et leur demanda s'ils désiraient une boisson. Pourquoi ne pas simplement dire verre ? Comportons-nous en adultes. Seo-yun demanda un bourbon, Neal du vin blanc.

Elle se tourna dans son siège pour lui faire face.

— Je n'ai jamais vraiment vécu d'aventure.

— Jamais ?

Elle secoua la tête.

— Juste des voyages d'affaires. Pour une conférence ou un truc de ce genre. Ce voyage est bien plus excitant, dit-elle en souriant. C'est une chasse à l'homme.

Neal éclata de rire.

— D'habitude, j'attends devant une pizzeria du New Jersey qu'un pauvre type vienne chercher sa bouffe pour lui brandir une ordonnance du juge sous le nez.

— Je ne crois pas que ce sera aussi facile, dit-elle en soupirant. Bryan ne respecte pas les règles. Je l'admire un peu pour ça.

— Les gens intelligents commettent aussi des erreurs. On le retrouvera.

— Tu sembles plutôt sûr de toi.

Neal haussa les épaules.

— On vivra une aventure même si on ne le rattrape pas.

L'hôtesse revint avec les verres et Seo-yun leva le sien.

— À l'aventure.

Neal trinqua.

— Bonne chasse.

Elle le dévisagea un moment.

— Il y a une chose que je ne comprends pas.

— Quoi ?

— On fait quoi si on le retrouve ?

— C'est plutôt délicat, répondit Neal en buvant une gorgée de vin. Dans toute autre situation, j'aurais fait appel aux forces de l'ordre pour qu'elles l'arrêtent ou j'aurais demandé au juge de faire saisir ses biens. Si on ne peut pas aller voir la police, je ne vois pas quelle est notre marge de manœuvre. C'est pour ça qu'on aura des renforts à George Town.

— Des renforts ?

— Un ancien flic de Curaçao. Il m'a été chaleureusement recommandé par une amie qui bosse pour le ministère des Affaires Étrangères.

— C'est un mercenaire ?

— Un détective privé.
— Un homme de main, dit-elle en souriant.
Elle vida son whiskey d'un trait.
— Même avec cet "homme de main" comme vous dites, je ne vois pas très bien ce que nous pouvons faire sur le plan légal. Si on arrive à convaincre LeBlanc de rendre l'argent, on ne pourra pas le ramener à moins de lui proposer un arrangement.
— On n'a qu'à le fourrer dans nos bagages.
Neal leva un sourcil. Elle fit signe qu'on lui apporte une autre mignonette de bourbon. L'hôtesse lui en donna deux et Seo-yun les versa aussitôt dans son verre. Elle glissa une mèche de cheveux derrière son oreille et but une gorgée.
— Nous ne pouvons pas enfreindre la loi. Je tiens à être bien clair sur ce point.
Seo-yun se mit à glousser comme si l'idée était amusante.
— Je suis juste venue pour l'assistance technique.
— Rien n'est sûr dans cette affaire. Je ne suis même pas certain qu'il soit aux îles Caïmans.
— Aucun doute là-dessus. Tous les autres comptes en banque ont été fermés, mais une poignée de transactions sont passées par un compte aux Caïmans.
— L'argent a pu y transiter, ça ne signifie pas qu'il y soit toujours. Si j'étais à sa place, j'éviterais ces îles comme la peste. Il pourrait être n'importe où.
Seo-yun haussa les épaules.
— Il a pu convertir l'argent en liquide.
— Comment ?
— En demandant à un directeur de banque de ne pas y regarder de trop près. En faisant de lui son complice. Dans ce cas, il va avoir besoin d'un pick-up.

— Ou d'un bateau, ajouta Neal en hochant la tête.
— Ou d'un bateau, répéta-t-elle en levant son verre.
Le sinistre blanc de poulet fourré au fromage faisant office de déjeuner fut servi et débarrassé, accompagné de deux verres de vin blanc pour Neal et d'un autre bourbon pour Seo-yun. Elle s'endormit peu après. Neal sortit un livre de poche. *A Single Man* de Christopher Isherwood. Pourquoi l'avait-il choisi à la librairie de l'aéroport ? Il s'était senti irrésistiblement attiré par l'ouvrage, mais il ne prenait aucun plaisir à le lire. Le vin l'empêchait de se concentrer et l'histoire le déprimait. Il n'avait pas envie d'arriver à Grand Cayman dans la peau d'un ivrogne morose.

Si ce n'est donner à leur P-DG l'illusion d'agir, Neal ne savait pas ce qu'ils foutaient ici. À la place de LeBlanc, il aurait changé l'argent en un truc facilement transportable, comme des bons du Trésor, et emporté le tout en Argentine, en Uruguay ou en Europe de l'Est. Pourvu qu'il ait eu une galère, un problème qui le ralentisse assez longtemps pour qu'ils le retrouvent. Après ça, Neal n'avait aucune idée de la marche à suivre. Avec un peu de chance, le détective privé saurait quoi faire.

Il avait à peine lu vingt pages qu'il sentit une petite tape sur son épaule. Il se tourna et vit que Seo-yun était penchée tout près de lui.

— Je peux te demander un truc ?
— Bien sûr, dit Neal en reculant sous l'effet de son haleine chargée de whiskey.
— T'es homosexuel ?
— Oui.
— C'est bien ce que je pensais.
— C'est si évident que ça ?
Elle le regarda d'un air bizarre.

— Je plaisante. Je sais bien que c'est évident.

Elle sourit et gigota sur son siège pour se pencher au plus près de lui.

— Donc t'aimes sucer des bites ?

Neal leva un sourcil. Ce n'était pas le genre de conversation qu'il tenait à avoir avec une collègue, mais elle paraissait si intriguée qu'il décida de répondre avec sincérité.

— Je n'aime pas que ça, mais oui.

Seo-yun frappa dans ses mains et sourit d'une oreille à l'autre.

— Moi aussi.

Elle lui donna une tape espiègle sur l'épaule.

— Ça nous fait quelque chose en commun.

PIET n'aimait pas bosser sur les disparitions. Ces affaires finissaient rarement bien. Dans la moitié des cas, les disparus essayaient d'échapper à quelque chose : un conjoint invivable, des parents étouffants, un usurier mécontent ou un sentiment général d'impuissance et de désespoir. Dans l'autre, ils s'étaient volatilisés parce qu'il leur était arrivé quelque chose de terrible. Ces affaires s'achevaient presque toujours par la découverte d'un cadavre.

Piet observa la photo qu'on lui avait envoyée : un jeune homme blanc en costard-cravate bien propre sur lui répondant au nom de Bryan LeBlanc. Le type avait l'air d'avoir du fric. En tout cas, les gens qui avaient engagé Piet étaient blindés. Ils venaient de virer une généreuse avance sur son compte bancaire de Willemstad avec pour consigne de ne pas regarder à la dépense. Leur seule piste était l'hôtel de Punta Cana, le dernier endroit où LeBlanc avait été vu. Piet se retrouvait donc assis en première classe, en route pour la République dominicaine.

L'hôtel Playa Palms n'était qu'à quelques minutes de taxi de l'aéroport, mais Piet se fit plaisir et loua une décapotable.

Il avait appelé pour parler au gérant de l'hôtel et au chef de la sécurité. Ils lui avaient confirmé que LeBlanc avait bien séjourné dans leur établissement. Il n'y avait eu aucune plainte de sa part ou à son encontre. LeBlanc avait fait profil bas, payé ses factures et quitté les lieux. Piet espérait pouvoir parler à des serveurs ou à des barmans pour se faire une idée de ce type. Les informations données par ses clients ne lui avaient rien appris. Pour le moment, les gens ne s'accordaient que sur une chose : le disparu était blanc. Et en cela, il faisait honneur à son nom.

L'hôtel était réservé aux adultes et proposait des forfaits tout compris aux jeunes mariés et aux couples qui avaient fui leurs enfants mal élevés. Piet imaginait que l'endroit devait aussi accueillir des hommes et des femmes célibataires voulant lire leur bouquin sur la plage, boire du rhum et pourquoi pas rencontrer quelqu'un une fois la nuit tombée. On était quand même loin du club échangiste. L'établissement était chic, on s'était évertué à lui donner un aspect authentique en fourrant des feuilles de palmier dans les moindres recoins et en couvrant le moindre fauteuil de rotin et de tissu bariolé.

Piet retrouva le chef de la sécurité à l'accueil. Elle avait gentiment demandé à toutes les personnes ayant croisé LeBlanc de venir se présenter dans son bureau. L'exercice se révéla poussif. Étant né dans une ancienne colonie hollandaise, Piet ne parlait pas espagnol, et les employés s'exprimaient dans un anglais bancal. Il apprit que LeBlanc donnait de généreux pourboires, qu'il appréciait la Presidente et qu'il ne laissait pas ses serviettes mouillées par terre. Il avait dîné une ou deux fois avec des résidentes de l'hôtel, mais la femme de ménage n'avait trouvé aucune capote usagée dans ses poubelles. LeBlanc avait été d'une politesse implacable. La seule information de qualité qu'il obtint lui vint du chauffeur de l'hôtel : il n'avait pas conduit LeBlanc à l'aéroport, mais au terminal maritime de Santo Domingo, où il comptait prendre un ferry pour Porto Rico.

Piet alla marcher sur la plage et s'assit sur le sable. L'endroit était charmant, mais les plages dominicaines valaient-elles mieux que celles de Curaçao ? Pas sûr. Le sable d'ici était plus doux. Piet se demanda si l'hôtel l'avait fait importer. Les établissements achetaient parfois des camions entiers de sable pour leur clientèle payante. Il poussa un soupir. Il voulait se lover dans ce joli sable importé et faire une bonne sieste. Après une journée sur l'affaire, il se sentait déjà fatigué. Le travail de flic était toujours aussi lent, méthodique et éreintant. Son client voudrait qu'il aille jusqu'à Santo Domingo pour interroger les employés de la ligne de ferries, mais Piet décida de remettre ça au lendemain. Il s'y rendrait au petit matin et saurait vite si quelqu'un avait croisé LeBlanc. Peut-être était-il monté à bord, peut-être pas. Piet serait bientôt fixé. Pour le moment, il avait besoin de boire un coup.

Il remonta dans sa chambre et passa une *guayabera* propre. Autant profiter du buffet des Caraïbes tant qu'il était dans le coin. Qui sait ? Peut-être allait-il rencontrer quelqu'un ? Ce ne serait pas la première fois.

Le bar grouillait de clients de l'hôtel qui faisaient le plein de cocktails avant d'aller dîner. Il marcha jusqu'au comptoir et commanda un rhum-Coca. Un Américain ivre fit volte-face et lui rentra dedans. Piet identifia son origine à son accent et son état d'ébriété aux rougeurs sur son visage. L'homme chancela en renversant une partie de sa piña colada.

— Un nain !

À en juger les réactions des gens tout autour, l'homme aurait tout aussi bien pu annoncer qu'il était en possession d'une bombe. La bonne ambiance alcoolisée se dissipa aussitôt.

— Ce nain m'a fait renverser mon verre, dit l'homme, le visage de plus en plus rouge.

Le barman tendit son verre à Piet.

— Je vous serai reconnaissant de me laisser vous en offrir un autre, dit Piet en se tournant vers l'Américain bourré.

Un autre touriste éméché se joignit à la conversation depuis une table à l'autre bout de la pièce.

— On les appelle les gens de petite taille, Don.

L'ivrogne, dont le nom était manifestement Don, lui répondit en hurlant :

— Si j'avais envie d'être politiquement correct, je serais allé en vacances en Californie. Je sais reconnaître un nain quand j'en vois un.

Piet pressa le citron vert dans son rhum-Coca et en but une longue gorgée.

Devant lui, l'ivrogne oscillait sous l'effet de l'alcool en rajustant sa casquette.

— Je t'ai vexé, petit ?

Piet remarqua que la casquette du type arborait le dessin d'un pygargue à tête blanche et du sigle USA en grandes lettres rouges brodées. Il prit une autre gorgée de son cocktail et fit tourner les glaçons au fond du verre.

— On va faire le test du trou du cul, dit-il en levant les yeux vers l'ivrogne.

— Quoi ? dit Don en clignant des yeux.

— Le test du trou du cul. Vous voulez tenter votre chance ?

Don se redressa pour surplomber Piet de toute sa masse.

— Tu parles bizarrement, toi. Tu viens d'où ?

— Des Pays-Bas.

Don se tourna vers ses amis et éclata de rire.

— Un nain originaire des Pays-Bas. C'est plutôt ironique, non ?

— C'est ironique quand on insinue le contraire de ce qu'on dit.

Don cligna lourdement des yeux.

— Ils t'apprennent ça à l'école des tulipes ?

Piet sourit et vida son verre.

— Prenez votre casquette par exemple. On aurait tendance à croire qu'un couvre-chef à la gloire des États-Unis serait fabriqué aux États-Unis, mais je vous parie que ce n'est pas le cas.

Don ôta brusquement sa casquette et inspecta l'étiquette. Son expression changea.

— Putain, Vietnam. Le nain a raison.

L'air écœuré, Don jeta la casquette au barman.

— OK, c'est quoi ce test du trou du cul ? Tu vas venir sentir mes pets, c'est ça ? dit Don en riant de sa propre blague. Tu comprends ? T'es juste à la bonne hauteur pour renifler mon trou de balle.

— Elle est bonne, répondit Piet en riant à son tour. Mais ce n'est pas en ça que consiste le test. Écoutez…

Piet fit signe à Don de se pencher près de lui. Don se plia en deux pour l'écouter, mais Piet choisit cet instant pour fracasser son verre contre le bar et frapper Don en plein visage avec le tesson aux bords tranchants. L'Américain lâcha sa piña colada et se mit à hurler. Il glissa sur le liquide onctueux à la noix de coco et atterrit sur les fesses alors que du sang lui giclait du visage.

— Oh, mon Dieu !

Piet se baissa.

— Vous êtes en état de choc. Personne n'aime prendre conscience qu'il est un trou du cul.

En quittant le bar, Piet réalisa qu'une longue nuit de travail l'attendait. En fin de compte, il allait bien se rendre à Santo Domingo.

La soirée avait commencé calmement. Il avait mangé un *fish and chips* et bu une bière dans un bar des environs tout en regardant les nouvelles. Il voulait voir si on parlait du meurtre ou de la disparition mystérieuse d'un banquier local. Bryan n'arrivait pas à savoir s'il était soulagé qu'on n'en parle pas ou si ça ne faisait qu'ajouter au suspense. Sa poitrine lui fit mal, puis il se rendit compte que ses joues étaient humides. C'était gênant. Il dut utiliser plusieurs serviettes pour sécher ses larmes.

Bryan ouvrit un exemplaire du *Cayman Compass*, "journal le plus fiable" des îles. Un gamin de seize ans avait été arrêté pour vol de vélo, six avocats accédaient au grade obscur de conseiller de la reine, la banque de sang appelait aux dons en prévision de la saison des ouragans et on lançait une nouvelle offensive pour plus de transparence fiscale. Pas un mot sur un pauvre couillon avec un coquillage dans l'œil.

Ça méritait de boire un coup.

Bryan se demanda si Leighton avait de la famille dans le coin. Quelqu'un devait se demander où il était. Ils seraient tristes d'apprendre sa mort, ils auraient le cœur brisé, l'injustice de la situation les plongerait dans une colère noire. Peut-être Leighton avait-il une petite amie ou un petit copain qui l'aimait de tout son être ? Qu'allait-il leur arriver ? La mort d'un individu provoque une onde de choc. Le sentiment de perte et de tristesse se propage dans toutes les directions jusqu'à ce que l'absence de cette personne affecte le monde entier. Quelqu'un allait-il vider le pavillon de Leighton comme il avait vidé l'appartement de son père ? Bryan n'avait pas pensé à la vieille tanière de son père depuis qu'il avait quitté New York. D'ici quelques semaines, le loyer ne serait plus payé, le propriétaire enverrait un avis d'expulsion et finirait par dépêcher un serrurier pour forcer la porte. Personne ne pourrait être contacté, personne ne viendrait récupérer ses affaires. Tout serait jeté. Les dernières traces d'une existence faite de nourriture, d'amis et de poésie finiraient dans une benne à ordures du Queens. Les murs seraient repeints, le frigidaire serait remplacé, les toilettes et la cuisinière, rénovées, puis un nouveau locataire emménagerait. Il ne resterait plus rien de son père : aucun indice de sa vie sur Terre à l'exception des souvenirs de Bryan. Et bientôt, Bryan disparaîtrait à son tour. Pour laisser place à Cuffy.

Le terminal Don Diego de Santa Domingo était un grand hangar où les ferries allaient et venaient, en provenance de San Juan ou de Porto Rico. Piet avait passé la nuit dans sa voiture, garée de l'autre côté de la rue, à attendre que le ferry accoste. Ça lui avait laissé le temps de retourner l'affaire dans sa tête. Il y avait peu de matière à réflexion. LeBlanc avait séjourné à l'hôtel, point final. On en savait autant en passant un coup de fil qu'en déboursant vingt-cinq mille dollars d'avances sur honoraires.

La police lui manquait. Il y avait une certaine dignité à fouiller, à suivre une piste. Sans oublier la sécurité de l'emploi. Piet gagnait plus d'argent en travaillant pour des clients privés, mais il ne croulait pas sous le boulot. Il s'écoulait parfois des mois entre deux jobs. Ces derniers temps, il avait surtout planché sur des affaires de divorce. Il se retrouvait à suivre un mari qui faisait croire qu'il allait jouer au golf pour se taper quelqu'un d'autre que sa femme. Ce n'était pas compliqué, il suffisait d'avoir un appareil photo numérique et un téléobjectif. Piet n'aimait pas s'immiscer dans la vie sexuelle des gens. Élucider un crime, corriger une injustice était louable, mais bousiller la vie de quelqu'un qui cherchait du plaisir était mauvais pour le karma. Piet se demanda s'il s'était déjà retrouvé de l'autre côté de l'objectif dans une affaire de divorce. C'était fort possible.

Voulait-il vraiment fouiller la merde des autres jusqu'à la fin de ses jours ? Une fois cette affaire bouclée, il changerait de travail. Pourquoi pas devenir agent de sécurité sur un bateau de croisière ? L'idée lui plaisait. Il aurait accès à un flux ininterrompu de femmes voulant passer du bon temps.

Les voitures descendaient du ferry et rejoignaient la circulation. Les gens quittaient le terminal, retrouvaient leurs amis, appelaient des taxis. Ils vivaient leurs vies. Piet finit son café et ratatina le gobelet en carton avant de le jeter par terre. Le café dominicain était bien meilleur que tout ce qu'on pouvait boire à Curaçao.

Le ferry restait à quai une ou deux heures avant de faire le chemin inverse pour Porto Rico. Piet parvint à convaincre quelqu'un de le laisser monter à bord. Il parla au capitaine et lui glissa discrètement un billet de cent dollars pour qu'il le laisse interroger l'équipage au sujet d'un Américain disparu.

Piet fit le tour des lieux en brandissant la photo, mais chaque fois qu'il dénichait un membre de l'équipage, il peinait à se faire comprendre dans son espagnol approximatif. Personne ne se souvenait de LeBlanc. Piet commençait à croire qu'il n'avait jamais posé le pied sur le ferry quand une serveuse du snack-bar le reconnut.

C'était une jeune Dominicaine séduisante, avec une belle peau brune, de grands yeux sombres et un cul qui tira Piet de sa torpeur. S'il avait eu le temps et qu'ils s'étaient retrouvés sur une piste de danse, il lui aurait demandé bien plus que de se creuser la mémoire au sujet de LeBlanc.

— Vous vous souvenez de quoi ?

Elle battit des paupières.

— Il était *guapo*, dit-elle en fouillant ses souvenirs. Et il m'a donné un bon pourboire.

— Vous vous souvenez de ce qu'il a mangé ?

— Un *hamburgesa con queso*, répondit-elle en souriant.

Piet se fit un point d'honneur de noter ces informations dans son carnet. Elles n'avaient aucun intérêt, mais il voulait donner à la serveuse l'impression d'avoir été utile. Il avait tout ce qu'il lui fallait. Comme LeBlanc avait pris le ferry pour Porto Rico, Piet allait mettre le cap sur San Juan. Il remercia la fille, lui glissa un billet puis s'éloigna pour passer un coup de fil.

Mais lorsqu'il informa son client qu'il suivait la piste de LeBlanc à Porto Rico, on lui répondit de tout laisser tomber et de se rendre aux Caïmans sans perdre une seconde.

Il ne pleuvait pas vraiment, mais le crachin était assez conséquent pour donner envie de s'abriter. Seo-yun refusa toute protection et laissa les gouttelettes tomber sur son visage. Elles constellaient ses lunettes et réfractaient la lumière. Sous son parapluie frappé du logo du Ritz-Carlton, Neal la regardait se faire tremper.

— Tu ne veux pas t'abriter avec moi ?

Elle secoua la tête.

— Ça fait du bien.

Sa vie de tous les jours ne lui offrait rien d'aussi agréable que cette chaude pluie tropicale. Ni son travail, ni son appartement, ni ses vêtements, ni son crétin de fiancé n'étaient capables de lui procurer de telles sensations. Était-ce à cause de toutes ces années arides passées dans les bureaux ou les salles de classe, à s'acharner à atteindre des objectifs fixés par d'autres ? Elle les avait atteints et ça ne lui avait pas fait autant de bien que cette pluie. Les plaisirs simples, sensuels. Voilà ce qui lui manquait. Elle se demanda si quelque chose clochait chez elle. Avait-elle un problème neurologique ou une carence en vitamines qui l'empêchait de profiter des choses simples ? Était-elle déshydratée depuis des décennies ? Elle se promit de boire beaucoup d'eau et d'aller piquer une tête dans la piscine de l'hôtel. Elle allait devenir une éponge : absorber autant de moiteur tropicale que possible.

Son téléphone entonna la chanson d'Atlantic Starr. Elle ne répondit pas. Peu importe ce que son fiancé voulait. Ça attendrait.

— On ferait mieux d'entrer.

Elle ferma les yeux et sentit la bruine éclabousser son visage.

— Allez, viens.

Neal lui prit délicatement le bras et ils passèrent la porte en verre menant au hall climatisé de la FirstCaribbean International Bank. L'air frais la fit frissonner. Ils avaient annoncé leur visite, un rendez-vous était prévu avec l'un des gestionnaires de comptes.

Seo-yun s'attendait à ce qu'on la conduise dans un bureau, qu'on lui offre une tasse de thé ou un verre d'eau, et qu'on lui affirme qu'on allait tout faire pour l'aider, mais il ne se produisit rien de tout ça. Une jeune femme apparut et leur annonça que le responsable du compte ne s'était pas présenté au travail ce matin. Elle n'avait aucune idée de l'endroit où il se trouvait. Elle n'était pas impliquée dans la gestion du compte et ne pouvait donc pas leur dire grand-chose. Elle n'avait pas de nom à leur donner, juste un numéro dont ils disposaient déjà. Elle leur rappela que leur banque était signataire du Patriot Act et que toute transaction suspecte aurait été immédiatement signalée. Elle leur tendit la carte de visite de l'individu en question afin qu'ils puissent entrer directement en contact avec lui.

— Il devrait être là demain, ajouta-t-elle en guise de conclusion.

Seo-yun sentit un frisson lui parcourir le corps. Elle avait la chair de poule.

Neal regarda la carte de visite puis se tourna vers elle.

— Allons trouver ce Leighton Stewart.

Il lui prit le bras et la conduisit dehors, sous la pluie.

— On trouvera un annuaire à la bibliothèque, dit-il en ouvrant le parapluie.

Ils traversèrent Heroes Square, une petite place baptisée en l'honneur de héros dont l'identité demeurait obscure et se dirigèrent vers la bibliothèque de George Town.

Seo-yun avait entendu des touristes en parler. L'endroit avait une grande place dans l'histoire de l'île, mais, de l'extérieur, il ressemblait à ces bâtiments municipaux qu'on peut voir à Fort Lee ou à Syracuse. En pénétrant à l'intérieur, elle remarqua que l'édifice était divisé en deux : d'un côté, le grand immeuble moderne et bien aménagé accueillant la bibliothèque, de l'autre, une vieille construction au style étrange.

Seo-yun laissa Neal faire tout le travail. Consulter un annuaire pour trouver une adresse et un numéro de téléphone n'exigeait aucune compétence spéciale, mais c'était lui le spécialiste des enquêtes. Seo-yun préféra déambuler dans l'ancienne bibliothèque pour voir ce qu'elle avait de si particulier. L'espace en lui-même n'était qu'une salle blanche aux murs percés de fenêtres et couverts d'étagères vides. Il n'y avait aucun livre, aucune table, aucun système de classement ; rien de spécial. C'est en levant les yeux qu'elle comprit. Le toit avait été fabriqué par un constructeur de navires qui, n'étant manifestement pas capable de bâtir un toit normal, avait opté pour une coque de bateau. On aurait dit qu'un vieux galion espagnol était tombé à la renverse au sommet de l'édifice. C'était dingue. Magique.

Seo-yun admira la charpente. Voilà bien la preuve qu'on pouvait penser autrement, changer les règles et jouer sur ses points forts. Ce type avait inversé l'ordre des choses. C'était une idée simple, lumineuse. En contemplant le plafond, elle réalisa que rien ne l'empêchait de bouleverser son monde à elle, un monde où il était désormais plus important de profiter de la pluie tropicale que de gagner de l'argent.

Neal apparut à ses côtés.

— Je l'ai.

Il s'arrêta et leva les yeux.

— Un bateau à l'envers.

— Il a joué sur ses points forts, répondit Seo-yun en hochant la tête.

Son téléphone se remit à fredonner. Un texto de son fiancé. Voulait-elle vraiment le cocktail à base de Soju pour la réception ? Tout le monde attendait sa réponse.

Assis dans le hall du Ritz-Carlton de Grand Cayman, Piet buvait un café en observant le défilé de touristes. Ils étaient pâles et amicaux, probablement canadiens. Une femme portant un vêtement au logo de l'établissement se plaignait de la météo. Elle s'adressait au concierge sur le ton convaincu et arrogant de celle qui peut tout se permettre : l'attitude classique des habitants du monde industrialisé avec les gens des Caraïbes. Le concierge lui garantit que la pluie ne durerait pas.

— Mon mari est venu ici pour jouer au golf.

Piet se mit à glousser. La pluie n'empêchait pas de jouer. L'hôtel pouvait sans doute lui fournir les services d'un porteur de parapluie. Après tout, c'était un établissement de luxe.

Piet avait fréquenté des hôtels chics, mais il n'avait jamais séjourné dans ce genre d'endroit. Le luxe ne le dérangeait pas. Peut-être pourrait-il se l'offrir si cette affaire durait assez longtemps. Maintenant qu'il avait quitté Curaçao pour s'aventurer en terre inconnue, il facturait quatre fois son tarif habituel. Pourquoi se priver ? Son client était une grosse boîte de Wall Street. Ils imprimaient quasiment leur propre argent.

Neal Nathanson, leur représentant, lui avait envoyé un texto. Ils avaient prévu de passer à la banque, puis de se retrouver à l'hôtel où ils conviendraient de la marche à suivre. Le message remontait à deux heures. Piet aurait dû avoir de ses nouvelles. D'autant qu'il commençait à avoir faim.

— Piet Room.

Il se tourna et découvrit un homme à l'air affable.

— Inspecteur Grover.

Piet se leva et les deux hommes se serrèrent la main.

— Merci d'être venu si vite, dit Piet en désignant un siège. Je n'ai pas beaucoup de temps.

— Quand Piet Room appelle, je déplace des montagnes, répondit l'inspecteur.

Piet voyait bien que Grover avait vieilli. Ses cheveux coupés ras étaient parsemés de gris, et il avait pris du poids ; sa grosse bedaine dépassait de sa ceinture comme une boule de glace sur le point de tomber de son cône.

Grover s'installa dans le fauteuil et promena son regard alentours.

— Me dis pas que c'est toi qui payes la chambre ?

— C'est le client qui régale, dit Piet en souriant. Tu veux un café ?

— À condition qu'ils mettent du whiskey dedans.

Piet appela le serveur.

— Qu'est-ce que tu fais ici ? Encore un mari qui croit que sa femme le trompe ?

Piet éclata de rire.

— Je suis sûre qu'elle le trompe, mais c'est pas pour ça que je suis venu, dit-il en se penchant en avant. Je cherche quelqu'un qui a disparu.

— Tu penses qu'il lui est arrivé quelque chose ?

— Mes clients ne me donnent pas beaucoup d'infos, répondit Piet en haussant les épaules. La bonne nouvelle, c'est qu'ils ne rechignent pas à la dépense.

— Je vois le genre.

— Et ils ne veulent pas faire appel à la police.

— Si on trouve leur gars avant eux, il risque de nous dire des choses qu'on est pas censés savoir.

— C'est Wall Street.

Le café arriva. Grover lécha la chantilly avant d'en boire une gorgée.

— Tu vas me dire pourquoi tu as appelé ton vieux pote…

— Je crois que je vais avoir besoin de renfort. Je sais pas vraiment dans quoi je me suis embarqué.

— Tu connais la loi. J'ai pas le droit d'avoir une arme. Personne n'en a ici. Quand on a des flingues à disposition, les choses finissent mal.

— Même des armes non létales ?

— Je peux peut-être te dénicher un vieux Taser, dit Grover en ricanant. Mais si je fais ça, tu viens dîner à la maison. Mary fait un super mérou en escabèche.

— Je vois ça, répondit Piet en montrant le ventre de l'inspecteur.

LA Harbor House Marina était le plus grand vendeur de bateaux de l'île. Bryan aurait préféré en acheter un à un particulier et régler la transaction en liquide, mais il n'y avait pas autant de choix qu'il l'aurait cru, et rien qui ne convienne à ses besoins. Il n'était pas inquiet. Au pire, il achèterait un *panga* équipé d'un gros moteur qui l'emmènerait jusqu'aux Bahamas. Une fois là-bas, il ferait l'acquisition d'un voilier digne de ce nom.

Bryan tourna dans le parking et se gara à côté d'un grand bâtiment aux airs d'usine avec une touffe de palmiers plantés devant. Avant de venir, il avait appelé depuis le téléphone de son appartement de location. Une vendeuse enjouée lui avait affirmé qu'elle pourrait peut-être lui trouver ce qu'il cherchait. Il était donc venu faire ses emplettes, impatient de se délester du demi-million de dollars qui lui brûlait la malle.

La vendeuse s'appelait Teresa, l'une de ces femmes à la silhouette athlétique et au teint hâlé qui aiment l'escalade et le parachute ascensionnel.

— J'ai l'impression que c'est votre jour de chance.

Bryan la suivit vers la marina. Il essaya de ne pas déshabiller du regard son corps joliment emballé dans un jean blanc et un polo rose. Le sexe n'était qu'une distraction et il n'avait pas de temps à perdre. Il devait rester concentré. Quand il aurait quitté l'île, il pourrait penser à toutes ces choses compliquées qui poussent les gens à prendre du Xanax pour ne plus y penser.

Ils passèrent devant un gros hors-bord suspendu dans les airs. Il était attaché à un gigantesque engin, une sorte de cube squelettique monté sur roues qui soulevait les bateaux et les traînait hors de l'eau. Bryan s'arrêta pour mieux le contempler.

— Vous êtes sûr que vous cherchez un voilier ?

Il se tourna vers Teresa et lui adressa un sourire.

— Que voulez-vous ? Je suis un romantique. J'aime le vent.

Ils laissèrent derrière eux les petits voiliers et les hors-bord utilisés pour la pêche et marchèrent jusqu'à l'extrémité de la marina. Là, luisant dans l'eau, se trouvait un Beneteau Oceanis 38.1 quasiment neuf. Il avait vu des photos de cette gamme de voiliers. Le design lisse et ultramoderne suscitait admiration ou haine chez les marins. Bryan n'en était pas particulièrement fan, mais maintenant qu'il l'avait sous les yeux, il était impressionné. Le bateau était superbe.

Teresa grimpa à bord.

— Un couple de Miami l'a fait venir ici. Mais le mari a surpris sa femme au lit avec la nounou.

— J'imagine qu'il a demandé le divorce.

Elle hocha la tête, mais une lueur malicieuse brilla dans ses yeux.

— Quelque chose me dit que vous ne me racontez pas toute l'histoire.

— En fait, le mari n'était pas vraiment fâché. Il s'est déshabillé pour les rejoindre. Sa femme a trouvé que ça allait trop loin.

— C'est important de fixer des limites.

Elle tendit la main pour l'aider à monter. Il n'avait pas besoin de son assistance, mais comme il voulait la toucher, il se laissa guider.

— C'est un yacht de croisière. Onze mètres cinquante de long. Deux cabines. Cabinet de toilettes. Douche séparée. Il a été aménagé pour le long terme. Vous pourriez y vivre.

— Et la capacité de stockage ?

— Plutôt classique, répondit-elle en haussant les épaules. Vous avez deux cabines. Vous pouvez ranger vos provisions dans la plus petite pour les longs trajets.

Bryan aurait préféré un bateau de treize mètres ou plus, mais ce voilier était prêt à appareiller et il avait l'habitude de manœuvrer des embarcations de cette taille. Sans compter qu'il pouvait quitter l'île d'ici un jour ou deux.

Teresa le regarda en croisant les bras.

— Qu'est-ce que vous en pensez ?

— J'espérais quelque chose de plus grand.

— C'est l'histoire de ma vie.

Il leva un sourcil. Était-elle en train de flirter ?

— Désolé, dit-elle en toussant. Je plaisantais.

Bryan sourit.

— Ils en demandent combien ?

— Vous ne voulez pas l'essayer ?

— Il a l'air plutôt solide.

— C'est un super bateau.

Elle soutint son regard pendant quelques instants avant d'ajouter :

— Deux cent vingt-cinq.

Bryan s'efforça de prendre un air songeur. Il se passa la main dans les cheveux comme s'il peinait à prendre une décision.

— Quand pouvez-vous le mettre en état de naviguer ? Je veux qu'une cabine soit convertie en espace de stockage et que tout l'équipement soit opérationnel.

— Un ou deux jours. On fera le nécessaire.

— J'aimerais que cette transaction reste discrète.

— Bien entendu.

Bryan se dit qu'elle devait être habituée à vendre des bateaux à des trafiquants de drogue et à des richards adeptes de la fraude fiscale.

— Vous prenez le liquide ?

Le visage de Teresa s'illumina.

— Monsieur Ebanks, lorsqu'il est question de paiement, nous l'acceptons sous toutes ses formes.

Bryan lui serra la main.

— Appelez-moi Cuffy.

L'HÔTESSE les guida jusqu'à la table où Piet mangeait un cheeseburger.

— C'est lui, l'homme de main ? demanda Seo-yun.

— Nous n'avons jamais travaillé ensemble, répondit Neal en haussant les épaules, mais on me l'a chaudement recommandé.

Piet s'essuya la main sur sa serviette avant de la leur présenter.

— Vous devez être monsieur Nathanson.

— Appelez-moi Neal, dit-il en le saluant. Voici ma collègue, Seo-yun Kim.

Piet prit la main de Seo-yun et leurs regards se croisèrent. L'espace d'une seconde, Neal sentit quelque chose passer entre eux. Ça lui rappela sa rencontre avec Bart. Ils avaient échangé le même genre de regard. Quelques mois plus tard, Neal achetait le canapé le plus cher de toute son existence.

— Qu'est-ce que vous mangez ? demanda Seo-yun à Piet.

— Ils appellent ça un burger des Caraïbes, mais c'est juste un burger classique.

— Qu'est-ce qu'il a de caribéen ?

— La gelée de piments, répondit Piet en désignant les chaises vides face à lui. Asseyez-vous et mangez quelque chose, la journée va être longue.

Seo-yun s'installa à côté du détective.

— D'accord. Je vais prendre un burger des Caraïbes.

Elle piocha une frite dans l'assiette de Piet, la trempa dans ce qui ressemblait à de la mayonnaise et la fourra dans sa bouche. Neal vit que Piet souriait. Il scrutait les lèvres de Seo-yun alors qu'elle mâchait, puis prit une bouchée de burger qui fit gicler de la gelée de piments.

Le serveur revint avec les menus, mais Neal le prit de court :

— Je crois qu'on va tous prendre un burger des Caraïbes.

— Vous ne serez pas déçus, dit Piet en s'essuyant les lèvres.

NEAL s'en voulait d'avoir mangé un burger des Caraïbes. Chaque fois que la voiture passait sur un relief, un rot aux relents de graisse de bœuf et de piment sucré lui remontait du fond de la gorge. Et il regrettait de ne pas être allé se brosser les dents dans sa chambre avant de partir. Peut-être pourrait-il utiliser ses problèmes gastriques pour indisposer le banquier et lui faire cracher la vérité ?

Neal n'avait eu aucun mal à trouver l'adresse de Leighton Stewart dans l'annuaire de la bibliothèque de George Town. Il espérait juste que le banquier soit chez lui. Ils se garèrent devant un adorable petit pavillon tout juste repeint en blanc avec des finitions bleu-vert et une jolie allée bordée d'énormes conques.

Alors qu'ils sortaient de la voiture, Neal vit que Piet fixait le cul de Seo-yun. Il était certes pile dans sa ligne de mire, mais le détective semblait éprouver pour lui une fascination disproportionnée. Neal aurait aimé qu'on mate son cul avec une telle intensité.

Il suivit Piet et Seo-yun le long du chemin de gravier menant à la porte d'entrée. Soudain, Piet s'arrêta.

— Il faut qu'on parte d'ici.

— Pourquoi ? dit Neal d'un air confus. On vient juste d'arriver.

Piet renifla l'air.

— Vous ne sentez pas ?

Neal perçut une vague odeur doucereuse d'ordures, un mélange de glace et de nourriture avariée.

— Ça sent la poubelle, dit Seo-yun en se tournant vers Piet.

Il secoua la tête.

— Si on ne part pas tout de suite, on aura affaire à la police.

Piet coupa Neal avant qu'il le contredise.

— C'est l'odeur d'un cadavre. On ne peut pas traîner ici.

Ils remontèrent dans la voiture aussi vite qu'ils le purent sans éveiller les soupçons d'éventuels témoins. Neal ne savait pas quoi penser. Il y avait bien une odeur étrange, mais un cadavre ? Ça lui paraissait tiré par les cheveux. S'il y avait bien un cadavre, ça voulait dire que LeBlanc avait supprimé son complice ? À moins que ce ne soit le corps de LeBlanc… Piet parlait à un flic au téléphone. Apparemment, il avait des amis qui pourraient traiter cette information comme un tuyau anonyme.

Neal et Seo-yun échangèrent un regard dont Neal ne put saisir le sens. Pensait-elle qu'il y avait un cadavre dans la maison ? Que Piet les menait en bateau ? Pourquoi ferait-il ça ? Neal était perturbé. Leur enquête a priori simple et sans surprise sur cette île de petite taille devenait soudain beaucoup plus complexe.

Il décida de reprendre la main.

— Il faut aller vérifier les ventes de voitures et de camions, les nouvelles immatriculations, les ventes de bateaux.

— Ça me semble un bon point de départ, acquiesça Seo-yun.

— Pourquoi est-ce qu'il voudrait acheter un moyen de transport ? demanda Piet en levant un sourcil.

— Il aura sans doute besoin de se déplacer sur l'île. De transporter des choses, répondit Seo-yun.

— OK, dit Piet. Mais il est bien venu ici pour une raison, non ?

— Nous pensons qu'il est venu voir Leighton Stewart.
— Pourquoi ?
— Nous comptons bien le découvrir.
— C'est confus.

Piet se passa la langue sur les lèvres comme s'il réfléchissait à quelque chose.

— Vous étiez dans l'armée ? dit-il en se tournant vers Neal.
— Je n'y ai jamais mis les pieds.
— Je me disais que vous aviez peut-être été dans l'armée de l'air. Ou le commandement stratégique, ce genre de truc.
— J'aurais adoré, mais non.
— Vous êtes flic ? Vous travaillez pour les forces de l'ordre ?
— Non, dit Neal en secouant la tête. Je ne suis pas non plus avocat ou détective privé si vous vous posez la question.
— Sécurité diplomatique ?
— Non.

Neal commençait à trouver ça irritant. Ses qualifications n'avaient jamais été remises en question.

— Je ne voulais pas vous contrarier, s'excusa Piet.
— Je ne suis pas contrarié.

Seo-yun se sentit obligée d'intervenir.

— Je suis certaine que vous savez ce que vous faites, mais je peux vous assurer que Neal est tout aussi compétent dans son domaine.

Piet hocha la tête et s'humecta de nouveau les lèvres.

— C'est vous le patron. Je vais aller au bureau des immatriculations pour voir si on a enregistré de nouvelles transactions. S'il a acheté un véhicule, neuf ou d'occasion, il y aura une trace là-bas.

— Je viens avec vous, dit Seo-yun en jetant un coup d'œil à Piet.

Neal lui jeta un regard surpris, puis haussa les épaules.

— J'imagine que ça me laisse les vendeurs de bateaux.

Comme Grover lui avait demandé de l'attendre au commissariat, Piet prit place sur un banc et observa Seo-yun déambuler dans le couloir. Elle passa devant les armoiries des forces de police des îles Caïmans : trois étoiles vertes surplombées du lion de l'Angleterre. Sous le blason, était écrite la devise officielle de la police : NOUS SOMMES CONCERNÉS, NOUS SOMMES À L'ÉCOUTE ET NOUS SOMMES DANS L'ACTION, une affirmation que Piet pouvait discréditer en s'appuyant sur sa pratique de l'institution locale. Les flics d'ici se sentaient parfois concernés, mais n'étaient jamais à l'écoute et faisaient ce que bon leur semblait. Grover était la seule exception. Il savait se montrer discret, surtout s'il trouvait un moyen d'exploiter l'affaire à son avantage.

Seo-yun tourna les talons et revint vers lui. Elle était au téléphone. Apparemment, elle avait beaucoup de choses à gérer. Son portable sonnait toutes les quinze minutes, parfois plus souvent. Sans compter les textos. Elle faisait les cent pas, la tête penchée sur le côté comme si elle subissait la chose la plus pénible au monde.

Piet voyait bien qu'il y avait un magnétisme sexuel entre eux. Elle s'était servie dans son assiette. Pas besoin d'être biologiste pour comprendre.

Elle fit demi-tour et s'éloigna de lui. Piet se dit que son cul était formidable. Loin des tortillages et des balancements des autres culs, le sien lui parlait plus clairement qu'aucun autre avec lequel il avait communiqué. La voix du cul de Seo-yun raisonnait dans sa tête.

Je veux sentir le soleil sur ma peau. Je veux sentir le vent passer entre mes fesses pour rafraîchir ma chatte. Je te veux, toi…

Elle avait un cul télépathe.

Piet concentra toute la puissance de son esprit pour envoyer au cul un message mental. Il pouvait l'emmener dehors. Il exaucerait ses moindres désirs. Il sentit son pénis se durcir dans son pantalon.

— On dirait que t'es en train de chier.

Piet leva les yeux et aperçut Grover. Quand il se redressa, le devant de son pantalon se tendit à un angle gênant. Piet le cacha sous sa *guayabera*.

— Je réfléchissais.

— Si tu veux un conseil, réfléchis moins fort.

— Tu as trouvé quelque chose ? demanda Piet pour changer de sujet.

— Tu vas devoir me parler de ton affaire.

Grover lui montra une photo sur son iPhone.

— C'est pas un selfie.

Piet posa les doigts sur l'écran et zooma sur l'image. C'était un homme en voie de décomposition avec une énorme conque plantée dans le visage.

— C'est quoi ces conneries ?

Seo-yun arriva derrière lui et regarda la photo par-dessus son épaule. Il fut surpris qu'elle ne soit pas choquée.

— Ce n'est pas lui, dit-elle avant de poursuivre sa conversation téléphonique.

— C'est qui ?

Grover se racla la gorge.

— Leighton Stewart. On l'a retrouvé dans sa voiture. Garée dans son allée.

Piet hocha la tête.

— Donc… c'est un suicide.

Grover poussa un petit grognement.

— Joue pas au con avec moi. Je veux savoir qui est le type que vous cherchez parce qu'il y a de grandes chances qu'il ait des informations sur ce meurtre.

— C'est lui qu'on cherchait. Leighton Stewart.

— Alors je veux savoir pourquoi.

— Ils me disent rien, répondit calmement Piet. On cherche aussi un citoyen américain. La trentaine. Un mètre quatre-vingts. Corpulence moyenne, poids moyen.

— Il y en a trois mille comme ça qui viennent de descendre d'un bateau de croisière, dit Grover en grimaçant.

— Apparemment, il a besoin d'un camion ou d'un bateau, dit Piet en s'éclaircissant la voix. Maintenant, tu en sais autant que moi.

Grover n'avait pas l'air content.

— Peut-être que je devrais convoquer ta cliente et lui poser quelques questions.

— Ils vont juste te foutre une armée d'avocats sur le dos, dit Piet en secouant la tête. Tu n'obtiendras rien d'elle.

— Est-ce que tu peux au moins me donner un nom ?

Seo-yun avait raccroché et rangeait son téléphone dans son sac. Piet s'approcha de Grover.

— Bryan LeBlanc.

— Je vais demander à mes gars d'aller voir les loueurs de voiture et les services d'immigration. Il a bien dû entrer dans le pays à un moment ou à un autre.

— Merci.

— Tu me remercieras quand tu viendras manger du mérou à la maison.

Grover salua d'un grognement et s'éloigna dans le couloir.

Seo-yun se planta devant Piet. Il entendit la voix de son cul dans sa tête, semblable à un doux murmure. *Passons aux choses sérieuses.*

NEAL commençait à douter de son instinct. Après s'être rendu à la marina Barcadere, au yacht-club de George Town et au club de voile des îles Caïmans, il se retrouvait maintenant sur Esterley Tibbetts Highway. Il avait passé la moitié de l'après-midi au volant de sa voiture pour un résultat nul. Le yacht-club de George Town était un restaurant et ça faisait des semaines que personne n'avait entendu parler d'une vente de bateau. Uniquement des jet-skis.

Neal avait montré la photo de LeBlanc – celle de son badge d'employé –, mais il n'avait eu droit qu'à des regards vides et à des haussements d'épaules. Tout le monde avait croisé quelqu'un qui ressemblait plus ou moins à ça. L'île était infestée de touristes américains et LeBlanc n'était qu'un beau gosse plein aux as parmi d'autres.

C'était frustrant. Comment pouvait-on disparaître ? Dans une affaire classique, il aurait déjà fait saisir les biens du fuyard et bouclé le dossier. Les Caïmans, les transactions bancaires, les leçons de voile le week-end… il y avait trop de coïncidences pour que tout ne soit pas lié. Pourtant, il n'y voyait aucune logique. La seule bonne nouvelle lui avait été annoncée par Piet : l'odeur qu'ils avaient sentie au pavillon de Leighton Stewart était bien celle du cadavre de Leighton Stewart. C'était un indice, mais ça ne lui plaisait pas. Le meurtre ne collait pas avec ce qu'il avait appris au sujet de LeBlanc. Ça n'avait aucun sens. Sauf si cette histoire avait mal tourné et qu'ils allaient bientôt tomber sur le corps sans vie du courtier.

À moins qu'il n'ait tout faux. Neal était perdu. Il n'était plus sûr de rien.

Sa rupture avec Bart avait-elle eu raison de son intuition ? Neal passait une partie non négligeable de ses journées à ruminer l'échec de leur histoire, à se demander ce qu'il aurait dû faire s'il avait pris conscience de la fragilité de leur relation. Il aurait pu devenir supporter des Mets. Était-ce trop demander ? Bart trouvait les tatouages super sexy. Pourquoi ne s'était-il pas laissé convaincre ? Il n'avait rien contre. Bart en avait quelques-uns ; il était particulièrement fier de son tatouage de Mr. Met dans le style de Tom of Finland. Neal devait bien admettre qu'il n'avait jamais rien vu de tel. La mascotte des Mets, avec sa balle en guise de tête et son sourire bébête, montrait fièrement son torse musculeux alors qu'une érection de toute beauté jaillissait de sa tenue. Sexualiser une mascotte sportive n'était pas banal. Quitte à graver quelque chose de permanent sur son corps, autant que ce soit unique. Quelle mascotte Neal pourrait-il se faire tatouer sur le biceps ? Impossible de sexualiser la mascotte de Seattle, le balbuzard pêcheur. Il avait certes acheté un canapé, mais ce n'était pas là un socle suffisant pour une relation de longue durée.

Neal se gara dans la Harbor House Marina, mais décida de rester dans la voiture. Il inclina le siège autant que possible et s'allongea pour réfléchir. Il n'avait pas le cœur à l'ouvrage, il ne voulait parler à personne. Il n'avait aucune envie de faire le tour des employés et de leur poser des questions détournées en leur montrant la photo granuleuse de LeBlanc. Sans parler de les voir hausser les épaules en grommelant qu'ils étaient désolés de ne pas pouvoir l'aider. C'était trop déprimant.

Il sortit du véhicule et partit se promener au milieu des hors-bord et des bateaux de pêche. Quelques embarcations rentraient au port avec leurs cargaisons de pêcheurs et de pêcheuses buvant de la bière en brandissant fièrement des dorades sanguinolentes. Ils étaient souriants et cramoisis de soleil, ravis de s'immortaliser avec des animaux morts. Neal ne comprenait pas le but de la manœuvre, mais c'était sans doute normal pour des vacanciers. Ils tuaient des choses et prenaient des photos.

Comment savoir ce qu'on faisait en vacances ? Neal n'en avait pas pris depuis des années. Pourquoi n'avait-il pas emmené Bart à Hawaï, aux Bahamas ou même à Fire Island ? Ils auraient traîné sur la plage et bu du rhum jusqu'à ce qu'ils s'endorment. À leur réveil, ils auraient tué un truc et pris une photo. Ça leur aurait fait des souvenirs.

Neal allait rentrer à l'hôtel pour se gorger de mojitos lorsqu'il aperçut les voiliers. Ils mouillaient à leur poste d'amarrage, la plupart inoccupés. Ils étaient assez grands pour y vivre ; on aurait dit des camping-cars nautiques.

Tous les bateaux étaient déserts à l'exception de l'embarcation lisse et brillante au bout de la jetée. Des hommes changeaient les cordages et montaient des provisions à bord, comme s'ils préparaient le bateau pour quelque chose. L'agitation était supervisée par une jeune femme habillée d'un polo au ton pastel.

Neal était doué pour retrouver les gens et récupérer l'argent, car il était logique et méthodique. Il ne croyait pas aux intuitions, aux planches de Ouija ou à l'harmonie de l'univers. Malgré tout, il existait un moment où la logique et la méthode s'alignaient pour lui dévoiler la vérité. Il se souvenait d'une vieille citation de Sherlock Holmes. Le détective à l'esprit aiguisé par la cocaïne disait que "lorsque vous avez éliminé l'impossible, *ce qui reste*, si improbable soit-il, est nécessairement la vérité". Neal ressentit quelque chose en découvrant le voilier. Ce n'était ni le burger des Caraïbes ni sa peine de cœur. Il aurait parié son canapé hors de prix que ce bateau appartenait à LeBlanc.

Il observa la scène en essayant de prendre l'air décontracté, puis attendit que la femme descende de l'embarcation pour venir vers elle.

— Superbe bateau.

— Ouais, c'est pas tous les jours qu'on en voit des comme ça, dit-elle en hochant la tête.

— Vous vous apprêtez à le mettre sur le marché ?

— Je viens de le vendre. Mais si vous cherchez quelque chose, je peux prendre vos coordonnées.

— Je peux avoir votre carte ? répondit Neal en souriant.

Elle en sortit une de sa poche et la lui tendit.

— N'hésitez pas à me dire ce qui vous intéresse.

Il la regarda s'éloigner, puis sortit son téléphone.

Seo-yun était à quatre pattes sur la banquette arrière, la jupe relevée et la culotte enroulée autour du mollet. Derrière elle, Piet avait le pantalon sur les chevilles et lui tenait les hanches en donnant des grands coups de bassin.

Elle n'avait jamais fait l'amour en extérieur. La tension sexuelle était si intense qu'elle avait suggéré qu'ils se garent. Piet avait déniché une sorte d'impasse envahie par la végétation, puis ils s'étaient débarrassés de leurs chaussures avant de grimper sur la banquette arrière.

Ils avaient laissé les portières ouvertes pour que Seo-yun sente la lumière du soleil sur son visage et l'air des tropiques sur sa peau. C'était tellement agréable, comme un joli pique-nique. Encore ces choses simples qui lui avaient tant manqué. Elle passa sa main à l'intérieur de son soutien-gorge et se pinça le sein. Ça la fit jouir.

Elle n'était pas surprise de la tournure des événements. Elle avait remarqué la manière dont Piet la regardait au commissariat. On aurait dit un immense néon clignotant dont les lettres rose vif l'imploraient de baiser avec lui. Elle s'était dit qu'ils attendraient la nuit pour boire quelques verres et se rejoindre dans une chambre de l'hôtel, mais lorsque son fiancé l'avait appelée pour la quatrième fois en une demi-heure, elle s'était tournée vers Piet et lui avait annoncé qu'il était temps de passer aux choses sérieuses. Elle n'avait pas vraiment utilisé ces mots. Elle s'était montrée plus directe. Et voilà qu'il gémissait derrière elle tout en entretenant une conversation avec son cul. Décidément, les hommes étaient étranges.

Piet enfonçait sa bite si profondément qu'elle poussa un petit gémissement. Elle devait bien reconnaître que c'était agréable. Se faire baiser *al fresco* était une expérience fantastique. Dommage qu'elle n'ait pas essayé plus tôt. Ça expliquait peut-être pourquoi la banlieue était si prisée. Il est plus facile de baiser en extérieur quand on dispose d'un jardin.

Elle entendit son téléphone sonner dans son sac et tendit la main vers le siège avant pour s'en emparer. Piet ralentit l'allure.

— Qu'est-ce que tu fais ?

Seo-yun jeta un œil à l'écran.

— C'est Neal.

Elle décrocha.

— Salut, Neal.

Piet s'arrêta, mais elle tourna la tête et lui fit un signe de la main.

— Tu peux continuer.

Piet se remit en action et elle appuya sur le bouton haut-parleur.

— Qu'est-ce qui se passe ? demanda Neal.

— On est en train de finir.

— Finir quoi ?

Elle regarda le visage de Piet. Il avait la bouche grande ouverte, on ne voyait plus que le blanc de ses yeux.

— Il va bientôt jouir.

Piet poussa un grognement grave et guttural. Elle sentit sa bite s'agiter de spasmes et son corps trembler de la tête aux pieds.

— Quoi ?

Seo-yun se retourna vers le téléphone.

— J'ai déjà joui. J'attends juste qu'il termine.

Elle sentit Piet débander. Il se retira, sortit de la voiture et remonta son pantalon. Comme Neal ne disait plus rien, Seo-yun décida de briser le silence.
— Il te plairait. Il a une grosse bite.

Assis sur un muret, Pearson Kilpatrick observait l'Américain qui parlait au téléphone. C'était une jolie scène : la marina au premier plan, les bateaux dansant sur les eaux sombres, et les teintes bleu vert de la mer en toile de fond. Seule la peinture à l'huile rendait justice à cette couleur marine qui brillait de l'intérieur. L'acrylique ne laissait pas pénétrer la lumière.

L'Américain semblait contrarié. Par quoi, Pearson n'en avait aucune idée. Il le suivait depuis qu'il avait quitté la maison de Leighton avec le nain et la femme asiatique. L'Américain et ses amis cherchaient la même chose que lui, la chose qu'ils étaient censés voler.

Leighton était son cousin. Ils avaient grandi ensemble, fréquenté la même école, fait les conneries classiques qui occupent les ados. Comme leurs parents travaillaient dans les hôtels de l'île, ils avaient eu un aperçu de la vie luxueuse des touristes. Pearson se foutait de tout ça. Les gens qui se croyaient supérieurs aux autres ne l'étaient pas nécessairement. Mais Leighton voulait être riche comme les banquiers et les célébrités qui fréquentaient les hôtels ou achetaient les belles demeures locales, des gens comme Taylor Swift, Dwayne "the Rock" Johnson et le milliardaire Ken Dart. Leighton était allé à l'université, il avait travaillé dur et lorsqu'il avait appris que près de vingt et un mille milliards de dollars de fonds offshore transitaient par les banques des Caïmans, il avait redoublé d'efforts. Il avait fini par mettre le pied dans la porte et avait gravi les échelons.

Pearson avait adopté une approche plus détendue, quasi-rastafarienne, de la vie. Mais ça n'avait eu qu'un temps. Il se débarrassa de ses dreadlocks dès qu'il prit ses ambitions artistiques au sérieux. Malheureusement, son dévouement à sa carrière ne fut pas salué par une hausse de la demande locale pour ses œuvres. Les trois ou quatre galeries de l'île étaient spécialisées dans les tableaux pour touristes. Pearson n'avait rien contre les tortues de mer et les plages de sable fin, mais ce n'était pas le genre de choses qu'il avait envie de peindre.

Lorsque Leighton avait sonné à la porte de son studio pour lui parler de son idée, les choses avaient paru simples. Leighton avait sorti deux bières Mango Tango d'un sac en papier, en avait offerte une à Pearson et lui avait exposé son plan.

— Il aura une nouvelle identité. Même si on retrouve son corps, personne ne saura qui c'est.

— On est obligés de le tuer ? Pourquoi ne pas juste prendre l'argent ?

— Parce qu'il va nous retrouver et tenter de le récupérer, avait répondu Leighton en sirotant sa bière. Il me connaît. C'est un criminel. Il est capable de tout.

— T'es sûr que l'argent est bien là ?

— C'est moi qui m'en suis occupé.

— Il y a combien ?

— Environ quinze millions.

— Et j'aurais droit à la moitié ?

Leighton avait hoché la tête.

Pearson avait essuyé la sueur maculant son visage.

— On n'a pas d'autre possibilité ?

— Je ne vois pas comment on pourrait procéder autrement.

— Je ne suis pas un assassin.

— Moi non plus.

Les cousins s'étaient dévisagés un moment avant que Pearson brise le silence.

— On pourrait faire croire à un accident. Il pourrait se noyer.

Leighton avait fait non de la tête.

— On le surprend à l'appartement. C'est le plus facile. Quelqu'un pourrait nous voir si on le fait monter sur un bateau.

— Ça vaut peut-être la peine de prendre le risque.

— Et s'il se pendait ? avait proposé Leighton sur un ton enjoué.

À la troisième bière, ils avaient convenu qu'une forme de suicide assisté valait mieux que défoncer un crâne à la barre à mine. Vivre avec ça sur la conscience ne leur faisait pas envie.

Bien entendu, lorsqu'ils s'étaient pointés à l'appartement, le type avait disparu. L'argent n'était plus là et leurs rêves de richesse s'étaient envolés.

Et puis Leighton s'était volatilisé.

Ça faisait trois jours que Pearson n'avait aucun signe de lui. Son cousin n'était pas le genre à mettre les voiles en abandonnant son boulot pépère à la banque, mais il n'était pas rentré chez lui, il ne répondait pas au téléphone et il n'était pas allé au travail. Les choses avaient merdé dans les grandes largeurs et Pearson se retrouvait livré à lui-même. Soit Leighton avait récupéré l'argent et quitté l'île en le laissant sur le carreau, soit le type était vraiment un criminel et avait liquidé Leighton.

•

À moins qu'il n'y ait d'autres gens dans le coup, comme cet Américain et ses amis.

Pearson avait décidé de suivre l'Américain, car il avait l'air de donner les ordres. Les ordres de qui ? Ces gens ne bossaient sans doute pas pour la police et sûrement pas pour le FBI. Peut-être la CIA ? Si on se fiait aux représentations cinématographiques, la CIA engageait toujours des tordus.

L'Américain cherchait-il le type ? Leighton ? L'argent ? Pearson ne savait qu'une chose : c'est lui qui finirait par empocher tout ce fric. Même si ça devait lui coûter la vie. Une fois l'argent en poche, il mettrait le cap sur la France.

Quel artiste ne rêve pas d'aller en France ? Avec son butin, Pearson pourrait s'installer dans la Ville lumière, louer un studio dans une banlieue cool comme Ivry-sur-Seine et peindre les toiles dont il avait toujours rêvé. Il arrêterait de débiter des femmes avec des paniers de fruits sur la tête ou de barioler de couleurs criardes ces paysages grossiers faits de cahutes et de palmiers dénués de profondeur. C'était de la merde, du gâchis de talent. Même son patron à la galerie en convenait. Il allait réaliser son rêve et se hisser à la hauteur des Eric Fischl, R.B. Kitaj et Francesco Clemente. Il était un artiste de premier plan et vivre dans les îles l'empêchait de décoller.

Pearson Kilpatrick savait dessiner. Il savait peindre. Il n'était pas seulement capable de prononcer le mot *chiaroscuro*, il connaissait la technique.

Il n'aurait jamais cru qu'il serait impliqué dans une affaire de meurtre, mais si le sacrifice est au centre de toute entreprise artistique, ne valait-il pas mieux sacrifier quelqu'un d'autre que lui ?

Il observa l'Américain ranger son téléphone et retourner à sa voiture.

Assis à la table, Neal dégustait une salade César des Caraïbes. Elle était étrangement similaire à la salade César cajun de la Nouvelle-Orléans, à la salade César texane de Dallas et au suprême de salade César Cabo Wabo du Mexique. Ajoutez quelques crevettes grillées bien relevées et changez le nom. Ce n'était pas le plat le plus excitant du menu, mais maintenant qu'ils étaient sur les talons de LeBlanc, le temps des cheeseburgers à la gelée de piments était révolu.

Seo-yun pénétra dans le hall du Ritz-Carlton. Piet était toujours dehors, à envoyer un texto. Elle sourit en apercevant Neal.

— Salut.

Elle tira une chaise à côté de lui. Neal se pencha vers elle.

— On peut parler ? chuchota-t-il.

— Bien sûr, qu'est-ce qu'il y a ?

Comme Neal hésitait, Seo-yun prit un air étonné.

— Pourquoi t'es bizarre ?

— Ça ne me regarde pas, mais tu dois savoir qu'on n'est pas censés fraterniser avec les sous-traitants.

— Fraterniser ?

— Tu vois très bien ce que je veux dire, répondit Neal, le nez dans sa salade.

— Tu veux dire baiser dans la rue ?

— T'as pas fait ça ? dit Neal en ouvrant grand la bouche.

Seo-yun lui rit au nez.

— Ça pose problème aux RH ? Tu vas en référer à la hiérarchie ?

— Bien sûr que non.

— Alors où est le problème ?

Neal s'adoucit.

— Je suis désolé. Ce type me rend nerveux.

— Peut-être que c'est juste de la jalousie, dit-elle en souriant.

Cette remarque lui parut terriblement juste. Neal se sentait seul, il voulait désirer son prochain et se faire désirer à son tour.

— Tu as peut-être raison.

— On se fera un plan à trois plus tard. Là, je meurs de faim.

Neal ne put s'empêcher de rougir.

— Ça, ce serait un vrai cauchemar pour les RH.

Seo-yun étudia le menu.

— Ces chasses à l'homme m'ouvrent l'appétit, dit-elle en levant les yeux vers Neal. Enfin… tu vois ce que je veux dire.

Piet entra dans le restaurant et s'assit à leur table. Le serveur lui apporta un menu, mais il refusa d'un signe de tête.

— Vous ne mangez pas ? demanda Neal en prenant une bouchée de salade.

— Je vais dîner chez un ami.

Seo-yun se tourna vers Piet. Il haussa les épaules.

— Grover ? Tu l'as croisé au commissariat cet après-midi.

— Tu n'as pas à te justifier. Je ne suis pas du genre jalouse, dit-elle avant de se tourner vers Neal. Si l'argent est bien sur ce bateau, on a du pain sur la planche.

— L'argent ? répéta Piet, surpris. Je croyais qu'on cherchait une personne.

Neal fit passer sa crevette avec du thé glacé. Il eut du mal à masquer l'irritation qui perçait dans sa voix.

— C'est bien le cas.

Piet regarda Neal, puis Seo-yun.

— Ça m'aide de savoir ce sur quoi j'enquête.

— Nous recherchons une personne qui a de l'argent, expliqua Seo-yun.

— Mais c'est surtout la personne qui nous intéresse, précisa Neal. Il se peut qu'il n'ait pas d'argent. Il l'a peut-être caché quelque part.

— Très bien, dit Piet en les fusillant du regard. Vous ne voulez pas que je sois au courant, c'est votre affaire. Mais c'est pour ça que vous pensez qu'il a acheté un bateau. La chose encombrante qu'il doit transporter, c'est de l'argent.

— Peut-être, dit Seo-yun en haussant les épaules.

— Concentrons-nous sur la surveillance du bateau, dit Neal.

— Je pourrais demander à des flics du coin d'aller le fouiller et de mettre le type en garde à vue.

— Nous refusons d'impliquer la police.

— Vous ne pourrez peut-être pas l'empêcher, dit Piet en haussant les épaules. Votre type a déjà tué quelqu'un. Il lui a planté une putain de conque dans le crâne.

— Une conque ? répéta Neal en clignant des yeux.

— Un gros coquillage pointu.

— Je sais ce qu'est une conque, c'est juste…

— Vaut mieux pas que tu voies la photo, l'interrompit Seo-yun.

— Bordel de merde.

— J'avais senti une odeur suspecte, dit Piet. Quand tu sens ça une fois… tu l'oublies jamais.

Seo-yun fit signe au serveur et commanda une spécialité locale à base de dorade. Neal repoussa sa salade.

— Cette histoire d'assassinat ne nous aide pas, mais ce n'est pas pour ça que nous sommes ici. Ce n'est pas notre mission.

Il posa sa serviette sur la table.

— Le mieux, c'est de surveiller le bateau pour s'assurer que c'est bien le sien.

— Vous parlez d'expérience ? dit Piet en croisant les bras. Vous avez déjà eu affaire à un meurtrier ?

— Je suis ouvert à toute proposition, dit Neal en poussant un soupir.

— Je peux tenir les flics à distance pendant un jour. Et comme votre type ne mettra pas les voiles en pleine nuit, demain à l'aube, on suivra votre plan.

Avec ça, Piet adressa un clin d'œil à Seo-yun, poussa sa chaise et s'éloigna d'un pas tranquille.

PEARSON dessinait sur une serviette en papier. Il gribouillait une version plus intéressante des bouteilles rangées sur l'étagère du bar.

— Tu ne peux pas te payer de verre ici, mon gars, lui dit le barman.

L'homme était un Caïmanien entre deux âges avec des cheveux grisonnants coupés court et une moustache bien taillée. Il lui rappelait son grand-père.

— Ah bon ?

— C'est pour ça que je t'en offre un, répondit le barman en posant une serviette et un whiskey sec devant Pearson.

— Merci, mon pote.

Pearson but une gorgée et sentit l'alcool lui brûler la gorge. La sensation était plaisante. Il se tourna et observa les trois personnes qui dînaient non loin. Un Américain, une Asiatique et un nain. Le barman se pencha vers Pearson.

— Tu ferais bien de te méfier du petit.

— C'est qui ?

— Une sorte de flic.

— Et les deux autres ?

— Ils bossent pour une banque de New York.

À cet instant, le petit homme se leva et Pearson l'entendit dire à ses collègues qu'il les verrait plus tard. Pearson le regarda s'éloigner. Ce type roulait des mécaniques. Il avait beau ne pas être grand, on voyait bien que c'était quelqu'un qu'il ne valait mieux pas emmerder. Il lui faisait penser à Toulouse-Lautrec.

— Pourquoi ça t'intéresse ?

— Qui dit que je suis intéressé ?

— Et moi qui te file un verre à l'œil, dit le barman en secouant la tête.

Pearson éclata de rire. Il observa le barman astiquer un verre. L'homme était étonnamment gracieux pour quelqu'un de son âge. Il le voyait à sa manière de bouger, à l'habileté méticuleuse avec laquelle il passait le chiffon le long du verre. Ça faisait sans doute des années qu'il n'avait pas manqué une goutte d'eau ou une trace de rouge à lèvres. Comme Pearson, c'était un artiste. Il n'avait aucun besoin de se confier au barman ou de lui raconter sa vie, mais ce type dégageait quelque chose qui le mit en confiance.

— Un de mes amis a disparu. Je crois qu'ils y sont pour quelque chose. Ou qu'ils savent qui a fait le coup.

— Ton ami, il est d'ici ?

Pearson hocha la tête et vida son whiskey.

Le barman inspecta la table en question.

— J'aime pas qu'on vienne sur notre île pour commettre des actes malfaisants.

Il nota le numéro de portable de Pearson et promit de l'appeler s'il apprenait quelque chose.

PIET rota. La fuite de gaz fut si spontanée qu'il ne put la camoufler de sa main. Grover éclata de rire et pointa un doigt vers sa femme :

— Je lui ai dit que t'étais de Curaçao et qu'il fallait pas mettre trop de piments sur le mérou.

— J'aime les piments.

— Ta bouche, peut-être, mais ton ventre n'est pas du même avis.

Piet partit d'un petit rire et regarda l'épouse de Grover. Elle avait bien vieilli. Malgré quelques kilos supplémentaires, c'était toujours une femme charmante avec un rire formidable.

— Ne l'écoute pas, c'était un régal.

Mary ramassa les assiettes et se tourna vers son mari.

— T'inquiète pas. Depuis qu'il s'est mis à genoux pour me demander ma main, j'écoute plus ce qu'il raconte.

— Certaines personnes n'écoutent que ce qu'elles ont envie d'entendre.

Elle rit de plus belle et disparut dans la cuisine. Les couples avaient leur langage secret, des plaisanteries qu'eux seuls comprenaient. Ce genre d'intimité, cette proximité de toute évidence étrangère au sexe, était pour Piet un mystère. Il n'avait jamais eu d'expérience similaire avec quiconque. Qui voudrait épouser un coureur de jupons free-lance ? Un homme qui peinait à maîtriser sa colère ? Pour la première fois depuis longtemps, il sentit qu'il s'apitoyait sur son sort.

— Je vais aller chercher deux autres bières, dit Grover en se levant de table.

Il suivit sa femme dans la cuisine et Piet les entendit glousser et échanger un baiser.

Grover revint en tenant les deux bières dans une main. Il s'installa dans sa chaise et laissa la gravité organiser au mieux sa corpulence.

— Bon, tu vas me dire ce qui s'est passé à Punta Cana ?

— De quoi tu parles ?

— Ce matin, il y avait un mandat provisoire à ton nom sur mon bureau.

— Oh, ça, dit Piet en sirotant sa bière.

— T'as cogné un type ? Un Américain ? Pourquoi ? Tu les connais.

— J'ai besoin d'un avocat ? demanda Piet en rotant discrètement.

— Pas encore. Je vais te rendre service, mais en échange, il va falloir que tu fasses quelque chose pour moi.

— Je t'écoute, dit Piet en baissant les yeux.

— On retourne au poste, tu me racontes tout ce que tu sais sur ton affaire et je m'assure que ce mandat finisse à la poubelle.

— Et si je refuse ?

Grover éclata de rire. Un rire sonore, profond, qui remontait de son ventre.

— T'es marrant comme mec. C'est pour ça que je t'aime bien.

BRYAN LeBlanc hissa péniblement le dernier sac à bord du bateau. Il était en nage, il avait le souffle court, mais les sacs étaient tous là. Après avoir acheté le bateau et déposé de l'argent à la banque, il en restait dix. Il s'essuya le visage. Il déplaçait des dizaines de millions en un clic, il transférait des données digitales d'un serveur à l'autre en une nanoseconde. La méthode analogique était éreintante. Son père aurait qualifié ça de travail honnête. L'ironie de la situation ne lui avait pas échappé.

Il déverrouilla l'écoutille, descendit l'escalier menant aux cabines, puis actionna l'interrupteur et balaya l'endroit du regard. L'intérieur était impeccable. Il venait d'être nettoyé et sentait encore le savon. C'était sublime. Bryan sourit. Il serait heureux ici. La vie de nomade lui conviendrait parfaitement.

Il y avait une bouteille de vin sur la table. En s'approchant, il remarqua une carte de Teresa. Elle le remerciait d'avoir fait appel à ses services et lui souhaitait *bon voyage**. Bryan fut ravi de constater qu'elle avait ajouté son numéro personnel au cas où il aurait besoin de quoi que ce soit. Le vin lui faisait envie, mais il fallait d'abord ranger l'argent. Un serrurier avait installé un

* En français dans le texte.

verrou dans la cabine arrière. Bryan ouvrit la porte : le lit n'était plus là, l'endroit était désormais reconverti en un vaste espace de stockage. Une chambre forte.

Il ne lui fallut pas longtemps pour y entreposer les sacs. Il referma la porte, la verrouilla et s'empara de la bouteille de vin. Il décida de fêter ça en buvant un verre. Demain, il irait acheter des provisions et rendrait la voiture. Si le temps le permettait, il mettrait les voiles. Il ne savait pas encore pour où. Il partait, voilà tout.

Bryan avait acheté un iPod à l'Apple Store de l'île et passé un après-midi à y mettre de la musique. Il le brancha à la sono intégrée du bateau et choisit une playlist qu'il avait téléchargée. Baptisée "Yacht Rock", elle compilait des classiques du soft rock comme Michael McDonald, Steely Dan, Kenny Loggins et Seals & Crofts, ainsi que des groupes plus récents tels que Tennis, Mac DeMarco et Toro y Moi. Quitte à vivre une existence de plaisancier, autant jouer le jeu jusqu'au bout.

Son verre à la main, il remonta sur le pont. Les douces voix de Hall and Oates s'échappaient des enceintes. C'était une nuit tropicale des plus plaisantes. L'air était chaud, le ciel plein d'étoiles. Sous la lumière de la lune, son bateau lui parut si beau, si élégant. Il s'installa à la barre, tenant le gouvernail d'une main, son verre de l'autre. De petites vagues venaient caresser la coque. Le tableau aurait était idéal s'il n'y avait pas l'insupportable cacophonie de mouettes en train de s'accoupler. Bryan s'en moquait. Il leva son verre et porta un toast aux amants aviaires. Tout le monde devrait crier comme ça en faisant l'amour.

Le téléphone de Seo-yun sonnait encore. *Always*. Il y avait longtemps. Elle poussa un grognement et ignora l'appel. Neal lui jeta un coup d'œil en buvant une gorgée de mojito.

— Je peux te poser une question indiscrète ?

Elle jeta un œil à la piscine de l'autre côté du patio. L'endroit était calme. Le soleil s'était couché et il n'y avait plus qu'une poignée de personnes dans l'eau.

— Bien sûr, dit-elle en se tournant vers lui.

— Pourquoi tu te maries ?

Elle s'interrogeait elle-même sur ses motivations depuis sa partie de jambes en l'air avec le jeune assistant, mais elle n'en avait parlé à personne. Elle n'avait jamais donné corps à ses craintes. Elle prit une gorgée de son cocktail.

— Je boutonne les boutons.

Neal manqua de s'étouffer.

— Pardon ?

— C'est un truc que mes parents m'ont appris. Si tu mets le premier bouton dans le bon trou, le reste s'alignera et la chemise t'ira comme un gant.

Elle observa sa réaction avant de poursuivre.

— Aller dans la bonne école, obtenir un bon travail : ce sont les premiers boutons. Ensuite, il y a le mariage.

Neal laissa échapper un soupir.

— Très romantique.

Ça la fit sourire. Si les RH lui demandaient un compte-rendu du voyage et qu'elle devait formuler une critiquc à l'égard de son collègue, elle signalerait que son romantisme était problématique. Neal n'était pas pleinement concentré sur l'affaire, car il ne cessait de ruminer sa rupture sentimentale. Il avait besoin de tirer un coup. Les amis de Seo-yun lui avaient répété cette phrase un nombre incalculable de fois, comme si le sexe était la panacée suprême, le remède le plus efficace à toutes les souffrances. Maintenant qu'elle tirait son coup, elle comprenait mieux le sens du message. Baiser l'avait sortie de sa torpeur. Peut-être que ça aiderait Neal à sortir de sa dépression. Sauf qu'elle ne pouvait pas lui dire ça.

— Le problème, c'est que je n'aime pas la chemise autant que je le croyais.

— Elle ne te va pas bien ?

— Elle ne va pas du tout.

Elle prit une expression sérieuse.

— Ça compte pour toi, la couleur des nappes ?

— Oui, dit-il en riant. Ça compte beaucoup.

Seo-yun rigola à son tour, ravie d'avoir pu détendre l'atmosphère. Elle brandit son cocktail vers Neal et ils trinquèrent. C'était un joli moment. Sans dire un mot, ils reconnaissaient mutuellement la naissance de leur amitié.

Deux agents de police des îles Caïmans s'avancèrent jusqu'à leur table d'un pas tranquille. Leurs chemises blanches munies d'épaulettes sombres n'étaient pas vraiment à leur place dans cet hôtel, à tel point que Seo-yun crut qu'ils travaillaient pour une compagnie aérienne. Mais les grandes bandes rouges courant le long de leurs pantalons ne trompaient pas. Ces hommes n'étaient pas des pilotes.

— Neal Nathanson ? Seo-yun Kim ? dit l'un des policiers.

Elle fut contrariée qu'on écorche encore son nom. Était-ce si difficile ?

— Oui ? dit Neal en hochant la tête.
— Vous allez devoir venir avec nous.
— Pourquoi ? demanda Seo-yun. Qu'est-ce qui se passe ?
— Vous êtes en état d'arrestation.

Assis dans le cockpit de son bateau, Bryan se servait son deuxième verre de vin.
— J'adore cette chanson.
Il se leva et découvrit Teresa, debout sur l'embarcadère.
— Cette chanson ?
Elle hocha la tête.
— Y a-t-il chose plus douce que la voix de Michael McDonald ?
— Je crois que oui.
— Je suis ravie de voir que vous profitez du bateau, monsieur Ebanks.
— Si vous m'appelez Cuffy, je vous sers un verre de ce délicieux vin qui m'a été offert par une personne vraiment adorable.
— Je suis ravie de voir que tu apprécies le vin, Cuffy, dit-elle en souriant.
Il lui tendit la main pour l'aider à monter à bord. Sa peau était douce au toucher.
— C'est tes parents qui t'ont donné ce nom ?
Bryan disparut dans la cambuse et ressurgit avec un autre verre. Il lui fit un clin d'œil en versant le vin. À cet instant précis, Bryan décida que Cuffy était le genre de mec qui faisait des clins d'œil aux femmes. Seules les

plus espiègles canailles pouvaient se le permettre. Qui sait ? Des femmes trouvaient peut-être ça charmant.

— Ils voulaient une fille. Alors…

Elle s'empara du verre et prit place derrière la barre.

— Tu te serais appelé Buffy ?

Bryan éclata de rire.

— Je ne leur ai jamais posé la question, répondit-il avant de prendre une gorgée de vin. Il est vraiment délicieux, merci.

— C'est l'un de mes préférés.

Une autre chanson passa, Teresa inclina la tête pour mieux l'écouter.

— C'est les Doobie Brothers ?

— Peut-être Steely Dan. Je ne suis pas encore spécialiste de rock nautique.

Teresa rit à son tour.

— Alors c'est ça, ton idée. Tu vas passer tes journées à suivre le vent et à parcourir le monde, comme dans un rêve ?

— À t'entendre, on dirait que ce n'est pas une bonne chose.

— Pas du tout, répondit-elle. Je gagne ma vie en vendant ce rêve aux gens.

Elle sirota son vin en s'installant confortablement sur le siège.

— Mais on doit se sentir seul.

— On ne peut pas tous sauver le monde.

Il avait dit ça sur un ton fataliste, comme si tout abandonner derrière lui était un acte sage et héroïque. Il se rendait compte que ce n'était pas forcément juste.

— En vérité, je n'ai pas la moindre idée de ce que je vais faire.

— C'est toujours bien de se laisser le choix.

Elle finit son verre et le reposa.

— Quand est-ce que tu lèves l'ancre ?

— Demain matin. J'ai quelques derniers trucs à régler.

— Fais-moi signe si tu as besoin de quoi que ce soit.

Elle lui tendit la main. Bryan la serra.

— Je passerai te voir au bureau pour te dire au revoir.

— Passe boire un café, répondit-elle en souriant.

PIET n'allait pas se prendre la tête. Le mandat provisoire posait problème, mais ce n'était pas la fin du monde. Le touriste américain s'attendrait à ce que justice soit rendue. Il déchanterait quand tout le personnel de l'hôtel défilerait pour témoigner qu'il n'était qu'un connard raciste et prétentieux qui avait mérité chaque point de suture sur sa sale gueule. Piet lui intenterait un procès pour lui avoir causé une grande détresse émotionnelle, sans oublier les dommages et intérêts punitifs pour les ravages du colonialisme dans les Caraïbes. L'Américain risquait une amende de plusieurs centaines de milliards de dollars, le prix de quatre siècles de vengeance.

Il était plus embêtant que ses clients soient les témoins clés d'une affaire de meurtre. Piet ne serait pas surpris que les chefs d'accusation grimpent d'un cran et qu'ils soient soupçonnés de complicité. Ça dépendait de ce que les pontes de la police locale jugeraient le plus intéressant sur le plan financier. La corruption n'avait rien à voir là-dedans, c'était juste du business.

Grover entra dans la pièce et posa les yeux sur lui.

— Ho, ne fais pas cette tête.
— Quelle tête ?
— Tu boudes.

Piet tripotait le rebord du gobelet dans lequel on lui avait servi un café. Il l'avait bu depuis un moment.

— Je boude pas. Je me fais du souci pour mes clients.
— Tu devrais pas. Leur avocat va débarquer dans quelques minutes.
— Ils n'ont pas perdu de temps, dit Piet d'un air impressionné.
— D'autant que leur avocat est aussi député.
— Tu peux pas dire que je t'avais pas prévenu.
— Un de nos citoyens modèles est retrouvé mort et des Américains se pointent à son domicile avec un détective privé. Ne pas s'intéresser à eux serait une négligence inexcusable.

Grover tira une chaise et s'assit face à Piet.

— J'ai vérifié le nom que tu m'as filé. LeBlanc.
— Et alors ?
— Et alors, rien. Aucune personne de ce nom n'est descendue d'un avion ou d'un navire de croisière. Et il n'y a pas la moindre trace d'un LeBlanc dans les hôtels.
— Tu as fait chou LeBlanc ?

Grover rit.

— Ça fait combien de temps que t'attends de la placer, celle-là ?
— Je viens juste de la trouver.
— Ce serait encore plus drôle si je te shootais au Taser, dit Grover en souriant.

Piet avait travaillé avec Grover sur une affaire concernant leurs deux îles. Il se souvenait que plus Grover souriait, plus il se montrait violent.

— Je suis désolé, mon ami, dit Piet en levant les mains en l'air. Vraiment.

Le sourire de Grover s'évanouit.

— Laisse-moi leur parler, dit Piet. Je vais essayer d'en apprendre davantage. Ils m'ont dit qu'ils sont passés à la banque de la victime, mais je te jure que je ne sais pas pourquoi.

— Trop tard. L'avocat est déjà là.

Piet ratatina le gobelet.

— J'ai une idée.

L'AVOCAT avait un nœud papillon. Neal n'arrivait pas à décider s'il était impressionné ou perturbé que l'homme soit venu les voir au commissariat habillé d'un costume tout juste sorti du pressing. On aurait pu s'attendre à un peu plus de décontraction sous les tropiques. Les honoraires qu'il facturait à leur boîte exigeaient sans doute une tenue formelle. C'était un quinquagénaire séduisant dont la stature en disait long sur le statut. Pas vraiment le commis d'office classique. Il prit place à la table à côté de Neal.

— J'ai un message personnel de votre patron, dit-il. Il faut continuer comme ça.

Neal se tourna vers l'avocat. Il n'était pas sûr d'avoir bien compris.

— Pardonnez-moi ?

— Faites le nécessaire, poursuivit l'avocat.

Il leva le pouce et Neal remarqua que ses ongles étaient manucurés. Il se pencha assez près de l'avocat pour sentir un relent de dry gin martini.

— Nous n'avons tué personne.

— Bien entendu, répondit l'avocat en hochant la tête.

— Je vous dis la vérité.

— Même si vous aviez tué quelqu'un, votre patron n'en serait pas fâché.

L'avocat soutint leur regard, un à un.

— Voyez cela comme un point positif.

Neal ne répondit pas. Que dire après ça ? Ce fut Seo-yun qui brisa le silence.

— Vous pouvez m'aider à récupérer mon portable ?

— Le moment venu, répondit l'avocat avant de se tourner vers Neal. Alors, racontez-moi un peu ce que vous faites sur notre belle île ?

Neal ne savait pas ce qu'il pouvait se permettre de lui dire.

— Tout ce que vous me direz restera entre nous, dit l'avocat sur un ton rassurant. Vous êtes maintenant mon client, nos échanges sont confidentiels.

Neal scruta la pièce pour y déceler un éventuel micro ou un miroir sans tain. L'endroit était quelconque : de la peinture beige sur chaque surface, du lino beige sur le sol, du formica beige sur la table. Neal aurait pu en rire. Cette pièce était si quelconque qu'elle vous ôtait les qualificatifs du cerveau. C'était un endroit anti-descriptif provoquant une non-impression. Un lieu dangereux.

Seo-yun finit par prendre la parole.

— Un courtier a détourné de l'argent. Nous l'avons suivi jusqu'à une banque de l'île. Le type qui s'est fait assassiner y travaillait comme directeur adjoint.

L'avocat se passa les doigts dans les cheveux.

— Vous pensez donc que le courtier a tué le banquier.

— Impossible, répondit Seo-yun en secouant la tête. Je le connais. Il ne ferait jamais une chose pareille.

— Comment peux-tu en être sûre ? demanda Neal.

— J'en suis certaine, répondit-elle.

L'avocat tapota des doigts sur la table.

— Qui peut vraiment savoir ce genre de choses ? Lui aussi pourrait être mort. Une tierce personne pourrait être impliquée. Dans tous les cas, il n'y a aucune raison pour que vous soyez détenus. Mon travail est de vous faire sortir.

Là-dessus, l'avocat ferma brutalement sa serviette et quitta la pièce.

Il ne lui était jamais venu à l'esprit qu'il puisse passer la nuit en prison. Neal était un citoyen respectueux des lois. Il ne vivait pas dans une ville où il aurait été tenté de prendre le volant après le verre de trop, il ne traînait pas dans les bars où les gens se battaient. Il avait certes participé à quelques manifestations politiques, mais ne s'était jamais retrouvé impliqué dans une émeute. Si ça avait été le cas, il aurait pris ses distances aussi vite que possible.

Neal s'assit sur le banc en métal et balaya la cellule du regard. Contrairement à l'autre pièce dans laquelle il avait été détenu, cet endroit n'était pas quelconque : évier en métal, toilettes en métal, banc en métal, murs en béton, chaque élément patiné d'une crasse qui racontait une histoire où la saleté, la sueur, le sang, la morve et le sperme avaient giclé sur chaque surface avant de se pétrifier dans l'indifférence générale. Le sol était taché et délavé ; certaines zones étaient cloquées par des solvants chimiques, d'autres traversées par de petits ruisseaux de matières dégoûtantes. L'odeur distincte du détergent industriel – associée à un léger parfum de matières fécales rances – lui chatouillait les narines et lui laissait un goût âcre dans sa bouche. Quant aux murs, ils témoignaient des efforts artistiques des précédents occupants de la pièce : des couches de graffitis incompréhensibles et d'innombrables croquis de pénis en train d'éjaculer.

Neal devait bien admettre que certaines de ces œuvres n'étaient pas dénuées de charme, mais rien là-dedans n'invitait à la pensée érotique. Si la cellule avait été un peu plus propre, elle aurait pu servir de décor à ses fantasmes coquins. C'était le genre d'endroit où il aurait pu emmener Bart pour son anniversaire. Ils se seraient lâchés. Ils auraient incarné des personnages. Acheté des menottes.

Il se réjouissait que Seo-yun ait été libérée. L'avocat avait dit à la police qu'ils cherchaient le banquier pour l'interroger au sujet d'un virement suspect. Le fait que ce dernier ait été assassiné était juste une histoire de mauvais timing. Cette version était parfaitement crédible, mais la police de George Town ne s'était pas laissé convaincre. Un accord avait été conclu. Neal resterait en cellule, Seo-yun rentrerait au Ritz et l'avocat réglerait les choses le lendemain matin.

Neal passa les mains derrière la tête et s'allongea sur l'inconfortable banc métallique. Si LeBlanc avait bien acheté le bateau de la marina, il n'allait pas tarder à mettre les voiles. Neal ne pouvait pas y faire grand-chose depuis sa cellule de prison. Autant essayer de prendre un peu de repos.

Il décida qu'il jetterait ses vêtements une fois de retour à l'hôtel. Il ne se donnerait pas la peine de les envoyer à la blanchisserie. Les lumières de la cellule s'éteignirent, mais il ne se retrouva pas dans le noir, car la fenêtre laissait passer les rayons de la lune. Neal leva les yeux au plafond et quelque chose attira son attention. Il se redressa pour regarder de plus près. Ses yeux ne l'avaient pas trompé : deux mètres au-dessus du banc, un stalactite de sperme séché brillait dans la douce lumière sélène. Neal ignorait qu'on pouvait envoyer la sauce à une telle altitude. Qui était capable d'un tel exploit ? Peu importe, le résultat était merveilleux.

— FAUT que je boive un coup.

Piet regarda Seo-yun traverser le hall du Ritz-Carlton. Après avoir passé un sale quart d'heure au commissariat, il se dit que l'alcool lui ferait le plus grand bien. Il la suivit jusqu'au bar.

Le barman lissa sa moustache grisonnante tout en disposant deux petites serviettes sur le bar.

— Un bourbon avec de la glace, dit Seo-yun.

Le barman hocha la tête et se tourna vers Piet, qui souriait machinalement en passant les bouteilles en revue.

— Une bière pour moi.

Piet s'assit sur le tabouret à côté de Seo-yun. Elle tremblait.

— Je n'arrive pas à croire que Neal passe la nuit en prison.

Piet tendit le bras et lui toucha la main.

— On ira le chercher demain dès que possible.

— Et après ?

— Après, vous quitterez l'île.

Le barman posa leurs verres devant eux et retourna ranger son bar. L'endroit était calme, les seuls autres clients étaient un couple qui buvait du vin. Seo-yun prit une longue gorgée de son bourbon.

— Et LeBlanc ?

— Je n'ai aucune confiance en la police. Ils n'ont pas la moindre piste. À mon avis, ils veulent nous coller toute cette histoire sur le dos.

— On n'a rien fait.

Pier haussa les épaules.

— Les prisons sont pleines de gens innocents.

— Mais Neal a trouvé un indice. Là-bas, à la marina.

— Les gens achètent tout le temps des bateaux.

— Ça vaut la peine d'aller vérifier.

— Écoute, dit-il en se penchant près d'elle. Mon rôle est de vous aider à en savoir plus, mais aussi de vous protéger. Personne ne retrouvera LeBlanc si on finit tous en prison.

Piet l'observa digérer ses paroles.

— Et si quelque chose lui arrivait pendant qu'il était là-bas ?

— Vous êtes des VIP, vous logez au Ritz. Le concierge a probablement déjà appelé les gardiens de prison pour qu'il ait ses draps en coton. Il aura peut-être même droit au petit chocolat sur l'oreiller.

— On doit aller surveiller ce bateau. On le doit à Neal.

— On ira voir le bateau demain matin, dit Piet. Sur le chemin de l'aéroport.

Seo-yun sirota son verre.

— Je ferais mieux d'aller mettre à jour mon CV.

— Pourquoi ?

— La mission est un échec total.

— Tu n'y es pour rien, dit-il en lui prenant la main. Quelqu'un s'est fait assassiner. Quand ce genre de choses arrive…

Piet réfléchit un instant.

— Tu devrais rentrer à New York.

— Je ne veux pas rentrer, dit-elle en soupirant. Pas tout de suite.

— Viens à Curaçao.

— Je ne crois pas qu'on le retrouvera là-bas.

— On peut vérifier, dit-il en haussant les épaules. On prendra du bon temps.

— J'ai besoin de prendre plus de bon temps.

Le barman du Ritz-Carlton lui avait appris que l'Américain avait été arrêté et passait la nuit en prison. Pearson ne savait pas vraiment quoi faire de cette information. Il n'avait aucune compétence en enlèvement ou en meurtre, mais Pearson était un artiste, et les artistes pensent par eux-mêmes. C'est en portant un regard différent sur le monde que l'on crée une œuvre originale. Il allait improviser. Voilà pourquoi il attendait dans sa voiture au moment où l'Américain sortit du commissariat d'un pas mal assuré.

L'Américain leva la main pour se protéger du soleil matinal. Il parut perturbé en voyant Pearson s'approcher, comme s'il allait l'importuner ou lui quémander de l'argent.

— Monsieur ? Je suis venu vous chercher, dit Pearson sur un ton rassurant.

— Je ne vois pas de quoi vous parlez.

— Le petit homme et la femme asiatique m'envoient.

L'Américain eut l'air surpris.

— C'est une Américaine d'origine coréenne.

— C'est vous le patron, dit Pearson en haussant les épaules.

Ces paroles apaisèrent l'Américain. Pearson n'en fut pas surpris. Les Blancs aimaient qu'on les appelle "patron" ou "chef", qu'on leur réponde "oui, monsieur, aucun problème, monsieur". Ils se sentent menacés par un Noir, mais tout rentre dans l'ordre l'instant d'après. La hiérarchie est rétablie.

L'Américain grimaça. Il hésita un moment, puis finit par se décider.

— On va directement à la marina ?

— Tout de suite, répondit Pearson en hochant la tête.

L'Américain se détendit.

— OK, allons-y.

Pearson ouvrit la portière de sa Jeep et lui fit signe de monter à bord.

Bryan était en route vers le Bay Market. Il lui fallait des provisions pour une semaine. Il trouvait excitant d'en acheter en prévision d'un voyage. Ne serait-ce que le mot, *provision*, le faisait sourire. Il n'aurait jamais cru qu'il aurait un jour son propre bateau et qu'il prendrait la mer pour aller où bon lui semble. S'il voulait assister à un carnaval, il naviguerait jusqu'au Brésil. S'il voulait voir des zèbres, il traverserait l'Atlantique jusqu'en Afrique.

Il pouvait aller partout et ne jamais revenir. D'ailleurs, il avait tout intérêt à ne jamais revenir.

Son père lui avait parlé du besoin de liberté. Ça n'avait rien à voir avec cette connerie d'exception américaine qui fait radoter les vieux. Pour son paternel, c'était la liberté de créer : le droit inaliénable de construire des poèmes en vers libres, de briser les chaînes de la sextine et de la villanelle. Il se demanda si son père s'était senti libre dans son petit appartement. Une fois à la retraite, il aurait pu se consacrer à son activité favorite et passer son temps le nez dans les livres et les journaux. Mais être libre et ne pas avoir à travailler sont deux choses différentes.

Voilà pourquoi Bryan voulait envoyer un message : il s'affranchissait de la tyrannie de l'écran d'ordinateur, il bafouait les lois de Wall Street, il envoyait profondément chier le système capitaliste et son mauvais karma. Appelez ça un abandon de poste ou une retraite anticipée, quelqu'un devait bien prouver que ces valeurs étaient corrompues. Exploiter ses semblables ne permettait pas d'accéder au bonheur. Bryan se rebellait pour construire un monde meilleur : il mettait au supplice une grosse banque… tout en travaillant son bronzage.

Il comptait longer la côte sud de Cuba, dépasser Haïti, la République dominicaine et Porto Rico, puis mettre le cap sur les Petites Antilles. S'éloigner autant que possible des îles Caïmans. Qui sait, si le temps restait clément, pourquoi pas traverser l'Atlantique et gagner la Méditerranée.

Il se gara sur Market Street et entra dans le marché.

Avec ses montagnes de produits importés exposés comme des diamants, Bay Market donnait une impression de chic. C'était plutôt logique quand on faisait venir sur une petite île de la nourriture gastronomique d'Europe. Il fallait valoriser ce long périple. Sauf que côté consommateur, l'expérience était plutôt lugubre. Bryan ne s'en plaignait pas, l'air conditionné était excellent.

Il commença à se détendre en étudiant les étiquettes de la fromagerie. Le Manchego, le camembert et le chèvre dégageaient quelque chose de rassurant. Il avait l'impression d'être de retour à New York, chez Dean & DeLuca, de contempler tous ces merveilleux aliments importés des quatre coins du monde pour son bon plaisir. Il choisit différents types de fromage. Tout allait bien se passer. Pour la première fois depuis des mois, il était optimiste. Il mettait les voiles, tout se déroulait comme prévu. Il serait au large de Cuba avant le coucher du soleil. Il pourrait même accoster et s'acheter un cigare.

Assise dans la voiture, Seo-yun observa Piet marcher jusqu'au commissariat. Elle aimait sa démarche de paon. Il avait beau être petit, il était sexy. Et puis il dégageait quelque chose de spécial : il savait ce qu'elle voulait avant même que l'idée ne lui traverse l'esprit. Il comprenait ses désirs. Peut-être était-il juste un bon amant.

Elle n'en avait pas eu tant que ça. Jusqu'à récemment, elle n'avait jamais couché à droite à gauche. Peut-être n'avait-elle pas sélectionné un échantillon suffisamment important pour faire une découverte valable. À en croire son exposition limitée aux compétences sexuelles des hommes, Piet était au-dessus du lot. Ou peut-être allaient-ils bien ensemble. Elle avait entendu dire que certaines personnes étaient faites l'une pour l'autre. Elle avait pris ça pour un mythe, un truc que les gens se disaient pour justifier mariage et enfants. Elle réalisa soudain que son fiancé voudrait sans doute procréer. Elle essaya de se représenter des petits bambins à la coupe emo courant aux quatre coins de son appartement, quémandant des jus de fruits et éparpillant des Cheerios tout en chiant dans leur froc. Les bébés voudraient qu'elle les nourrisse. Ils se mettraient à crier et à brailler jusqu'à ce qu'elle les laisse sucer le lait de ses seins comme des petits vampires. Elle eut un frisson. Tout ça lui donnait la chair de poule.

Piet ne tarda pas à ressortir du commissariat. Il reprit place derrière le volant.

— Où est Neal ?

— Ils l'ont libéré il y a une heure.

Comme Piet semblait inquiet, elle s'efforça de le rassurer.

— Je suis sûre qu'il va bien, dit-elle en sortant son portable. Je vais l'appeler.

— Mieux vaut ne pas traîner ici.

Piet actionna le levier de vitesse et s'éloigna lentement du commissariat. Seo-yun fixait son téléphone.

— Il est sur répondeur.

— Ça ne me plaît pas.

— Il a peut-être pris un taxi.

Piet secoua la tête.

— J'espère qu'ils n'ont pas décidé de prendre une initiative.

— Qu'est-ce que tu veux dire ?

— Si les flics comprennent que Neal cherche un type avec un paquet de fric, ils seront prêts à tout pour mettre la main sur l'argent.

— Tu penses qu'ils ont fait du mal à Neal ?

— Je pense juste qu'on devrait se barrer d'ici en vitesse.

Ils roulèrent en silence, Seo-yun réfléchissait aux paroles de Piet. Étaient-ils en danger ? La police était-elle capable de torturer Neal et de voler l'argent ? À moins que Piet ne veuille leur faire quitter l'île et garder le fric ? Personne ne pouvait rien faire avant de retrouver Bryan… sauf s'il était déjà mort ?

— Pourquoi ils auraient fait ça ?

Piet lui jeta un coup d'œil.

— Pour la même raison que ton gars a volé l'argent.

Seo-yun ne savait pas pourquoi LeBlanc avait volé l'argent. Elle pensait le connaître, elle pensait qu'ils étaient des collègues. Après ce qui s'était passé, elle se demandait si elle le connaissait si bien que ça. Elle réalisa qu'elle pouvait en dire autant sur son compte. Elle pensait savoir qui elle était, ce qu'elle voulait ; elle pensait avoir tout compris à la vie. Mais elle s'était surprise. Comment l'expliquer ? Les gens étaient-ils intrinsèquement fous ?

Piet lui toucha le bras.

— Ça va ?

Ça n'allait pas. Elle ne savait plus quoi ressentir. Cette histoire était confuse et Seo-yun avait l'habitude de remédier à toute confusion en faisant appel à la logique.

— L'argent ne rend pas heureux, marmonna-t-elle.

— Les gens qui n'en ont pas ne sont pas au courant, répondit Piet en lui tapotant la main.

Après avoir rempli le coffre de sa voiture de fromages raffinés, de sachets de nouilles asiatiques, de boîtes de thon, de sauce tomate, de pâtes, de pois chiches et de six bouteilles de Pinot Grigio, Bryan LeBlanc tourna dans le parking de la marina et mit son véhicule à l'arrêt. Il se sentait toujours aussi bien, il débordait d'entrain. Le bateau était prêt, l'argent, en sécurité. Ce matin, il avait fait un détour par la banque pour déposer un demi-million de dollars sur le compte de Cuffy au cas où les choses tourneraient mal. Il ne lui restait qu'à entreposer ses provisions dans la cambuse – sans oublier l'huile d'olive vierge, le vinaigre balsamique, le sel et la gelée de piments – et il pourrait lever l'ancre. C'était le premier jour de sa nouvelle vie d'hédoniste… ou tout autre appellation désignant l'homme qu'il allait devenir.

Qu'allait-il vraiment faire de ses journées ? Flotter de par le monde en mangeant du fromage et en lisant des livres ? Ce n'était pas si mal. Peut-être pourrait-il s'adonner au bénévolat. Investir dans des projets locaux. Aider un pêcheur à acheter un nouveau filet ou permettre à une jeune femme d'aller étudier aux États-Unis. Ce serait épanouissant. Il garderait un confortable matelas pécuniaire tout en dissipant cette impression de se comporter comme un parasite. Il allait trouver un moyen de faire ruisseler son argent. Cuffy Ebanks était séduit à l'idée de lancer sa banque flottante de microcrédit. À moins qu'il n'écrive des mémoires anonymes : un guide pratique pour arnaquer Wall Street.

Un ouvrier de la marina équipé d'un diable vint à sa rencontre pour l'aider à charger ses provisions à bord. Teresa sortit du bureau alors qu'ils vidaient le coffre.

— Tu as le temps de prendre un café ?

— La météo est parfaite, répondit Bryan en souriant. Je ferais bien d'en profiter.

Teresa se passa la main dans les cheveux.

— J'espérais te convaincre de venir dîner à la maison avant ton départ.

Elle le regarda droit dans les yeux. Bryan fut tenté de dire oui, puis il se rappela qu'il était à deux doigts de mener son plan à bien. Il détourna les yeux.

— Je sais bien que tout ça est un peu rapide.

— C'est pas ça, répondit Bryan en secouant la tête. C'est juste que…

— Le FBI est sur tes talons.

Il éclata de rire, puis le regretta aussitôt, car son rire lui parut faux, nerveux.

— On peut remettre ça à une autre fois ?

— Seulement si tu reviens dans le coin.

— J'en ai bien l'intention, je te le promets, dit-il en souriant.

Elle sourit à son tour.

— Je suis surprise qu'on ne se soit pas déjà croisés. On a à peu près le même âge et l'île n'est pas bien grande.

La remarque était on ne peut plus pertinente. Heureusement que Bryan avait réfléchi à ce qu'il répondrait à ce genre de question.

— J'ai grandi aux États-Unis.

— Et tu n'es jamais revenu rendre visite à personne ? Tu dois avoir de la famille dans le coin.

Bryan hocha la tête.

— Mes parents ont coupé les ponts avec leurs familles. Je crois que personne n'approuvait leur mariage. Ils ne m'en ont jamais parlé.

— Ce genre de choses arrive quand quelqu'un tombe enceinte trop tôt.

Bryan éclata de rire.

— Ouais. Tout est ma faute.

Son regard se perdit dans le paysage.

— Je dois dire que j'aurais bien aimé grandir ici.

— Tu y es maintenant.

À ce moment précis, il évalua les risques et les compensations à rester, même pour un simple dîner. Il ne lui fallut pas longtemps pour conclure que toute relation entre eux était impossible. Il avait assassiné quelqu'un sur cette île ; il était hors de question qu'il revienne lui rendre visite, qu'il traîne dans le coin ou qu'il entame une liaison romantique. Tôt ou tard, un membre des forces de l'ordre ou l'ami énervé de Leighton allait comprendre ce qui s'était passé. Et il l'aurait dans le cul.

— C'était vraiment un plaisir de te rencontrer.

Teresa hocha la tête.

— Ravie qu'on ait pu faire affaire, monsieur Ebanks.

Neal était impressionné. Il y avait certes quelques tortues de mer aux tons pastels fluos dignes d'une chambre d'hôtel de seconde zone, mais les autres toiles auraient été à leur place dans une galerie de Chelsea. Ils se trouvaient dans une sorte de vieux hangar à bateaux reconverti en studio. Des tubes de peinture étaient alignés sur une table en bois brut, des pinceaux rangés dans une vieille boîte à café rouillée et quelques toiles encore blanches attendaient contre les murs.

Il y avait des tableaux partout : empilés sur la table, appuyés contre des chaises, accrochés aux murs. Une toile inachevée était posée sur un chevalet au centre de la pièce : une bande de dauphins surfant sur les vagues au coucher du soleil.

— Vous êtes très doué, dit Neal en souriant. Mais on ferait mieux d'y aller. Les autres nous attendent à la marina, non ?

— Je dois juste récupérer quelque chose.

Pearson lui jeta un coup d'œil. Il essayait de passer pour un dur. Neal sentit son visage s'empourprer. L'artiste était mince, fort et mystérieux. À sa manière de se déplacer, à la cambrure musculeuse de son cul, il dégageait quelque chose de dangereux. Neal s'imaginait déjà la suite : un moment intense et passionné dans le studio d'un jeune artiste sur une île tropicale. On se serait cru dans un film de Joe Gage, mais au lieu de *L.A. Tool & Die*, il s'appellerait *Cayman Cock & Canvas*[*].

Neal sentit son pénis prendre vie et changea de posture. Il avait opté pour une pose qu'il espérait provocatrice : appuyé contre le mur, les hanches en avant, mais il se sentait maintenant un peu gêné.

— Chaque seconde compte.

Neal n'en revenait pas d'avoir sorti un tel cliché, mais cela fit son effet Pearson hocha la tête et ramassa un objet sous la table : un manche en bois avec une pointe barbelée tranchante à son extrémité.

— Qu'est-ce que c'est ?

— Un fusil-harpon.

— Nous partons pêcher ?

— On peut dire ça.

---

* Titre qu'on pourrait traduire en français par *Bites sur toiles aux Caïmans.*

La soudaine apparition de l'arme mit Neal mal à l'aise.

— Je ne crois pas que ça soit nécessaire.

Pearson haussa les épaules.

— Ça dépend de ce qui va se passer quand on trouvera l'argent.

Les deux hommes se dévisagèrent un long moment. Pearson ne braquait pas vraiment le fusil-harpon sur la poitrine de Neal, mais il ne l'évitait pas non plus.

— Je vois, dit Neal en se raclant la gorge. Vous avez probablement raison.

— Tu sais où est l'argent ?

Neal secoua la tête. L'idée lui traversa l'esprit que l'artiste ne travaillait pas pour Piet.

— Non.

L'expression de l'artiste changea. Il prit un air déçu qui poussa Neal à développer.

— J'essaye de le retrouver. Mais que les choses soient bien claires : l'argent appartient à la banque pour laquelle je travaille.

Seo-yun désigna une pancarte sur un grand immeuble blanc.

— C'est là.

Piet tourna dans le parking au moment où Seo-yun aperçut son ancien collègue Bryan LeBlanc qui parlait à une femme devant le bureau de la marina. Elle poussa un petit cri perçant et se plaqua sur les genoux de Piet.

Piet posa la main sur sa tête et appuya délicatement son visage contre son entrejambe.

— J'aime conduire avec toi, ma chérie.

— Arrête, dit-elle en se redressant. C'est lui.

Piet se gara et balaya le parking du regard : un homme ressemblant à LeBlanc enlaçait une femme vêtue d'un jean blanc.

— T'es sûre ?

La tête de Seo-yun surgit soudainement avant de disparaître de nouveau.

— Certaine.

— Reste cachée.

Seo-yun sentit le pénis de Piet durcir. Elle leva les yeux vers lui.

— Tu crois que c'est le moment ?

— Je t'apprécie beaucoup, répondit Piet en haussant les épaules.

Il coupa le moteur et observa LeBlanc s'éloigner sur la jetée.

— La voie est libre.

— C'était moins une, dit-elle en se redressant.

Ils ouvrirent les portières et descendirent de la voiture en s'efforçant de prendre un air naturel, comme s'ils ne suivaient personne. Ça n'empêcha pas Seo-yun de sourire en remarquant la bosse qui enflait le pantalon de Piet. Ils marchaient en direction de la jetée quand Atlantic Starr se mit à jouer dans son sac.

— Merde.

— Il va te reconnaître. Reste dans la voiture et ne te montre pas.

Elle le regarda trottiner dans la direction où était parti LeBlanc, puis décrocha.

— Quoi ?

Elle écouta un moment avant de dire.

— Ne m'appelle pas Bae s'il te plaît, ça veut dire "merde" en danois. Tu savais ça ? Tu aimerais qu'on te traite de merde ?

Elle tint le téléphone loin de son oreille, laissant la voix nasillarde de son fiancé beugler dans l'humidité tropicale. Puis elle dit :

— Je suis sûre que le saumon grillé conviendra parfaitement.

Elle raccrocha. Il lui avait dit "je t'aime" environ dix-neuf fois avant de mettre fin à la communication. Il avait besoin d'entendre l'écho rassurant de ces mots en retour, mais elle n'avait aucune envie de lui faire plaisir.

Ce n'est pas qu'elle ne l'aimait pas. Son fiancé n'était pas une mauvaise personne ; il avait le cœur au bon endroit et il l'adorait, mais il était pénible. Lui refuser ce "je t'aime" allait le rendre dingue, le réduire en une flaque de névrose gluante. Bizarrement, ça l'excitait. Elle aimait être aux commandes.

Elle vit Piet revenir vers elle. Il marchait aussi vite que possible tout en s'efforçant de garder une apparence désinvolte.

Piet détestait courir. Il était un excellent nageur et un fervent cycliste, mais il était tout bonnement incapable de courir. Ça ne lui faisait pas seulement mal aux jambes, ça lui donnait l'air risible au point d'en être humiliant. Rien ne le mettait plus en colère que les moqueries. *Tu penses que c'est marrant d'être né avec une achondroplasie ? Vraiment ?*

Va te faire foutre.

Il détestait courir et il détestait Noël. Il haïssait le Père Noël, saint Nicolas ou toute autre appellation désignant le barbu en rouge. Dans la tradition hollandaise, saint Nicolas avait un assistant qui s'appelait Zwarte Piet : un elfe noir qualifié de petit lutin magique ou de petit esclave en fonction de la perspective culturelle. Comme Piet était noir, petit, et s'appelait Piet, Noël était une période de l'année où il se retrouvait sujet à un flot ininterrompu de plaisanteries racistes ou relatives à sa taille. Le pire est qu'il devait les supporter avec le sourire. Personne ne pensait à mal. Simples boutades de saison.

Piet ne fêtait pas Noël et ne courait qu'en cas d'absolue nécessité.

Voilà pourquoi ils marchaient sur la jetée en direction du bateau de LeBlanc.

— C'est le bateau là-bas tout au bout, dit-il à Seo-yun.

— Il est joli, répondit-elle en s'abritant les yeux du soleil.

— Je crois que tu ferais mieux d'attendre ici. Je vais aller le maîtriser.

— Le maîtriser ?

Piet était contrarié qu'elle ne suive pas ses consignes. Après tout, il avait l'expérience de ce genre de choses.

— Oui. Il est dangereux.

— Bryan ? dit-elle en riant.

— Quelqu'un a bien enfoncé une conque dans la tête de ce type.

— Hors de question que j'attende ici. C'est le moment le plus excitant.

Piet serra les dents. Les gens n'aimaient pas se faire prendre. Ils se battaient. Il allait probablement devoir péter la gueule de ce type. Mais il n'en dit rien.

— Ce n'est pas aussi excitant que tu le croies.

Ils étaient encore au milieu de la jetée quand Piet aperçut LeBlanc larguer les amarres et s'éloigner tranquillement vers le large. Il le montra du doigt. Seo-yun plissa les yeux et vit le bateau s'engager dans le canal. Elle leva la main comme une écolière impatiente de répondre à une question et fit coucou au passage de l'embarcation. Bizarrement, LeBlanc se tourna vers elle et lui rendit son salut.

— Qu'est-ce que tu fous ?

— Je sais pas, dit-elle en haussant les épaules.

Le voilier aux lignes pures vira de bord et partit pour la haute mer.

— C'est pas encore terminé, dit Piet en lui agrippant le bras.

Il fonça vers un kiosque qui proposait des cours de parachute ascensionnel.

Lorsqu'il aperçut Seo-yun sur la jetée en compagnie d'un individu qui avait tout l'air d'un nain, Bryan manqua de se chier dessus. Ils avaient été si proches de le rattraper. S'il avait dîné chez Teresa, s'il avait pris la peine de se raser ce matin… il serait en train de s'expliquer dans un bureau pendant qu'ils rapporteraient l'argent à la banque. Il avait à peine eu le temps de ranger ses fromages.

Il manœuvra parmi les bateaux de pêche, évita un catamaran, contourna les hors-bord amarrés et un stand de location de jet-skis. Bryan s'en voulait. Ils étaient sur ses talons alors qu'il s'était donné un mal fou à laisser des fausses pistes et des faux indices. Il avait dû commettre une erreur. Il avait sous-estimé Seo-yun ou fait preuve d'étourderie. Peut-être oublié un truc sur son ordinateur ? Un frisson glacé lui remonta l'échine. S'il avait été négligent au point de se faire pister jusqu'ici, qu'en était-il du meurtre de Leighton ? La police des Caïmans était-elle déjà au courant ?

Dès que le bateau quitta la marina, Bryan mit les gaz et fila vers le large. En haut du mât, la girouette lui indiquait qu'un vent puissant soufflait du sud.

Il batailla pour défaire la sangle, vérifia que la drisse était attachée et actionna la manivelle qui dépliait la voile. Elle se gonfla immédiatement de vent et le bateau s'inclina le temps que Bryan tourne le gouvernail dans la bonne direction. Il régla les voiles et le bateau prit de la vitesse. Il songea à sortir le spinnaker asymétrique, mais se ravisa. Il ne connaissait pas cette voilure et il manquait d'assurance. Il hisserait le foc une fois au large. Le plus urgent était d'atteindre les eaux internationales.

Bryan s'était toujours dit qu'InterFund ne porterait pas plainte. Si on l'extradait, il s'arrangerait pour faire parler de lui aux informations. L'image de la boîte auprès des clients en serait terriblement compromise. Mais qui sait ? De nos jours, les agences de relations publiques faisaient passer les pires atrocités pour des broutilles. Peut-être voudraient-ils le coller en prison pour un million d'années.

Sauf qu'ils ne l'avaient pas encore rattrapé. Avec une forte brise et une bonne avance, Bryan pouvait se perdre dans l'immensité de la haute mer. Il serait à Cuba à la tombée de la nuit. Ses ports et ses petites criques lui offriraient de bonnes cachettes. Il avait encore une chance.

Dès qu'il fut prévenu que Bryan s'éloignait à bord d'un voilier, Neal transmit l'information à Pearson et l'artiste conduisit sa Jeep jaune jusqu'à la marina en prenant les virages comme un fou furieux.

Une fois sur place, ils découvrirent Piet dans un hors-bord, prêt à partir. Sur le quai, Seo-yun faisait de grands signes frénétiques. Neal se mit à courir vers elle, mais Pearson lui dit de "rester tranquille". En sentant la pointe du fusil-harpon dans le creux de ses reins, il préféra laisser son compagnon décider de l'allure.

Seo-yun parlait au téléphone.

— Il s'éloigne, dépêche-toi ! hurla-t-elle à Neal.

Elle ne remarqua pas le type qui l'escortait. Le type armé du fusil-harpon.

— Arrêtez de me piquer avec ce truc.

Plutôt que de répondre, Pearson le piqua de plus belle, cette fois jusqu'au sang. Neal sentit des gouttes se former sur son dos puis rouler en direction de ses fesses. À moins que ça ne soit de la sueur. Il faisait une chaleur écrasante, mais la sueur ne s'accompagne pas d'une violente douleur. Il saignait donc, pas de manière abondante, juste assez pour avoir besoin d'une piqûre de rappel anti-tétanos.

Seo-yun beuglait au téléphone. Quelque chose au sujet de la couleur d'une nappe et du fait qu'elle n'en avait rien à foutre.

— Joue pas au con.

La voix de Pearson, associée à un petit coup de harpon, rappela Neal à l'ordre.

Piet fit vrombir le moteur et le hors-bord tira sur les amarres.

— Allez ! hurla-t-il à Neal.

Seo-yun raccrocha et grimpa à bord.

— C'est qui ? demanda Piet en apercevant Pearson derrière Neal.

— Un artiste.

— On n'a pas besoin d'artiste.

Pearson poussa Neal dans le hors-bord, révélant le fusil-harpon, puis sauta à côté de lui. Une lueur d'inquiétude passa dans le regard de Piet.

— Ah, ce genre d'artiste.

— Où est-ce qu'on va ? demanda Pearson.

— Qu'est-ce que ça peut te foutre ? répondit Piet en le fusillant du regard.

Pearson pointa le harpon sur son entrejambe.

— À ta place, j'arrêterais de poser des questions et je conduirais ce bateau.

Piet se tourna vers Neal.

— Détache cette putain de corde.

Les marinas sont sujettes aux limitations de vitesse, mais Piet s'en moquait. Dès qu'il mit les gaz, les deux moteurs Mercury firent violemment bouillonner l'eau et l'accélération projeta Neal contre la coque, tapant pile à l'endroit où il avait été piqué par le harpon. Les vagues laissées dans le sillage du hors-bord atteignirent les bateaux à quai et les firent osciller comme sur un cardan. Malgré le bruit des moteurs, Neal perçut quelques cris de protestation, mais leur embarcation levait déjà le nez et fusait vers le large en fouettant bruyamment les vagues. Il jeta un coup d'œil à Seo-yun : elle souriait à pleines dents, comme s'ils partaient en excursion.

Une fois au-delà du brise-lame, le bateau se mit à ronronner. Neal tapa sur l'épaule de Pearson.

— Je suis prêt à vous offrir une récompense conséquente pour votre aide.

Pearson éclata de rire.

— C'est très gentil de votre part. Merci.

Puis le peintre se tourna vers Piet :

— Que ferions-nous sans la gentillesse des petits Blancs ?

En voyant les deux hommes côte à côte, Neal se demanda soudain s'ils ne formaient pas une sorte d'association.

— Garde un œil sur le voilier, dit Piet en tendant à Neal une paire de jumelles.

SEO-YUN regrettait d'avoir arrêté le taekwondo. Elle aurait pu éructer un féroce *kihap* et balancer un coup de pied sauté circulaire à la tête du type armé du fusil-harpon. Il serait passé par-dessus bord, le cou brisé. Sauf qu'elle en était incapable. Contre l'avis de son père, elle avait arrêté à l'âge de huit ans pour se consacrer aux maths et aux jeux vidéo, des activités ne nécessitant aucun contact humain. Elle se souvenait à peine comment porter un coup de poing. Une fois de retour à New York, elle s'inscrirait dans un cours d'autodéfense. Il était temps d'apprendre quelques nouvelles techniques, de se bouger un peu les fesses et de sortir de chez elle.

Seo-yun aimait être dehors. Elle aimait être sur l'eau. L'air était frais et pur, le soleil lui réchauffait la peau. Elle était bien dans son corps. Son esprit était en éveil. Elle se sentait vivante. Et, cerise sur le gâteau, son téléphone ne captait pas. Ses cheveux fouettaient son visage, les embruns giclaient tout autour. Elle avait travaillé dur pour se façonner une vie exclusivement en intérieur. Pourquoi ?

Le voilier se rapprochait, mais ce n'était pas une course-poursuite pour autant. Bryan n'avait nul endroit où se cacher et le hors-bord disposait de deux puissants moteurs. Pourtant, le voilier semblait parfois les distancer. C'était dur à jauger.

Qu'allait-elle lui dire lorsqu'ils le rattraperaient ? Devait-elle le sermonner ? *Comment as-tu pu bafouer tes devoirs fiduciaires ?* Faire planer la menace d'une évaluation négative qui ferait tache dans son dossier ? Ou le prendre à part et lui dire qu'elle admirait son audace ? Il avait pris un risque, il s'était libéré. Elle avait presque envie de le féliciter.

L'idée même d'être de retour à New York et de passer ses journées au bureau à respirer de l'air filtré et le dégazage toxique de milliers de serveurs moulinant des données était trop dure à supporter. Sans parler des nuits dans son appart austère à manger des plats à emporter en compagnie de son fiancé. Le simple fait de penser à Wall Street et à sa vie lui serra la gorge. Puis elle réalisa que rien ne l'obligeait à rentrer.

PIET scrutait l'horizon en plissant les yeux.

— Je crois que c'est lui, dit Neal en pointant un doigt en direction d'un voilier.

C'était difficile à dire. Ils n'étaient pas assez proches pour en être certains.

— Passe les jumelles, demanda Piet en lui tapant sur le bras.

Neal les lui tendit. Piet essaya de repérer le bateau, mais le hors-bord bougeait trop. Utiliser les jumelles quelques secondes suffit à lui retourner l'estomac.

Neal en profita pour lui chuchoter quelque chose malgré le gémissement des moteurs et le sifflement de la coque sur l'eau.

— On peut le neutraliser ? Qu'est-ce que t'en penses ?

Piet ne répondit pas.

— Il va bien devoir recharger, non ? Il peut tirer sur une personne à la fois.

Piet se tourna vers Neal.

— Il te tue et je l'attaque pendant qu'il recharge. C'est ça ton plan ?

— C'est pas vraiment ce que j'avais en tête.

Neal s'éloigna. Piet changea légèrement de cap afin de trouver une trajectoire qui lui permettrait d'intercepter le voilier. Ce genre de comportement héroïque consistant à croire qu'il suffit de "leur botter le cul pendant qu'ils rechargent" était réservé aux amateurs. Ils regardaient des films, ils se persuadaient qu'ils avaient des réflexes de ninja et qu'il suffisait d'attendre le bon moment pour passer à l'action. Dès qu'ils mettaient leurs idées en pratique, ils se retrouvaient immanquablement avec un harpon planté dans le front. Cause du décès : films débiles made in Hollywood. Piet aurait aimé lui donner un conseil : garde tes distances et laisse les professionnels faire leur boulot. Piet n'avait aucune idée de la manière dont il allait désarmer le type, mais parfois, la meilleure chose à faire était d'attendre et de voir comment la situation évoluait. On était loin de l'héroïsme, mais ça valait toujours mieux que de s'arracher un harpon du cou. Personne ne courait aucun danger tant qu'ils n'avaient pas rattrapé LeBlanc et mis la main sur l'argent. C'est là que les choses deviendraient intéressantes et qu'il faudrait songer à un coup d'éclat. Pour le moment, la meilleure approche était encore de laisser Neal emmerder le type jusqu'à ce qu'il lui envoie le harpon dans la gueule. Là, il pourrait agir. À vrai dire, autant que ce soit LeBlanc qui finisse embroché. Mieux encore : tout le monde s'entretue sauf lui et Seo-yun, ils s'emparent de l'argent et s'en vont main dans la main.

Piet soupira. Il était vraiment romantique.

PEARSON songeait à Winslow Homer, à J.W. Turner et à Hokusai. Ces peintres savaient représenter l'eau. Claude Monet et Emil Nolde étaient doués eux aussi. Leurs œuvres étaient différentes, dans le style et dans le ton, mais ils avaient chacun perçu quelque chose d'essentiel. Ils avaient compris. Parmi les peintres contemporains, David Hockney était sans hésitation le grand spécialiste des éclaboussures et des ronds dans l'eau. Pearson était fan de son travail, mais Hockney peignait surtout des piscines. L'océan était différent. Il y avait tant de piètres paysages marins, c'était une honte. Toujours une lueur de coucher de soleil, une touche de blanc sur la crête des vagues, jamais de profondeur, aucune appréciation de la puissance des éléments. Pearson s'était entraîné à peindre des marines. La plupart étaient des couchers de soleil ringards peuplés de joyeux dauphins et de queues de baleines, mais il aimait peindre l'océan. C'était merveilleux, délicat sur le plan technique. La manière dont le soleil se réfractait sur les vagues, la surface changeante de l'eau ; ce genre de lumière et de mouvement étaient extrêmement difficiles à rendre dans une peinture à l'huile en deux dimensions.

Un tableau de Gustave Caillebotte lui vint à l'esprit. Ce n'était pas une marine. Il s'intitulait *Les raboteurs de parquet*. Probablement son préféré. Il était parfait. C'est comme ça que Pearson voulait peindre. Chaque détail était sublime : la lumière filtrant de la fenêtre, les rainures du bois, la manière dont les muscles des hommes soulignaient le mouvement et l'énergie, la bouteille de vin devant la cheminée, l'équilibre avec lequel Caillebotte avait placé les personnages dans le cadre, la palette de couleurs. Ce tableau avait tout bon. Il était exposé au musée d'Orsay, à Paris. Pearson pourrait aller le voir. Il pourrait aller voir tous les tableaux du monde.

Sa main se resserra sur le fusil-harpon lorsqu'il vit l'Américain chuchoter à l'oreille du petit homme. Ils manigançaient quelque chose, sans doute un plan pour le maîtriser. Il s'y attendait. Il était prêt. Il n'était pas encore au bout de ses peines. Il n'était pas encore en possession de l'argent. Comme l'avait si bien dit Pablo Picasso : "L'art lave notre âme de la poussière du quotidien." Tant mieux. Il aurait besoin de beaucoup d'art, car son âme allait accumuler pas mal de poussière.

Le hors-bord se rapprochait lentement. C'était imperceptible, mais inéluctable, comme de regarder une piscine se remplir goutte après goutte. Bryan savait qu'ils allaient finir par le rattraper. À moins qu'ils se retrouvent à court d'essence, que leur moteur tombe en rade ou qu'un vent sorti de nulle part l'emporte au loin.

Et après ? Serait-il en état d'arrestation ? Il naviguait en eaux internationales. Même accompagnés des forces de l'ordre, ils n'avaient aucune juridiction. Ils voudraient récupérer l'argent, mais ils n'avaient aucun recours légal. Il ne fallait pas écarter la possibilité qu'ils se rabattent sur la piraterie, qu'ils le fassent passer sous la quille ou lui infligent le supplice de la planche. À moins qu'ils ne décident de le reconduire à George Town menottes aux poings.

Peut-être pourrait-il passer un marché. Bryan évalua sa marge de négociation. Il donnerait tout l'argent pour conserver le bateau. Il restait encore un million de dollars sur le compte de Cuffy. Ça ne suffisait pas pour le mettre à l'abri jusqu'à la fin de ses jours, mais c'était plus que ce que la plupart des habitants de la planète ont à disposition. Avec les intérêts et un mode de vie frugal, il s'en sortirait très convenablement. Il commencerait par exiger de garder le bateau et cinq millions, puis les laisseraient marchander jusqu'à ce qu'ils gardent tout. Ils rentreraient chez eux victorieux. Tout le monde serait gagnant.

Bryan n'était pas paniqué, ni effrayé, ni même en colère. Quelle sensation étrange. Détourner les fonds était une idée audacieuse, un plan complexe qu'il avait mené à bien jusqu'à cet instant. Se savoir capable de ce genre de choses lui procura une satisfaction qu'il eut du mal à définir. Le meurtre de Leighton avait vraiment tout foutu en l'air.

NEAL ne savait pas si le hors-bord allait rattraper le point blanc à l'horizon. Pourtant, c'est ce qui finit par arriver. LeBlanc avait pris le vent dans le dos pour essayer de les distancer, mais le voilier était de plus en plus proche. Neal vérifia la jauge d'essence et se tourna vers Piet.

— Un quart du réservoir ?

Piet lui jeta un regard courroucé.

— J'ai pas eu le temps de faire le plein, répondit-il, l'air agacé.

— On aura assez ?

Piet haussa les épaules.

— Si le vent se lève, on tombera en panne d'essence avant de l'avoir rattrapé.

L'idée de se retrouver coincés au milieu de l'océan, sans essence et sans échappatoire, avec LeBlanc juste à côté, fit déferler en Neal une vague de panique.

— Et après ? On va flotter ici ?

— On appellera la police maritime à la rescousse.

Pearson avait surpris leur conversation et s'était rapproché de Seo-yun. Il lui posa la pointe de son fusil-harpon sous le menton.

— Personne n'appellera la police, dit-il à l'attention de Piet.

— Laisse-la tranquille, répondit le détective en lui jetant un regard mauvais.

Pearson sourit. Neal voulait ajouter quelque chose histoire que Pearson comprenne bien qu'il ne le laisserait pas embrocher Seo-yun. Bizarrement, il eut envie de dire qu'elle était innocente, qu'elle n'avait rien à voir avec tout ça. Sauf que c'était faux. Elle était on ne peut plus concernée. Il voulait juste la protéger ; il n'avait pas à le faire, mais il en ressentait le besoin. Piet coupa les moteurs et laissa le hors-bord clapoter dans les petites vagues.

— Qu'est-ce que tu fous ? demanda Pearson en le foudroyant du regard.

Piet s'éloigna du gouvernail.

— Pas elle.

— Sinon quoi ? Qu'est-ce que tu vas faire ?

Piet et Pearson se dévisagèrent. Neal voyait bien que le détective privé avait toutes les peines du monde à garder son calme. Le bateau dérivait, le moteur à l'arrêt. Les vagues claquaient contre la coque et secouaient violemment l'embarcation. Loin derrière Pearson, des nuages s'amoncelaient au-dessus de leurs têtes. Le vent était en train de se lever. Neal voulait intervenir, participer d'une manière ou d'une autre. Il croisa le regard de Seo-yun, mais elle semblait en pleine expérience extra-sensorielle.

— Pas elle, répéta Piet.

— Soyez raisonnable, dit Neal en guise de soutien.

Pearson les regarda tour à tour, puis finit par baisser le fusil-harpon.

— Allons-y.

Piet se remit devant le gouvernail et ralluma les gaz.

Neal était impressionné par la manière dont le détective pilotait le hors-bord. Le vent avait dû tomber, à moins que LeBlanc ne sache pas comment l'utiliser à son avantage. Ils le rattrapèrent petit à petit, puis arrivèrent à son niveau et, fait incroyable, parvinrent à longer le voilier sans que les coques ne se touchent. Pearson fut le premier à sauter à bord, suivi de Seo-yun, Piet et Neal. LeBlanc resta assis à la barre, les cheveux au vent, comme s'il profitait d'une belle journée en mer et se réjouissait de l'arrivée de la bande la plus étrange de l'histoire de l'humanité. Pour une raison inexplicable, la sono du bateau diffusait *Sara Smile*, de Hall and Oates. Neal en fut surpris. L'espace d'une seconde, il perdit ses repères. Bart était un immense fan de ce groupe. Bryan ne pouvait le savoir. C'était juste un heureux hasard.

— Bart adore cette chanson, dit-il à Seo-yun.

Elle ne répondit pas. Elle ne quittait pas son ancien collègue des yeux.

— On doit l'attacher, dit Piet.

— Quoi ?

— Attache cette putain de… dit Piet en montrant le hors-bord, mais ce dernier avait dérivé à plus de cinq mètres du voilier, qui poursuivait sa route comme si de rien n'était. Piet leva les mains en l'air en signe d'exaspération.

— Bordel de merde…

Neal sentit la colère le gagner.

— C'est à moi de le faire ? Je ne suis pas expert en navigation.

Piet le fusilla du regard en lâchant quelques mots. *Bai chupa patin.*

Neal en ignorait le sens, mais ça n'augurait rien de bon. C'était la goutte d'eau qui fait déborder le vase. Il était à deux doigts de péter les plombs. Il avait atteint sa limite ; le stress de la poursuite, la nuit en prison, l'étrange tension sexuelle entre Piet et Seo-yun, l'artiste armé du fusil-harpon… il n'en pouvait plus. Piet avait oublié qui travaillait pour qui ! Il prit une profonde inspiration. La colère n'aidait jamais et sûrement pas maintenant. Il devait garder son calme, rassurer Piet.

— Ne vous en faites pas, je mettrai le bateau sur ma note de frais.

Piet s'apprêtait à répondre quand Pearson leur rappela qu'il pointait son fusil-harpon sur LeBlanc.

— Où est l'argent ?

— Dans la cabine arrière.

Bryan plongea la main dans sa poche et tendit une clé à Pearson.

— Si vous avez faim, regardez dans le frigo. Il y a une bouteille de Petit Chablis et un plateau de fromages.

LeBlanc se tourna vers Seo-yun et lui sourit.

— Soy ? Ça te dérangerait d'ouvrir le vin ?

— Je boirais bien un coup, dit-elle en hochant la tête.

Neal s'assit en face de LeBlanc. En temps normal, il aurait ressenti une certaine satisfaction à rattraper un contrevenant. La justice était rendue, le karma se libérait, les comptes étaient réglés, l'univers retrouvait son équilibre. Il ne ressentit rien de tout cela avec LeBlanc. Il était apathique.

— J'ai entendu dire que vous étiez très bon dans votre domaine, lui dit LeBlanc en souriant. Dommage que nous ne nous soyons jamais croisés au bureau.

Comme Neal ne savait quoi dire, il ne dit rien.

— Où est-ce que j'ai merdé ?

— Un texto effacé.

LeBlanc fit la grimace, puis se mit à rire en secouant la tête.

— Putain.

— Elle a aidé. Elle a décrypté quelques-unes de vos opérations financières.

— Elle est douée, dit LeBlanc en poussant un soupir.

Neal ne put pas s'en empêcher, il dit :
— Je crois que la partie est terminée.
— Et moi, je crois qu'on arrive juste à la mi-temps, répondit LeBlanc.
Neal ne comprit pas l'allusion. Comment ce type pouvait rester tranquillement assis comme si de rien n'était ? Peut-être qu'il n'irait pas croupir en prison, mais Neal récupérerait l'argent. Quoiqu'il fallût encore s'occuper de l'artiste au fusil-harpon. Cette négociation s'annonçait délicate. Mais tout le monde a son prix. L'artiste ne voudrait pas avoir un massacre sur la conscience. Si Neal rapportait la plus grande partie des fonds, la société tolérerait une perte d'un ou deux millions. LeBlanc échapperait peut-être à la justice, mais le P-DG serait ravi qu'il ne se soit pas tiré avec son fric.
Seo-yun revint avec la bouteille et des verres. Elle servit le vin.
— Joli bateau.
LeBlanc s'empara d'un verre.
— Il n'est pas aussi rapide que je l'aurais espéré.
Piet restait planté là, à les observer.
— Et qui êtes-vous ? demanda LeBlanc en se tournant vers lui.
Comme Piet ne répondit pas, Seo-yun le fit à sa place.
— Il s'appelle Piet. C'est un détective privé.
— Bien sûr, où ai-je la tête.
— À Wall Street, dit LeBlanc en levant son verre.
Neal goûta le vin. Il était frais, avec une pointe de melon et d'agrume.
— Belle minéralité.
Seo-yun et LeBlanc échangèrent un regard.
— J'ai appris ça dans un cours, dit Neal en haussant les épaules.

Seo-yun goûta à son tour et promena son regard alentour.

— Je pourrais m'habituer à cette vie.

Ils restèrent assis là à profiter du vent, du soleil et du grand air, bercés par le bruit du bateau filant sur l'eau. C'était agréable, cette atmosphère de vacances. Neal réalisa qu'il avait besoin de prendre des congés. Il s'en occuperait dès son retour.

— Où est le type avec le fusil-harpon ? demanda Seo-yun.

— Il est en train de compter l'argent, répondit Piet.

LeBlanc vida son verre.

— Et de décider combien d'entre nous il va devoir tuer pour le garder.

Neal se leva.

— Je vais aller voir ce qu'il fabrique.

Il trouva Pearson dans la cabine arrière, allongé dans un tas de billets, en train de marmonner les noms de peintres célèbres. Neal en reconnut quelques-uns : Monet et Manet bien entendu, mais aussi Bonnard, Morisot et Biva. Les autres, il n'en avait jamais entendu parler.

— Vous allez commencer une collection d'art ?

Pearson éclata de rire.

— L'année prochaine, je serai dans un *bistrot* de Saint-Germain en train de boire du vin avec ma petite amie française.

— Vous avez une petite amie française ?

— J'en aurai une. Une femme magnifique avec un beau sac à main et des cheveux soyeux. Une de celles qui portent des trucs à rayures.

Neal ne voyait pas de quoi il voulait parler.

— Des rayures ?

— Les Françaises raffolent des rayures horizontales.

— J'ai beau être allé à Paris, je ne me souviens pas avoir vu beaucoup de gens porter des rayures.

Le sourire de Pearson s'évanouit.

— Leur drapeau a des rayures.

Neal prit conscience qu'il était en train de contrarier l'artiste. Ça ne faisait pas évoluer la conversation dans la bonne direction.

— Vous avez tout à fait raison.

Pearson ramassa une poignée de billets et les jeta en l'air.

— OK, dit Neal en souriant. Voilà ce que je vous propose. On fait demi-tour, on ramène ce bateau à George Town et je vous laisse partir avec trois de ces sacs sans rien vous demander en échange.

— Il y en a dix, des sacs.

— Tout à fait. Mais cet argent appartient à la banque. Si vous prenez la totalité, vous êtes un voleur. Si je vous en donne une partie, vous l'avez gagné honnêtement.

— Il n'appartient plus à votre banque. Si je le vole, je le vole à un voleur.

— Trois sacs, dit Neal en levant les mains. Avec ça, vous pourrez vivre à Paris pendant des années. Je ne peux pas vous proposer mieux.

Pearson partit d'un rire guttural puis envoya un coup de poing dans le ventre de Neal avec une telle force qu'il fut plié en deux et se ratatina par terre comme si ses os avaient été arrachés de son corps. Pearson vint le surplomber en secouant la tête.

— Trois sacs…

SEO-YUN n'approuvait pas l'idée de descendre dans la cabine pour voir si tout se passait bien avec le type armé du fusil-harpon. Qu'est-ce que Neal comptait faire ? Le raisonner ? Lui proposer un marché ? C'était la méthode Wall Street : l'art de la négociation. Sauf qu'il est rare d'entamer une négociation avec un homme équipé d'un harpon. D'habitude, des avocats tirés à quatre épingles prennent place autour d'une table et laissent leurs factures gonfler jusqu'à ce que quelqu'un craque.

Piet était assis de l'autre côté du cockpit, face à Seo-yun et à côté de LeBlanc. Ce dernier faisait toujours route vers Cuba.

— Tu peux vérifier que Neal va bien ? demanda-t-elle à Piet.

— C'est un grand garçon, répondit Piet. Il peut se débrouiller tout seul.

LeBlanc éclata de rire.

— Vous ne savez pas ce que les gens sont prêts à faire pour de l'argent.

Seo-yun fut surprise de l'entendre s'esclaffer. D'habitude, LeBlanc était un homme discret. Son rire ne collait pas à cette image.

— Qu'est-ce que tu veux dire par là ?

— Les gens font des trucs bien pires que ce qui se passe à Wall Street.

Seo-yun se tourna vers Piet et essaya de lui faire comprendre l'urgence de la situation, mais ce dernier semblait réfléchir à ce qu'il allait faire. La sono joua une nouvelle chanson, que Seo-yun reconnut.

— C'est Steely Dan ?
— Ce serait pas plutôt Kenny Loggins ? dit LeBlanc en levant un sourcil.
Seo-yun vint prendre place à côté de lui.
— Je peux te demander quelque chose ?
— Bien sûr, répondit LeBlanc en sirotant son vin.
— Pourquoi tu as fait ça ? Tu avais déjà tout.
— On a tort de croire que l'argent est le plus important.
— Et maintenant ?
LeBlanc inspecta la voile, l'ajusta, puis regarda Seo-yun.
— Tu verras bien comment se termine l'histoire.
Il se rassit, corrigea le cap de quelques degrés pour mieux profiter du vent, puis ajusta la voile de sorte qu'elle soit bien tendue.
Seo-yun ne savait pas pourquoi elle piquait une crise, pour reprendre une expression de son fiancé. Elle voulait juste décider de sa vie. Certains condamneraient sans doute ses mœurs légères à la veille de ses noces. Elle sentait bien que c'était une trahison, qu'elle enfreignait les règles de la société et des relations organisées. Elle ne l'avait jamais fait jusqu'ici. Elle s'était comportée en fille obéissante, en employée modèle, en petite amie idéale, mais maintenant qu'elle avait franchi la ligne jaune, elle était ravie de faire ce qu'elle voulait quand elle le voulait. Les règles avaient-elles été conçues pour l'empêcher d'assouvir ses désirs ? De vivre l'existence qui lui convenait ? Elle en avait certes enfreint quelques-unes. Était-ce si grave ? LeBlanc avait-il vraiment tort ?
— Tu as des regrets ?
— Si tu remplis mon verre, je te promets une critique du capitalisme avancé.
Ça la fit rire.

— Marcuse et l'école de Francfort ? Non merci. Je te ressers quand même.

Elle s'empara de la bouteille et la vida dans le verre de Bryan.

— À la tienne.

Seo-yun s'apprêtait à trinquer lorsqu'elle entendit un bruit sourd dans la cabine. Elle se tourna et vit le type au fusil-harpon. Piet lui adressa un petit signe de tête, comme pour lui dire de ne rien tenter.

— Le vent n'arrête pas de tourner, dit Bryan en levant les yeux vers la girouette.

Il actionna de nouveau la manivelle pour régler les voiles.

L'homme au fusil-harpon vint vers lui.

— Fais demi-tour, dit-il. On rentre à George Town.

Bryan sirota son vin sans bouger.

— Fais demi-tour.

— On est juste à côté de Cuba et j'ai toujours eu envie de prendre un *medianoche** à La Havane.

— Et moi j'ai envie qu'on rentre.

Il s'approcha en serrant le fusil-harpon de plus belle.

— Si seulement les choses étaient aussi faciles, dit Bryan en secouant la tête.

Seo-yun fut surprise que Bryan adopte une telle attitude de défi. Elle le fut davantage lorsque le type appuya sur la gâchette. Le harpon fusa au-dessus du pont et atteignit Bryan en pleine poitrine. Seo-yun ne put retenir un cri. Bryan perdit l'équilibre, vacilla en arrière et tomba à l'eau.

Seo-yun resta pétrifiée, sans savoir quoi faire.

---

* Sandwich composé de pain cubain, de jambon cuit, de porcelet rôti, de gruyère, de gros cornichons marinés et de moutarde. Son nom signifie *minuit,* car c'est l'encas idéal pour les noctambules.

Piet profita de la distraction pour foncer sur le type au fusil-harpon. Il le percuta violemment, le type trébucha, fit quelques pas, puis bascula contre la rambarde et tomba à l'eau dans une grande gerbe d'éclaboussures.

Piet agrippa la barre et s'assura que le voilier poursuive sa route.

— Bryan !

Seo-yun scruta la surface de l'eau. Personne ne nageait, personne ne faisait de grands gestes de détresse. Pas le moindre signe de vie. L'océan était tranquille, on n'entendait que le bruit du vent dans les voiles et le clapotis de l'eau sous la coque.

Elle se tourna et distingua les contours d'une île à l'horizon. Ça devait être Cuba. C'est là que Bryan voulait manger un sandwich. Quelle idée de voler des millions de dollars et d'acheter un bateau pour se payer un sandwich. Ce sandwich devait incarner bien davantage : la liberté d'exprimer un désir trivial et de l'assouvir. C'est ce que voulait LeBlanc. C'est ce qui rendait les sandwichs cubains si délicieux.

Seo-yun vit qu'elle avait toujours son verre en main. Par réflexe, elle se remit à le siroter. Que pouvait-elle faire d'autre ?

Piet se demandait si Seo-yun était en état de choc. Parfois, lorsqu'ils sont témoins de violences ou de traumatismes, les gens se figent et ne sont plus capables de penser clairement ni de ressentir quoi que ce soit. Il n'avait aucune idée de ce qui se passait dans sa tête. Elle était debout sur le pont à siroter son vin, les cheveux au vent.

Elle finit par sortir de son silence.

— On ne devrait pas faire demi-tour pour aller chercher Bryan ?

— Il est mort, dit Piet en secouant la tête.

— Et l'autre type ?

— Qu'il aille se faire foutre.

— Je vais aller voir comment va Neal.

— Je ferais mieux d'y aller, dit Piet. Je suis sûr que ce type l'a assassiné. Il allait tous nous tuer.

Elle ne dit rien. Elle avait l'air ahurie.

— Ça va ? demanda Piet en lui touchant la main.

— Je sais pas. Je suis pas censée aller bien, non ?

— Tu es en vie.

Seo-yun ne répondit pas. Piet lui déposa un baiser sur la joue.

— C'est déjà ça, dit-il en se relevant. Prends la barre, je vais aller voir Neal.

Il descendit l'escalier et entra dans la cabine. Il ne savait pas ce qui serait le pire : que Neal soit mort, ou en vie ? Les deux offraient leur lot de complications. Si Neal était mort, ils n'auraient plus qu'à balancer son corps par-dessus bord et à disparaître. Ils garderaient le bateau et l'argent et passeraient le restant de leurs jours à baiser. S'il était en vie… peut-être valait-il mieux faire en sorte qu'il meure.

Il ouvrit la porte. Neal était recroquevillé en position fœtale, bien en vie.

— Ça va ?

— Je crois, dit-il en hochant la tête.

Piet l'aida à se relever, mais Neal ne pouvait tenir debout. Il était courbé, les mains sur le ventre.

— Je crois que j'ai quelque chose qui a éclaté à l'intérieur.

C'est à ce moment que Piet remarqua les sacs de toile.

— C'est l'argent ?

Neal acquiesça.

— Il y a combien ?

— J'en sais rien, dit Neal en grimaçant de douleur. Douze millions ? Quatorze ? J'ai pas compté.

Ce fut au tour de Piet de hocher la tête. Il projeta Neal contre le mur la tête la première, l'assommant sur le coup. Puis il ferma la porte de la cabine, se lava le visage dans l'évier de la cambuse et revint s'asseoir à côté de Seo-yun sur le pont.

— Il va bien ?

Piet baissa les yeux et secoua la tête.

Elle en eut le souffle coupé.

— Oh mon Dieu, oh putain.

Elle éclata en sanglots et nicha son visage dans le cou de Piet. Il la prit dans ses bras et la laissa pleurer. Il attendrait qu'elle verse toutes les larmes de son corps et qu'elle sombre dans un profond sommeil pour balancer Neal par-dessus bord.

Piet voulait la rassurer, trouver les mots justes. Il se contenta de la laisser sangloter en sentant son corps bouger contre le sien. Bien entendu, ça réveilla sa libido. Il ne put contrôler son érection. Il reçut une transmission à peine perceptible : le cul de Seo-yun essayait de lui parler. Il se concentra, son visage se plissa. Il fallait lui faire parvenir une réponse. Seo-yun essuya ses larmes. En bougeant, elle passa malencontreusement la main contre le pantalon de Piet et sentit sa gaule.

— Maintenant ?

Il haussa les épaules.

— J'y peux rien si tu m'excites.

Elle l'embrassa. Il sentit le sel de ses larmes et un arrière-goût de vin blanc. Piet se mit à la déshabiller. Elle le laissa lui enlever sa robe. Elle défit son soutien-gorge et resta un moment à frissonner alors que le vent durcissait ses tétons.

— Pauvre Neal. Il était vraiment sympa.

— Un type en or, dit Piet en hochant la tête.

— J'ai pas beaucoup d'amis au travail, mais je pensais que ça collerait avec lui.

Piet l'embrassa de nouveau.

— Pourquoi tu viendrais pas avec moi à Curaçao ? On vivra bien, on n'aura plus jamais à se soucier de l'argent.

Seo-yun enleva sa culotte. Piet n'arrivait pas à déchiffrer son expression. Elle semblait bouleversée et ravie à la fois. À moins que ça ne soit l'excitation.

— Tu veux qu'on garde l'argent ? dit-elle en se tournant vers lui.

Piet se débarrassa de son pantalon, laissant son érection pointer aux quatre vents.

— On vivra comme des rois et on baisera toute la journée.

NAGER sur place avec un harpon dans l'épaule n'est pas chose aisée. C'était le point important à retenir de cette expérience. Bryan s'estimait heureux que les requins n'aient pas encore flairé sa blessure. Il n'avait pas touché au harpon pour ne pas se vider de son sang et attirer les prédateurs. Autant perdre connaissance et se noyer en paix.

Les charognards pouvaient faire ce qu'ils voulaient de son corps.

Il se sentait presque soulagé d'être libéré de l'argent. Mourir en mer était vraiment une mort à la con, personne ne mettait ça en doute, mais il se réjouissait de ne plus avoir à fuir ou à se cacher. Il aurait aimé passer plus de temps sur le bateau, ne serait-ce que pour manger du camembert en contemplant le coucher de soleil.

Bryan songea à tous les choix qui l'avaient mené jusqu'ici. Pourquoi avait-il fait carrière dans la banque ? Était-ce parce que ses parents se prenaient pour des bohémiens ? Était-ce une forme de rébellion ? Était-il devenu banquier parce qu'il n'avait jamais eu de vêtements à la mode ? Ses parents se foutaient des baskets et des sweats à capuche que portaient ses potes. Pour eux, les modes étaient éphémères, de vulgaires stratagèmes concoctés par les cerveaux malfaisants du marketing pour que les gens remplacent des affaires à peine usées. Adolescent, Bryan avait essayé de faire passer son look pour un choix précurseur du *normcore**. Mais il était si peu populaire que personne n'avait accepté de l'accompagner au bal de fin d'année.

Ses parents étaient loin d'être pauvres ; ils n'avaient simplement pas les mêmes priorités. Les livres. Le matériel artistique. Les œuvres caritatives nicaraguayennes. Ils l'avaient encouragé à suivre des cours d'enrichissement personnel : apprendre la musique, la sculpture et des tas de trucs qui ne l'intéressaient pas. Naturellement, il avait compris que le seul moyen de se libérer de son éducation était de gagner plein de fric. Il aurait pu choisir de travailler dans l'économie, pourquoi pas d'aider à créer un

* Style vestimentaire prônant la normalité où l'on s'efforce de ne pas se distinguer de la norme.

monde plus juste. Il y avait songé à l'université, lorsqu'il avait compris que les défenseurs de la justice sociale baisaient plus que les autres. Mais combien d'économistes ont des salaires à sept chiffres ? Pourquoi tourner le dos aux privilèges de la richesse : les vacances, les déjeuners à deux cents dollars, la sécurité et les passe-droits réservés à l'élite ? Il était entré à Wall Street comme dans du beurre. C'était aussi facile qu'au casino. On se servait dans les poches des ploucs, on se fendait bien la gueule. Jusqu'au jour où il en eut marre.

Détourner les fonds l'avait amusé. Il n'avait aucune mauvaise conscience à arnaquer sa boîte. Sa seule culpabilité était pour Leighton. Bryan se demanda si sa situation présente était la conséquence directe de tous ses choix, de toutes ses actions. Avait-il tué un homme parce que ses parents lui avaient refusé une paire de Nike ?

Il aperçut un truc à moitié avalé par les vagues et battit des pieds pour avancer dans sa direction. Un bout de planche de surf dérivait dans l'eau ; les mots HAWAIIAN SOUL étaient écrits dessus. Allez savoir ce qu'une planche de surf d'Hawaï foutait dans les Caraïbes. Il était peut-être plus proche du rivage qu'il le croyait. Bryan s'accrocha à la planche et éclata de rire. Il avait toujours son nouveau passeport et de l'argent en banque. Les choses allaient s'arranger.

TOUT bon sismologue sait que la fosse des Caïmans court en eaux profondes le long du plancher océanique, aux abords de la zone où la plaque tectonique caraïbe se frotte à la plaque nord-américaine. Coincée entre les deux, la microplaque de la Gonâve est prise dans un véritable sandwich tectonique : d'un côté, les failles Septentrionale et d'Oriente, qui longent la côte sud de Cuba ; de l'autre, la faille de Walton, qui suit la côte nord de la Jamaïque. De temps à autre, la pression est trop forte et la Gonâve se met à glisser, ce qui provoque un tremblement de terre et envoie de puissantes ondes d'énergie du fond de l'océan jusqu'aux quatre coins des Caraïbes. Les séismes les plus violents suscitent des tsunamis, mais les glissements les plus légers ne provoquent que de grosses vagues. Des vagues scélérates.

Alors que Bryan s'accrochait à son morceau d'Hawaï sans se douter de rien, la microplaque de la Gonâve entra en action.

La position du missionnaire n'avait rien de mal en soi. Seo-yun ignorait pourquoi les gens la dénigraient constamment. Pour elle, les vrais responsables étaient les ouvrages d'éducation sexuelle que ses grands-parents cachaient dans leurs tables de nuit. Elle les avait parcourus lorsqu'elle avait eu treize ans. Toutes ces positions alambiquées et ces perspectives biscornues n'étaient que de la frime. Exécutée correctement, avec un savant mélange d'énergie et de tendresse, la position du missionnaire était un moyen tout à fait charmant d'avoir des relations sexuelles.

Piet avait descendu la voile et laissé le bateau dériver. Il avait promis à Seo-yun qu'il jetterait la dépouille de

Neal à la baille, puis qu'ils mettraient le cap sur Curaçao et qu'elle n'aurait plus jamais à parler à son fiancé. Elle avait mauvaise conscience pour Neal, mais c'était là l'opportunité d'une vie. Elle pouvait disparaître. Repartir de zéro. Personne ne saurait ce qui s'était passé. Il n'y avait aucun témoin, aucune preuve. Elle allait non seulement enfreindre les règles, mais dicter les siennes, s'affranchir de tout. Que les règles aillent se faire mettre. Elle allait tout déboutonner. Plus elle y pensait, plus Seo-yun était excitée. À tel point qu'elle se caressa.

Dans un coin de sa tête, elle se demandait si elle n'était pas devenue folle. Le stress du mariage et les appels incessants de son fiancé avaient-ils fait d'elle une obsédée sexuelle ?

Piet la hissa sur la banquette et l'enfourcha. Seo-yun enveloppa les jambes autour de son corps pour mieux le sentir en elle. Le claquement de leurs peaux se mêlait au doux clapotis de l'eau contre la coque. Piet baissa la main et lui chatouilla le clitoris tout en la baisant. La chanson *One on One* de Hall and Oates résonna dans l'air marin. Le timing était parfait, comme si Bryan l'avait choisie pour son bon plaisir.

Aux bruits qu'il faisait, elle sentit que Piet allait bientôt jouir. Seo-yun s'agrippa les seins et se pinça brutalement les tétons. Son corps se mit à trembler, puis à convulser. Son cerveau libéra de la sérotonine, son souffle s'accéléra ; elle en eut la chair de poule. Mais alors que les vagues de sensations la submergeaient, une chose extraordinaire se produisit, une chose qu'elle n'avait jamais ressentie lors de ses précédents orgasmes. Son corps était en apesanteur, comme si le bateau défiait les lois de la gravité. Les cosmonautes devaient ressentir ça en pénétrant dans le cosmos. C'était palpitant, inattendu. Ils étaient comme suspendus dans les airs quand Piet éjacula en elle.

Au moment où elle jouit, Seo-yun ouvrit les yeux et aperçut un immense mur d'eau, dix mètres au-dessus du bateau, tel un monstre marin émergeant des profondeurs pour masquer le soleil et aspirer le voilier dans ses bras surpuissants. Son estomac se noua comme sur une montagne russe, puis le bateau fit une violente embardée et ils tombèrent sur le pont, enlacés l'un dans l'autre, alors que la vague monstrueuse se repliait au-dessus de leurs têtes et engloutissait le bateau.

Encalminés

— Il faut que j'aille pisser.

— Bah pisse, répondit Chlöe en haussant les épaules.

Le tintement jovial de la sonnerie du téléphone satellite résonna depuis la cabine. Chlöe jeta un regard vers Neal, puis traversa le pont et disparut à l'intérieur, le laissant assis là, la main attachée à la rambarde.

— Faut vraiment que j'y aille.

Chlöe réapparut. D'un coup de pied, elle lui envoya un seau en plastique.

— Tiens.

Le seau heurta les jambes de Neal.

Chlöe entra dans la cabine et répondit au téléphone satellite. L'appel de minuit consistait simplement à vérifier qu'elle était toujours en vie, mais celui de la journée lui donnait l'occasion de parler à des amis, d'actualiser sa météo et de découvrir les derniers sponsors qui prenaient la circumnavigation en marche. C'était l'un des enseignements de ce voyage : plus elle passait de temps en mer, plus les grosses boîtes lui donneraient de fric.

Mais plus elle recevait d'argent, plus les gens lui demandaient de choses. Elle faisait d'immenses détours pour participer à des séances photo avec des P-DG et des célébrités, pour serrer des mains ou donner des interviews à la presse : tout ce qui lui permettait de rester dans l'actualité et dans les consciences. Elle consacrait une bonne partie de ses journées à prendre des photos, des vidéos et des selfies ou à pondre des tweets motivants qu'elle jetait dans la gueule insatiable des réseaux sociaux. Les gens pouvaient la suivre à la trace : sa traversée du Pacifique, son passage dans le canal de Panama, son arrivée aux Caraïbes. Google Maps leur donnait même accès à du contenu original, avec l'aimable contribution des généreux donateurs de la société de boissons énergisantes. Les plus intéressés avaient la possibilité d'accéder à un site qui les informait sur le changement climatique, la météorologie, les exploratrices célèbres ou l'histoire de la navigation océanique. Tout ça grâce au centre océanographique de l'université de Queensland, lui-même sponsorisé par une marque de bière australienne.

En l'espace d'une semaine, elle pouvait faire un détour par Honolulu pour manger du yaourt à l'ananas et boire de la Kona devant les journalistes, puis aller saluer les jeunes navigatrices d'un club de voile avant de mettre le cap sur Maui pour parler stratégie avec des directeurs marketing de la Silicon Valley.

Lorsqu'elle arriva à Panama, une société de paquebots organisa sa traversée du canal. On lui demanda juste d'être l'invitée d'honneur du capitaine, de serrer quelques mains, de faire un petit discours, de poser pour des photos… Au final, ce fut un marathon de six heures où elle dut donner l'accolade à deux mille touristes américains carbonisés par le soleil et impatients de lui refiler leur gastro.

Plus elle avait de followers, plus elle obtenait de nouveaux dons, plus elle avait d'obligations. Voilà pourquoi elle bouclait un détour d'une semaine dans les Caraïbes. Elle avait eu des escales promotionnelles à Paradise

Island et aux îles Turques-et-Caïques. Accoster dans une marina et se faire accueillir en grande pompe par des gros bonnets blindés de fric était certes agréable. Prendre une douche bien chaude et boire un martini glacé faisaient partie de ses activités favorites. Après un bon steak et quelques bouteilles de bourgogne, il n'était pas étonnant que la soirée s'achève par une partie de jambes en l'air dans une suite luxueuse de l'hôtel Atlantis. Chlöe ignorait ce qui l'avait le plus tentée : la qualité du room-service et les draps en coton ou la beauté troublante du responsable marketing chargé des réseaux sociaux. Elle s'était sentie excitée, mais était-ce à l'idée de baiser ou de prendre un bon bain ?

Chlöe voulait être célèbre. Désormais, son nom était dans les journaux et son visage, placardé sur les magazines et les sites web. Elle était devenue la personne qu'ils vendaient : l'audacieuse aventurière partant à l'assaut du monde, mais marquée par la disparition tragique de sa mère, morte d'un cancer du sein. Elle avait la tête de l'emploi, elle faisait tout pour véhiculer l'image d'une femme forte et sexy, féminine jusqu'au bout des ongles.

Se présenter comme une aventurière l'obligeait aussi à se taper les longs moments d'aventure, pénibles et solitaires. À cet instant précis, elle n'avançait plus. Les bulletins météo n'incitaient pas à l'optimisme : ils n'annonçaient pas le moindre souffle de vent lors des prochaines vingt-quatre heures. Son QG de Melbourne lui disait d'en profiter pour se reposer et laisser son bateau dériver avec le courant jusqu'à ce que la situation évolue. Son projet initial était de longer la côte de l'Amérique du Sud, de s'arrêter à Rio et à Montevideo pour des interviews, puis de mettre le cap à l'est et de traverser l'Atlantique en direction de Cape Town.

Chlöe s'allongea sur son lit. Lorsqu'on navigue en solitaire, dormir devient un problème. Le manque de sommeil cause une telle fatigue que les marins se retrouvent à faire des trucs stupides, comme se tromper sur les courants. À la moindre panne d'oreiller, le bateau risque de dériver dans les couloirs de navigation et de se faire broyer par un supertanker. Sans oublier les tempêtes soudaines, les vagues scélérates et les pirates. Pas la version de Disney, les individus bien réels qui détroussent, s'adonnent au viol collectif et balancent les cadavres par-dessus bord.

Chlöe dormait quand elle le pouvait, mais à moins de jeter l'ancre, elle ne pouvait se permettre de fermer l'œil plus d'une heure.

Par la porte ouverte de la cabine, elle vit Neal se contorsionner pour pisser dans le seau. Il avait sorti son pénis, mais l'angle de visée n'était pas idéal et il mettait plus d'urine sur ses vêtements.

Elle était presque sûre qu'il était trafiquant de drogue. Tout cet argent en liquide ? C'était aussi flagrant que des couilles au cul d'un chien. Elle décida de se reposer un peu avant de décider ce qu'elle ferait de lui. Elle régla son minuteur sur quarante-cinq minutes et ferma les yeux.

— Vous n'auriez pas un chapeau ? Mon crâne est en train de cuire.

Chlöe secoua la tête.

Neal sentait les cloques germer sur la tête. Il essaya de mettre son visage à l'ombre, mais le ciel était sans nuages et le soleil directement au-dessus du bateau. Il avait l'impression qu'un moule à gaufres s'était refermé sur son crâne.

Chlöe observait la voile claquer paresseusement dans l'absence de vent.

— On dirait qu'on va rester ici un moment.

— Ce qui justifie d'autant plus que je me protège la tête. Je suis en train de rôtir au soleil. Je pourrais contracter un cancer de la peau.

— C'est sûr qu'il fait chaud, dit-elle. Là-dessus, tu ne mens pas.

Elle s'était exprimée sur un ton qui offusqua Neal.

— Je ne suis pas un menteur. Je ne vous ai jamais menti.

Neal s'apprêtait à nier toutes les accusations qu'elle aurait pu imaginer, mais l'expression sur le visage de Chlöe lui coupa la chique. Il s'était exprimé d'une voix trop aiguë, celle d'un menteur éhonté niant avec trop de véhémence. Pourquoi ne le croyait-elle pas ? Il avait certes omis quelques détails, mais il avait dit la vérité au sujet de l'argent.

— T'as pas une carte de visite ou un truc qui ferait office de preuve ?

Neal baissa la tête. Pourquoi avait-il utilisé sa dernière carte de visite pour envoyer un message sans espoir ?

— Si vous passez un coup de fil à New York, vous verrez que je ne mens pas.

— Si je passe un coup de fil à New York, le monde entier saura que je ne navigue plus en solitaire.

— Alors je vais rester ici à cuire ?

— On dirait bien, répondit-elle en hochant la tête.

Il s'apprêtait à répondre lorsqu'il la vit enlever son haut, son short et ses sous-vêtements. Elle resta debout devant lui, complètement nue, puis plongea dans l'eau.

Neal sentit un frisson incontrôlable remonter le long de sa colonne vertébrale. Son angoisse s'accrût brutalement à l'idée qu'un requin la dévore ou que le courant l'emporte. Il se retrouverait seul, attaché à la rambarde, promis à une mort lente. L'image cauchemardesque des mouettes revint le hanter. Elles fondaient sur lui alors qu'il gisait là, sans défense. Elles lui picoraient les yeux avec leurs becs rougis de sang. D'où venait cette peur? Lorsqu'ils ne se nourrissaient pas de vos globes oculaires, les oiseaux étaient plutôt sympathiques. Ils voletaient, ils gazouillaient. Certains étaient même magnifiques. Bart aurait sans doute émis l'idée qu'il s'était fait picorer les yeux dans une vie antérieure. Son ex était client de ce genre de spiritualité.

Chlöe refit surface. Elle nageait calmement à quelques mètres du bateau.

— Vous êtes sûre que c'est sans risque?

Elle agitait les bras pour nager sur place.

— Quoi?

— Il n'y a pas de requins par ici?

Elle éclata de rire.

— J'en ai pas vu.

— C'est de ceux qu'on ne voit pas dont il faut se méfier.

Elle se hissa sur le pont et s'empara d'une serviette.

— Comme marin, j'ai connu plus vaillant.

— Je me tue à vous dire que je n'avais jamais mis les pieds sur un bateau. Il a fallu que le gros bâton du milieu se casse.

— Tu parles du mât?

— C'est le mot que je cherchais.

Elle se sécha les cheveux, debout devant lui, l'eau ruisselant de sa peau. Neal ne put s'empêcher de la regarder, fasciné par la manière dont le soleil illuminait ses seins et dont l'eau gouttait de son énorme touffe de poils pubiens. Chlöe éclata de rire.

— Tu vas faire enfler le colosse ?

Neal cligna des yeux et lui jeta un regard perdu.

— Avoir la gaule, traduisit-elle.

— Non.

Neal se dit qu'il avait répondu trop vite. Allait-elle mal le prendre ?

— Je vous trouve très séduisante, mais je ne suis pas de ces gens-là.

Elle s'assit en face de lui et continua de se sécher.

— Et quel genre de personne es-tu ?

— Le genre qui aime son propre genre.

— Je vois, dit-elle en souriant.

Neal se demanda si tout ça était un jeu pour elle. L'avait-elle attaché et interrogé en guise de préliminaires ? Peut-être avait-il affaire à une perverse.

— Vous n'avez pas de souci à vous faire avec moi.

— Je ne me fais pas de souci.

— Alors pourquoi vous ne me détachez pas ?

Elle désigna la lanière autour de son bracelet.

— Parce que si je te détache, j'aurai du souci à me faire.

Neal l'observa se rhabiller, ouvrir une bouteille d'eau et en prendre une longue rasade. Il se rendit compte qu'il avait la gorge sèche.

— Je peux en avoir un peu ?

— Si tu me donnes un million de dollars.

— Je vous ai dit que c'était impossible. Cet argent ne m'appartient pas.

— Cette eau non plus. C'est comme ça que ça marche, non ? Je pensais qu'un banquier comprenait le principe de base de l'économie.

— Je vous ferai une reconnaissance de dette.

Elle secoua la tête.

— Je n'accepte que le liquide. La maison ne fait pas crédit.

Neal soupira et s'avachit contre la rambarde. À quoi bon continuer ? Pourquoi ne pas simplement lui donner l'argent ? Son patron comprendrait. Ne ferait-il pas la même chose s'il se retrouvait dans sa situation ?

Chlöe inspecta son cuir chevelu.

— T'es en train de te faire carboniser. C'est dommage. On voit beaucoup de cancers de la peau en Australie. C'est une mort atroce.

Neal agita la tête sous le coup de la colère.

— Pourquoi vous faites ça ? Pourquoi vous ne pouvez pas être sympa ?

Elle lui adressa un petit sourire satisfait.

— T'es un de ces mecs qui pensent que les filles devraient être sympas ?

— Les gens devraient s'entraider, pas se torturer, putain.

Neal réalisa qu'il lui parlait mal. C'était totalement involontaire, mais il n'en pouvait plus et il était à court d'idées.

— J'imagine que c'est ce que fait ta banque ? Elle aide les gens ? Elle les aide à perdre leurs maisons et leurs retraites. Elle aide les gros richards à s'engraisser.

— Pourquoi tout le monde déteste les banques ?

Elle pouffa de rire.

— Tu te fous de moi ?

Pourquoi tout le monde critiquait toujours tout ? Que feraient les gens s'il n'y avait pas les banques pour protéger leurs économies ou leur accorder des prêts ? Que feraient-ils sans le réseau mondial de distributeurs de billets ? Neal en avait marre qu'on tienne Wall Street pour responsable de toute la misère du monde.

— Notre banque est au service des gens, bordel de merde. C'est notre devise.

Il essaya de déchirer la lanière. Il tira dessus au point de s'entailler le poignet.

— On est des putains de gens serviables. On est là pour aider tous ces connards.

— Oh du calme, dit-elle en riant. On dirait une grenouille dans une chaussette.

Neal arrêta de s'agiter et prit une profonde inspiration. Ce n'est pas en lui hurlant au visage qu'il allait lui prouver sa gratitude.

— Je suis navré. J'ai le cerveau qui surchauffe.

Pour la première fois depuis qu'elle l'avait sauvé, Chlöe eut l'air de compatir.

— Je te propose un truc. Je te vends un chapeau pour un million de dollars et en prime, je te rajoute une petite bouteille d'eau. Qu'est-ce que t'en dis ?

— Vous pensez vraiment que j'ai volé cet argent ? J'ai l'air d'un voleur ?

Elle haussa les épaules. Neal n'avait plus vraiment le choix. Sa peau se désagrégeait. Allait-il s'en remettre ? Se rendre à ses prochains rendez-vous galants avec un chapeau pour cacher son crâne supplicié ?

— Cent mille pour un chapeau et de l'eau.

Elle rit à nouveau.

— Tu vas vraiment négocier le prix ?

— Il est grand comment le chapeau ?

Elle lui montra avec ses mains.

— C'est une casquette. Une casquette de base-ball avec une jolie visière. Rien que ça, ça pourrait valoir deux millions de dollars.

Neal laissa sa tête tomber sur sa poitrine.

— OK, d'accord. Un million de dollars pour la casquette et la bouteille d'eau.

— Tu le regretteras pas, dit-elle en souriant.

Elle revint avec une casquette rose arborant les mots AUTOUR DU MONDE et la vissa sur sa tête.

CHLÖE entra dans la cabine et ouvrit un des sacs de toile. Elle lui avait vendu la casquette et l'eau pour un million de dollars, mais elle préféra prendre un million d'euros. Vu qu'elle ne se rendait pas aux États-Unis, autant opter pour une devise facilement échangeable. Neal ne se rendrait compte de la supercherie que trop tard et alors, que ferait-il ? Elle lui avait sauvé la vie.

Elle sortit des liasses de billets de cent. Chacune représentait dix mille euros. Elle en compta cent et les glissa au fond d'un placard, derrière des boîtes de nouilles instantanées de la marque Fantastic, qui avait gracieusement accepté de la sponsoriser en lui offrant un stock d'une année de nouilles. Elle rangea ses préférées sur le devant, celles au poulet.

Quand ce fut terminé, elle prit une bouteille d'eau de coco dans le frigo. Encore un sponsor. De l'eau de coco récoltée sans que de pauvres animaux n'aient à subir de mauvais traitement. Comme si les autres sociétés ramassaient des noix de coco tombées des arbres pour s'en servir comme armes. Chlöe n'aurait jamais été aussi loin sans ses sponsors. Ils lui avaient donné un avant-goût de la vie qu'elle voulait.

Les sponsors avaient aidé à payer le bateau et les salaires de l'équipe qui la suivait depuis Melbourne. Chlöe s'était imaginé qu'elle vivrait comme une star de cinéma. Si une star avait besoin de nouvelles chaussures, son sponsor lui en livrait une caisse. Idem pour les voitures, les vêtements, le vin, le whiskey et tout ce dont vous aviez besoin. De l'extérieur, tout semblait gratuit, mais personne ne lui avait parlé des responsabilités qui allaient de pair avec un sponsoring. C'était formidable au début, mais ces derniers temps, Chlöe avait l'impression que ce système était une chienlit infernale. Ce serait beaucoup plus marrant d'avoir un bateau plein de fric et de devenir son propre sponsor.

L'ODEUR caractéristique de l'urine lui piqua les narines. Pourquoi l'avait-elle fait pisser dans un seau ? Comment atteindre sa cible avec une main attachée ?

Neal gigota pour que les zones humidifiées de son pantalon ne lui collent pas à la peau. Il n'était pas totalement mécontent d'avoir foutu de la pisse partout. Elle l'avait entravé, elle n'avait qu'à supporter l'odeur. Qu'avait-il fait pour mériter cela ? Il lui avait payé sa casquette un million de dollars. Que demander de plus ?

Il tira sur la lanière en plastique qui le maintenait à la rambarde, puis bougea la main de haut en bas pour essayer de la desserrer, mais plus il s'échinait, plus la colère le gagnait. Il finit par y mettre toutes ses forces en espérant que le plastique, la rambarde ou l'os de son poignet cède. Il s'arrêta lorsqu'il sentit la lanière s'enfoncer profondément dans sa peau. L'air chargé de sel s'infiltra dans sa plaie et le ramena brutalement à la réalité.

Toute résistance est futile. N'était-ce pas ce qu'ils disaient dans *Star Trek* ?

Il vit Chlöe sortir de la cabine. Elle se réveillait de l'une de ses mini-siestes, mais au lieu d'avoir l'air reposée, elle semblait encore plus crevée. Neal se demanda si elle allait s'effondrer de sommeil sur le pont. Elle gardait un opinel dans son short. Il pourrait la faire tomber, s'emparer du couteau et se libérer. Et après ? Il la ligoterait et lui ferait comprendre qu'il était un type bien ?

Chlöe plissa le nez en s'approchant de lui.

— Bon Dieu, ce que tu pues.

— Il suffisait de me laisser utiliser vos toilettes...

Elle remplit le seau et l'aspergea d'eau de mer avant qu'il finisse sa phrase.

— Bordel, pourquoi ? bredouilla Neal.

— Tu ferais mieux de me remercier.

Neal cligna des yeux pour empêcher l'eau de mer de les lui brûler.

— Merci.

Chlöe sourit.

— Le sarcasme est l'ultime refuge des crapules.

— Je ne suis pas une crapule, dit Neal en lui jetant un regard noir.

— Si tu veux mon avis, un homme qui dérive dans l'océan avec autant de fric est forcément une crapule. Peut-être même un pirate. Au moins une fripouille.

Neal fit non de la tête.

— Je vous ai dit que je travaillais pour une banque d'affaires.

— C'est une nouvelle version de la finance offshore ?

Neal sentit son visage rougir sous le coup de la frustration.

— L'une de mes collègues est morte en essayant de récupérer cet argent. Du moins, je crois qu'elle est morte.

En prononçant ces mots, il fut envahi d'une profonde tristesse. Il y avait toutes les chances que Seo-yun soit morte et ça le bouleversait.

— Tu vas vraiment rendre cet argent à ta banque ?

— Il leur appartient.

— Quel gâchis, dit Chlöe.

Neal garda le silence.

— Il y a une récompense ?

— Une récompense pour quoi ? demanda Neal en clignant des yeux.

— Pour t'avoir ramené sur la terre ferme avec l'argent.

— Je ne crois pas.

— Une commission peut-être ? Disons vingt pour cent ?

— Je ne peux pas valider ce genre de choses, dit-il en secouant la tête.

Chlöe le dévisagea un long moment sans rien ajouter.

— C'est vraiment dommage.

À QUEL moment précis l'idée germa dans son cerveau ? Quand elle avait ouvert les sacs pour la première fois ? Quand elle avait compris qu'il n'était pas un trafiquant de drogue ou un criminel international ? Ce type disait sans doute la vérité. Il bossait pour une banque, le genre de banque qui avait fait sombrer l'économie mondiale. Chlöe rit toute seule. Était-elle en train de trouver une justification à ce qu'elle avait en tête ? L'Australie s'était plutôt bien sortie de la crise financière. Elle n'avait pas été affectée personnellement. Et depuis quand les actes d'une société, aussi corrompue soit-elle, justifiaient le meurtre ?

Chlöe alluma la bouilloire. En attendant que l'eau soit chaude, elle ouvrit deux pots de nouilles. Elle aurait préféré volé au secours d'un beau surfeur adepte des grosses vagues, un dieu de l'océan au teint halé, aux cheveux longs et au corps sublime, quelqu'un qu'elle aurait pu baiser jusqu'à oublier sa solitude. Mais non, à la place d'Eddie Aikau ou de John John Florence, elle avait sauvé un comptable gay. Ce genre de truc n'arrivait qu'à elle.

Elle versa l'eau dans les pots de nouilles avant d'en refermer les couvercles, puis se rassit et attendit que la magie opère. La vie de rêve lui tendait les bras. C'était mal, bien entendu, mal à tous les niveaux. Mais si, de façon purement hypothétique, ce type disparaissait en haute mer, personne n'en saurait jamais rien.

Chlöe grimpa sur le pont et tendit l'un des pots de nouilles à Neal.

— Ça sent super bon, dit-il en le prenant de sa main libre.

— Attention, c'est chaud.

— Ce serait plus pratique avec mes deux mains.

Chlöe réfléchit à toutes les réponses qu'elle pouvait lui adresser, mais elle était trop crevée pour en trouver une bonne. Il dût le sentir, car il se mit à se tortiller.

— Je ne me plains pas. Merci de partager votre nourriture avec moi.

— Je ne vais quand même pas te laisser mourir de faim. Ce serait mauvais pour l'image de la marque, dit-elle en désignant la voile où s'étalaient les logos.

Neal aspira bruyamment sa soupe, puis goba une grosse boule de nouilles. Son visage se contorsionna alors qu'il s'efforçait de ne pas se brûler l'intérieur de la bouche. Chlöe l'observait. Une personne normale aurait recraché la soupe chaude, mais un homme affamé était prêt à supporter une brûlure au second degré pour une délicieuse bouchée de nouilles. S'il s'étouffait, elle ne lui prodiguerait sans doute pas les premiers secours. Elle descendrait dans la cambuse et se préparerait une tasse de thé pendant qu'il resterait là à suffoquer.

Chlöe souleva un petit tas de nouilles avec ses baguettes et souffla dessus. C'était peut-être la meilleure solution. Un accident. Il s'étrangle. Il se noie. Il se lave les cheveux, penché au-dessus de l'eau, lorsqu'un grand blanc surgit des profondeurs pour le décapiter.

Chlöe sourit en mâchant ses nouilles. Recycler le banquier en nourriture pour requin était la chose la plus sensée.

Et là, elle sut exactement ce qu'elle allait faire.

— JE crois que je vais repartir de zéro quand je rentrerai à New York.

Chlöe ne semblait pas intéressée, plutôt préoccupée.

— Je veux me trouver quelqu'un.

— C'est bien, dit Chlöe en hochant la tête.

— Vous, vous avez quelqu'un ?

— Quoi ? Tu veux dire, un petit copain ?

— Oui, un compagnon.

— Tu irais passer un an sur l'eau si t'avais quelqu'un dans ta vie ?

Neal admit qu'une personne dans sa situation devait être célibataire. Elle leva les yeux vers le mât, où des banderoles commençaient à s'agiter.

— On dirait qu'il y a du vent, dit Neal.

Elle hocha la tête.

— Selon la météo, on devrait avoir de bonnes conditions cet après-midi.

— Où est-ce que vous m'emmenez ?

— Je ne te ramène pas à New York, dit-elle avec un sourire narquois.

Elle actionna la manivelle pour tendre la voile.

— Et je ne te ramène pas non plus à Grand Cayman.

Neal ne comprenait pas pourquoi elle était de si mauvaise humeur.

— Peu importe. N'importe quel endroit fera l'affaire.

— Tant mieux, parce que je pensais au Suriname.

Neal réalisa qu'il ignorait où se trouvait ce pays.

— C'est où, ça ?

— Entre le Guyana et la Guyane française.

— Ils ont des aéroports là-bas ?

Elle le regarda comme si elle avait affaire au dernier des abrutis.

— De nos jours, je crois bien qu'il y a des aéroports partout.

Neal se dit qu'il devrait prendre un cours de géographie à la New School*. Il était temps de savoir où se trouvaient ces pays. Et si la New School ne proposait pas ce genre d'enseignement, il pourrait pousser la porte d'une librairie spécialisée. Pourquoi ne pas se mettre à voyager ? Bart avait toujours voulu faire l'une de ces croisières réservées aux gays – aux gays nudistes –, mais

* Université privée située à Greenwich Village, réputée pour son enseignement en sciences humaines.

Neal ne s'était jamais senti à la hauteur. Il se trouvait trop pâle et trop bedonnant pour se retrouver nu sur un bateau en compagnie d'une bande de musclors bronzés. Maintenant qu'il y songeait, il se dit qu'il devait y avoir plein d'hommes comme lui. Peut-être était-il temps de se jeter à l'eau.

— Vous avez déjà fait une croisière ?

— Une croisière sur un navire ?

— Ouais. Un de ces navires de luxe.

Chlöe fit non de la tête.

— J'ai entendu dire que c'était super marrant, mais j'ai pas les moyens.

— Je crois que je vais tenter le coup. Je suis sûr que c'est l'endroit idéal pour rencontrer des gens.

Le vent se leva et le bateau se mit à bouger. Chlöe se tourna vers Neal.

— T'as l'air d'avoir désespérément besoin de quelqu'un.

Elle avait probablement raison. Avant qu'il puisse se raviser, il répondit :

— Je me sens seul. Du moins, j'étais seul. Maintenant, je me dis que ça va aller.

— Faut en parler aux journalistes, dit-elle en riant. Ça va faire les gros titres.

Il rit avec elle.

— C'est bizarre, mais je commence à me sentir mieux.

— Tu veux du dessert ?

— Avec plaisir.

Elle bloqua la barre en place avec une lanière, puis disparut dans la cabine. Neal se détendit. Avoir le bras attaché à la rambarde était certes inconfortable, mais ce n'était rien à côté de crever de faim. Il serait bientôt de retour à la maison, il irait manger dans un nouveau resto à la mode. Il prendrait du flétan poché avec des épinards sautés, peut-être même un cocktail, un boulevardier. Après le repas, il rentrerait tranquillement chez lui et s'allongerait sur son canapé. Il ne manquerait pas de place. Tout était possible : le P-DG lui donnerait une prime et il s'offrirait des vacances dignes de ce nom. Une croisière gay nudiste.

Chlöe sortit de la cabine avec deux boissons protéinées et lui en tendit une.

— C'est pas ce que j'ai de meilleur en cuisine, mais ça te donnera de l'énergie.

Neal s'en empara d'une main.

— Merci.

Il grimaça à la première gorgée.

— C'est atroce.

— Ouais, dit Chlöe. Mais c'est plein de protéines et de vitamines. Je les bois cul sec.

Elle porta le sien à ses lèvres et le descendit d'un trait. Neal s'efforça de le boire aussi vite que possible, faisant le serment que c'était le dernier de toute son existence.

Chlöe maintint la barre le temps que la voile se gonfle de vent. Le bateau prenait de la vitesse. Elle était à un peu moins de deux cents kilomètres de la côte du Vénézuela et filait vers le sud-est. Son trajet initial, qui lui imposait des arrêts promotionnels à Rio de Janeiro, São Paulo, Montevideo et Buenos Aires, était sur le point de changer. Elle se tourna vers Neal. Il était inconscient, sa tête se balançait de gauche à droite au rythme de la houle.

Pas étonnant vu qu'elle avait mélangé sept cachets de Vicodin* à sa boisson protéinée. Elle était ravie qu'il ait fini par s'écrouler. S'il avait continué à radoter sur l'état pathétique de sa vie sentimentale, elle l'aurait tabassé à coups de marteau. Heureusement que les médicaments avaient fait effet. Il était sur le point de mourir, mais il ne ressentirait aucune douleur. Ça lui mit un peu de baume au cœur. Chlöe serait une meurtrière pleine d'humanité. Elle se souvint du jour où elle avait dû euthanasier son chien. C'était triste, mais il avait le cancer du chien et il fallait mettre fin à ses souffrances.

Il ne lui était jamais venu à l'idée qu'elle tuerait quelqu'un. Pas sérieusement du moins. Comme tout le monde, elle s'était imaginée atomisant un agresseur sexuel ou dégommant à la hache un des connards sexistes du Melbourne Yacht Club, mais elle n'aurait jamais cru qu'elle se retrouverait un jour dans une situation où l'homicide devenait justifiable. Il ne l'était pas sur le plan juridique, ou même éthique, pourtant, elle s'était convaincue que tout le monde ferait la même chose à sa place. De toute sa vie, elle n'aurait jamais autant d'argent. Peu importe son degré de célébrité ou la fréquence de ses tours du monde. Ils ne la paieraient pas autant pour faire le tour de la lune.

Et puis c'était si facile. Tout le monde penserait que le comptable gay avait sombré avec le reste du navire.

Il était temps. Le soleil se couchait et le vent puissant la porterait loin de cette zone du globe.

Elle s'accroupit à côté de Neal et sortit son opinel. D'un coup sec, elle sectionna la lanière, lui libéra le bras, puis le souleva et l'assit au bord du bateau. Elle ne

* Analgésique qui contient du paracétamol et de l'hydrocodone.

voulait pas en faire tout un plat ou se laisser le temps de changer d'avis. Ce genre d'opportunité ne se présentait qu'une fois. Elle le poussa délicatement et il tomba à la renverse dans l'eau.

Chlöe regretta immédiatement son geste. Elle tourna la barre et abaissa les voiles afin de revenir à l'endroit où elle l'avait largué, mais il n'y avait plus aucun signe de lui. Pas de bulles. Rien. Il avait disparu dans la mer sans laisser de traces.

C'était le crépuscule. Le ciel passait à l'indigo, l'eau virait au noir. Le vent forcissait et les vagues cognaient contre la coque. Il était trop tard pour Neal.

Chlöe s'assit sur le pont et se mit à sangloter.

ORESTES Pérez tira sur la corde. Il avait du mal, mais c'était bon signe. Il y aurait quelque chose dans le piège. Avec un peu de chance, il trouverait des homards ou des crabes, et pas de varech. Son petit bateau se balançait d'avant en arrière à mesure qu'il s'activait. Quand le piège affleura la surface, il s'arrêta et se reposa. Il faisait chaud dehors, il transpirait tellement que la sueur salée lui brûlait les yeux et trempait son débardeur. Et puis il avait faim. Après une soirée à danser au bar, il s'était réveillé sans appétit. Il n'avait bu qu'une tasse de café sucré avant de prendre la mer. Il allait vérifier ses pièges en vitesse et rentrer pour le déjeuner. Ça lui laisserait la fin de la journée pour se reposer dans son hamac.

Par chance, la mer était calme et il put travailler sans trop d'efforts. Il hissa le piège hors de l'eau et en vida le contenu sur le plancher du bateau : cinq gros homards et un crabe adulte. C'était un petit miracle. Il plongea les crustacés dans un seau d'eau de mer, puis remit un appât dans le piège et le renvoya à l'eau. Orestes sourit à pleines dents. Les homards étaient tous de bonne taille. Le chef du restaurant de l'hôtel lui en donnerait un bon prix.

Il y avait d'autres pièges à vérifier, mais il ne voulait pas trop tirer sur la corde. Sans compter que sa gueule de bois commençait à prendre le dessus. Il décida de remettre ça au lendemain.

Alors qu'il plaçait un flotteur au-dessus du piège, il aperçut une bouteille danser à la surface. Elle dériva dans sa direction et vint taper la coque comme si elle demandait à monter à bord. Orestes ne croyait pas aux fantômes, mais il refusait de croire qu'ils n'existaient pas. Il récupéra la bouteille. Pas de vin à l'intérieur, un simple morceau de papier avec quelques mots écrits dessus. Comme il ne lisait pas l'anglais, il ne vit pas que la carte était celle de Neal Nathanson, employé d'une prestigieuse banque d'affaires de Wall Street. La bouteille était en bon état. Le bouchon avait l'air hermétique. Une bonne bouteille de verre se révélait toujours utile.

Orestes la posa à côté du seau de homards et rama vers le rivage. Lorsqu'il arriva aux abords de la plage, il sauta à l'eau et tira le bateau sur le sable.

À sa grande surprise, Yanet était assise à l'ombre d'un cocotier. Elle se leva pour le saluer et lui tendit une noix de coco d'où dépassait une paille. Orestes sourit.

Les yeux de Yanet s'écarquillèrent lorsqu'elle jeta un œil dans le seau.

Orestes tombait facilement amoureux. On lui répétait que ce serait là sa perte. Mais comment résister à Yanet ? Il lui proposa de lui préparer à manger, là sur la plage. Il choisit le plus gros des homards. Il vendrait les autres à l'hôtel.

Il rassembla des morceaux de bois et des brindilles. Il gardait dans son bateau une petite grille en métal pour ce genre de repas. Il la plaça sur le bois. À l'aide d'un des bâtons, il sortit délicatement le papier de la bouteille. Il grata une allumette, le papier prit feu et Orestes s'en servit pour allumer le petit bois.

Alors que le feu prenait, il sortit son couteau et ouvrit le homard en deux sur toute sa longueur. Il dégagea les poumons et les entrailles, puis rinça le crustacé dans la mer et le posa sur la grille en métal pour qu'il cuise.

Orestes et Yanet ignoraient que la carte de visite était la dernière preuve de ce qui était arrivé à Neal Nathanson. Ils ignoraient que, de l'opinion de tous, lui et sa collègue Seo-yun Kim avaient disparu sans laisser de traces. Ils ne s'en souciaient pas. Ils tombaient amoureux.

Poséidon

Le ferry approchait de Skiathos. Cuffy Ebanks se pencha par-dessus la rambarde pour observer l'eau. Ulysse avait navigué sur cette mer, la flotte grecque y avait combattu Xerxès et son armée d'envahisseurs venue de Perse ; pendant des milliers d'années, ces eaux avaient supporté le pire et le meilleur de l'activité humaine et pourtant, elles demeuraient immaculées, d'un bleu cristallin, homérique. Les terres avaient connu le même sort, mais l'histoire y avait laissé des ruines et des friches en guise de cicatrices. Cuffy respectait le pouvoir de l'océan. Il lui avait témoigné de la bonté, il lui avait sauvé la vie. Maintenant qu'il se trouvait dans le jardin de Poséidon, il était envahi d'un puissant sentiment mêlant amertume et euphorie.

Un oiseau descendit en piquée au-dessus de sa tête. Cuffy leva les yeux et aperçut la ville : un amoncellement de cubes blancs aux toits orange alignés le long d'une plage formant un croissant parfait.

Dès que la passerelle fut en place, Cuffy débarqua en compagnie des autres touristes. Il déambula sur le front de mer, devant une ribambelle de restaurants et de cafés. Il s'arrêta au niveau d'un kiosque proposant des visites guidées des lieux où le film *Mamma Mia !* avait été tourné. Cuffy ne l'avait pas vu, mais il savait qu'il était inspiré des chansons du groupe palindromique ABBA. N'était-ce pas étrange qu'un groupe de pop suédoise stimule l'économie d'une petite île grecque ? Était-ce là cette fameuse mondialisation dont tout le monde parlait ?

La ville était superbe. Comme sur les îles grecques qu'il avait visitées, l'endroit regorgeait de petits escaliers et de sentiers tortueux. Ils semblaient avoir été peints en blanc pour faire croire à un dallage en trompe-l'œil. Allez savoir pourquoi.

Cuffy entra dans un café et s'assit à une table. Contrairement aux autres touristes, il ne vérifia pas l'état du wi-fi. Il n'avait pas d'e-mail, pas de profils sur les réseaux sociaux, aucune présence sur la toile. Il n'était pas non plus devenu antitechnologie, il utilisait un smartphone pour chercher des informations, réserver ses chambres d'hôtel et ses billets d'avion.

Il avait envie d'un expresso, mais commanda une Fix. Il trouvait le nom idéal pour une bière, à tel point qu'il la but avant le déjeuner. Peut-être se pliait-il simplement aux coutumes locales. La bière du matin devait être typique de Skiathos, l'île que les guides considéraient comme "la plus cosmopolite des Sporades".

Cuffy avait deux heures à tuer avant de se présenter à l'hôtel. Une fois sa bière terminée, il en commanda une autre, puis une troisième pour accompagner son poulpe grillé et sa salade grecque. Il avait mis deux ans à arriver jusqu'ici, mais il n'était toujours pas certain d'être sur la bonne piste. Ce ne serait pas la première fois qu'il se retrouverait au fond d'un cul-de-sac.

Cuffy n'eut aucun mal à localiser l'hôtel. Il remonta des escaliers tortueux jusqu'au sommet de la ville en suivant de jolies pancartes qui annonçaient HÔTEL THALIA en lettres helléniques. Les boutiques touristiques proposant T-shirts et huiles d'olive étaient regroupées aux abords du port. Plus il escaladait la colline, plus l'ambiance devenait résidentielle. Ici, les petits cafés, les primeurs, les boulangeries, les librairies et les réparateurs de scooters se mêlaient aux maisons et aux appartements. Le quartier avait beaucoup de charme.

Le Thalia était un de ces hôtels chics : un immeuble ancien rénové dans un style moderne désormais équipé d'une piscine et d'un bar à cocktails. L'établissement avait ouvert récemment, c'était le second hôtel de l'île à qui on avait décerné quatre étoiles.

Lorsqu'il pénétra dans le hall, une femme bronzée à l'allure sportive et à l'accent australien l'accueillit à la réception.

— Vous avez une réservation ?

— Oui.

Il lui remit son passeport. Elle y jeta un œil et se mit à tapoter sur son iPad.

— Monsieur Ebanks. Parfait. Vous avez réservé pour trois nuits.

— Tout à fait.

Elle regarda de nouveau le passeport, puis Cuffy.

— Vous êtes anglais ? Vous n'avez pas d'accent.

— Je viens des îles Caïmans. Nous faisons partie du Commonwealth, donc on a droit aux passeports britanniques.

Leurs regards se croisèrent lorsqu'elle lui rendit son passeport.

— Vous êtes la navigatrice ? demanda Cuffy en souriant. Vous avez fait le tour du monde en solitaire ?

Elle hocha la tête.

— J'ai aucune envie de recommencer.

— Ça a dû être une sacrée aventure.

La chambre était jolie, austère mais étonnamment confortable, avec un style élégant et minimaliste. Cuffy se réjouit de découvrir une machine à écrire des années 1960 à côté de la cafetière Nespresso.

Il posa son sac à dos sur une chaise et marcha jusqu'à la fenêtre. La chambre offrait une vue magnifique sur la baie et les petites îles qui s'égrainaient au loin. C'était sublime. Même avec la crise économique, la propriété avait dû couter cher.

Il s'assit sur le lit et lut la brochure prise à la réception. L'hôtel Thalia avait ouvert il y a six mois après une rénovation dont le montant s'élevait à plusieurs millions de dollars. Le texte ne mentionnait pas la célèbre navigatrice qui en était propriétaire. Peut-être voulait-elle qu'on la laisse tranquille. Il avait remarqué son air tourmenté. Elle avait le regard de quelqu'un qui ne dormait pas la nuit. Quelqu'un en proie à la culpabilité, à la douleur et au regret. Elle avait les yeux d'une meurtrière. Les yeux qu'il voyait tous les matins dans la glace.

Chlöe adorait son hôtel. Il était à la hauteur de ses attentes. Sauf qu'au lieu de se trouver à Melbourne, proche de sa famille et de ses amis, il était en Grèce. Elle aurait pu le faire construire chez elle, mais elle ne se sentait pas bien en Australie. Elle n'aimait pas la personne qu'elle était : cette navigatrice qui avait fait le tour du monde et que les autres femmes prenaient en exemple.

Elle en avait marre de mentir sur la manière dont elle avait obtenu l'argent.

En toute honnêteté, elle ne s'aimait pas.

Au début, c'étaient des sautes d'humeur, puis ce furent des attaques de panique, le genre qui donne l'impression de mourir : son cœur battait à tout rompre, elle était parcourue de sueurs froides et ses glandes surrénales passaient en surrégime. Elle avait consulté un médecin, mais il l'avait trouvée en parfaite santé. Elle avait essayé de parler à un psychiatre, mais, sans révéler son terrible secret, ça ne servait pas à grand-chose. Elle avait une ordonnance pour des antidépresseurs qui la mettaient dans un état bizarre. La meilleure solution était encore de s'enfiler des cocktails ou des bouteilles de vin. Les gens disaient qu'il ne fallait pas se soigner soi-même. Ces gens n'avaient qu'à aller se faire voir ailleurs. Mieux valait se taper une gueule de bois ou virer un mec de son lit que vivre dans un brouillard médicamenteux.

Elle avait essayé de se confesser à un prêtre, mais lorsque vint le moment crucial, elle fut incapable de soulager son âme. Il y eut bien quelques tentatives désintéressées de se faire pardonner. Pendant un temps, elle fut ambassadrice de la Indigenous Literacy Foundation*. Elle fit des discours et serra des mains afin de financer l'instruction des populations aborigènes oubliées. Elle fut bénévole dans les foyers pour les sans-abri et donna des cours de voile aux enfants déshérités. Et lorsque tout ce travail caritatif commença à lui donner l'impression d'être un imposteur, elle se rendit au Népal pour qu'un moine bouddhiste lui apprenne la méditation. La méditation ne résolut pas son problème. Elle avait l'esprit

* Fondation pour l'alphabétisation des indigènes.

tourmenté, elle ne tenait pas en place, alors elle se mit à errer. Ses proches pensèrent qu'elle avait la bougeotte, ce virus qui vous fait passer de ville en ville, de la montagne au bord de la mer. Au bout d'un moment, elle fut gagnée par le fatalisme. Elle optait pour les moyens de transport les plus dangereux, espérant que sa moto s'écrase, que son ferry coule ou que son car tombe dans un ravin.

Elle découvrit Skiathos au cours de ses voyages. C'était un endroit magnifique et tranquille. Mieux encore : ici, personne ne la connaissait, tout le monde se foutait de ses exploits. Elle pouvait repartir de zéro, devenir quelqu'un de bien. Quoi que ça puisse vouloir dire.

Et c'est ce qu'elle fit.

Il avait passé la journée à paresser, à lire et à se balader en ville. Chaque fois qu'il revenait, elle était au travail. Comment l'approcher ? Comment briser la glace ? Elle ne voudrait sans doute pas en parler. Qu'avait-elle à y gagner ? Lorsque le soleil commença à s'estomper, elle échangea quelques mots avec l'employé de nuit, puis s'empara de son sac et quitta l'hôtel.

Il la suivit.

Il resta sur ses talons alors qu'elle passait le coin de la rue, grimpait de petits escaliers, tournait à droite, remontait une autre volée de marches, puis obliquait à gauche. Elle disparut dans une minuscule église nichée entre deux immeubles d'habitation. L'église était toute petite, juste assez grande pour accueillir cinq personnes ;

les murs avaient été récemment blanchis à la chaux, les portes et les contours des fenêtres, repeints en bleu. Cuffy l'observa alors qu'elle allumait un cierge et inclinait la tête pour prier. Comme il ne voulait pas qu'elle l'aperçoive en sortant, il marcha jusqu'au bout de l'allée, où un chat blanc se prélassait dans les derniers rayons du soleil couchant. Il lui gratouilla la tête et le félin se mit à ronronner.

Cuffy l'entendit descendre les marches et reprit sa filature. Elle avançait plus vite désormais, car la rue plongeait en dents de scie le long d'allées et de sentiers qui se faufilaient entre les maisons. Il essaya de tenir le rythme, mais la perdit de vue. Il piqua un sprint et l'aperçut alors qu'elle disparaissait en bas d'une autre volée de marches.

Il la retrouva sur la terrasse d'une petite taverne dont la pancarte indiquait TAVERNA MESOGIA. Elle était assise seule à une table pour deux. Il s'efforça de prendre un air détendu et s'avança vers elle d'un pas nonchalant.

— Salut. On mange bien ici ?

Elle leva les yeux vers lui.

— Monsieur Ebanks. Oui, la cuisine est excellente. C'est le meilleur resto de l'île.

Cuffy hésita.

— Ça vous dérange si je me joins à vous ?

Elle parut étonnée par sa proposition.

— Euh, eh bien… pourquoi pas.

Cuffy tira une chaise et prit place face à elle.

La taverne débordait dans l'allée, comme si cette dernière n'était qu'une extension du restaurant. Une guirlande de lumières enchevêtrée dans la vigne vierge s'alluma et un jeune serveur arriva avec un pichet en métal rouge rempli de vin blanc. Il le posa lourdement sur la nappe à carreaux bleus.

Elle leur servit chacun un verre. Cuffy s'empara du sien.

— À la vôtre.

Elle lui sourit et trinqua.

— *Yamas.*

Cuffy but une gorgée. Le vin était exquis.

— C'est délicieux. Ça vient d'ici ?

— Je crois qu'ils le font venir de Santorin, répondit-elle.

Le serveur revint prendre leur commande. Cuffy haussa les épaules.

— C'est vous qui connaissez, ça vous dérange de commander pour moi ? Je vous fais totalement confiance.

— Personne ne le sait, dit-elle en souriant, mais c'est l'un des meilleurs restaurants au monde. Ils font tout cuire au charbon de bois.

Dans son sourire, Cuffy crut discerner un tic nerveux révélateur de son subconscient. Il était venu sur l'île pour lui poser une question, mais il ne savait pas comment s'y prendre ni comment elle réagirait. Il prit une longue gorgée de vin et la laissa commander une quantité de nourriture bien trop importante pour eux deux.

— Vous devez avoir faim ?

— Pas vous ?

Ce fut un défilé ininterrompu de nourriture : une salade grecque, du poulpe bouilli au vinaigre, des dolmas, de gros haricots mijotés à la sauce tomate, des croquettes de courgettes frites, des aubergines sous diverses formes, du saganáki, du calamar grillé, de l'agneau au citron. Tout ce qu'il mit dans sa bouche avait un goût extraordinaire, plus sensuel et festif que ce qu'il avait mangé auparavant. Et le vin coulait à flots. Dès qu'ils venaient à bout d'un pichet, un autre prenait sa place.

Cuffy se sentait rassasié. Ils étaient pleins de vin et de nourriture. L'appréhension qui l'habitait s'était évanouie. Un autre pichet se matérialisa devant eux et elle remplit leurs verres.

— Merci.

— Merci pour la compagnie.

Leurs regards se croisèrent. Cuffy réalisa que c'était sans doute le meilleur – et le seul – moment pour lui poser la question qui le hantait depuis deux ans.

— J'espère que je ne suis pas trop direct, mais il y a quelque chose que je veux te demander.

— Une question indiscrète ?

— Oui, dit-il en hochant la tête.

— Tant que tu me parles pas de navigation.

Il lui rendit son sourire.

— Je sais que ça va te paraître étrange, même très étrange, mais j'ai vraiment besoin de savoir.

— OK, dit-elle, l'air un peu inquiète.

— Je ne te juge pas du tout, j'ai juste besoin d'un conseil.

Il prit une gorgée de vin.

— Comment t'arrives à vivre ?

Elle cligna des yeux.

— Je ne suis pas sûre de comprendre.

— Je croyais que l'argent avait coulé. Plus de voilier, plus d'argent. Tout le monde est mort. Puis, je me suis dit que quelqu'un s'en était peut-être tiré. Alors j'ai regardé s'il y avait des bateaux dans les environs à ce moment-là. Les archives maritimes sont souvent incomplètes, mais toi, t'étais dans le secteur.

Elle hésita quelques instant avant de répondre.

— L'océan est vaste.

Elle avait l'air troublée, peut-être au point de s'en aller.

— Je ne suis pas de la police, dit-il pour la rassurer. Je ne veux pas récupérer l'argent. Je ne vais pas t'attirer d'ennuis.

Il marqua une pause.

— Tu n'es pas obligée de dire quoi que ce soit. Je suis déjà au courant.

Elle jeta un coup d'œil derrière son épaule, comme pour s'assurer qu'ils étaient bien seuls.

— Tu es au courant de quoi ?

— La majorité des gens auraient fait comme toi.

Elle parut se reconnaître dans cette affirmation.

— Comment tu peux le savoir ?

— Tué ou être tué, dit-il en la regardant dans les yeux. C'est ce que je pense, en tout cas.

Elle poussa un soupir et baissa la tête.

— J'en ai tellement marre de tout ça.

— Je veux juste comprendre ce qui s'est passé. Histoire de boucler la boucle.

Elle retint ses larmes. Il vit son visage changer lorsqu'elle comprit.

— C'est toi qui as volé l'argent.

— Oui.

Elle prit une profonde inspiration.

— Neal m'a dit que t'avais été tué d'un coup de harpon.

À la mention de l'arme, Cuffy se toucha l'épaule.

— J'ai fini par m'échouer quelque part.

Elle leva son verre et en but une gorgée.

— J'imagine que ça a dû être rock and roll.

Il ne répondit pas. En effet, ça avait été plutôt rock and roll. Mais il n'était pas au bout de ses peines.

— Neal était encore en vie ? finit-il par demander.

Des larmes jaillirent de ses yeux. Cuffy lui tendit sa serviette.

— T'es pas obligée de répondre.

Elle se moucha et essaya de se reprendre.

— T'as fait de belles choses avec l'argent. L'hôtel est vraiment joli.

— Merci, répondit-elle. Considère-le comme ton deuxième chez-toi. Reste autant que tu veux. C'est gratuit.

— Ce serait pas un peu bizarre ?

Elle haussa les épaules.

— Qu'est-ce que ça peut foutre ? J'aurais jamais cru dire ça un jour, mais je suis heureuse de parler de ça à quelqu'un. C'est un putain de fardeau.

— Je sais.

Un autre pichet de vin apparut sur la table. Elle se pencha et parla doucement.

— On est censé faire quoi quand on a tué quelqu'un ?

— J'aimerais le savoir.

— Je prie. Tous les jours.

— Et tu te sens mieux ?

Elle secoua la tête.

— Je me sens toujours mal quand je sors de l'église.

— J'évite toute forme de spiritualité, dit-il en remplissant leurs verres. Quand les gens comme nous choisissent cette voie, ça finit mal.

Son visage s'empourpra, ses lèvres se mirent à trembler.

— Putain, finit-elle par dire.

Ils restèrent assis en silence à boire le délicieux vin blanc de Santorin. L'air de l'océan remontait de l'allée et se mélangeait aux bruits des conversations et aux parfums de nourriture. Tout autour, le monde débordait de vie. Là où il se trouvait, dans cette allée, Cuffy sentit qu'il faisait partie intégrante de l'histoire, du pouls de l'humanité. Pour la première fois de sa vie, il n'était pas coupé des autres.

— Je comprends pourquoi tu aimes cet endroit.

Un groupe de touristes passa à côté d'eux. Des petites cartes plastifiées données par leur bateau de croisière pendaient à des cordelettes autour de leurs cous.

Chlöe essuya la morve qui lui coulait du nez.

— J'arrive pas à croire que j'aie fait ça... Putain de fric.

Il lui tendit une autre serviette.

— C'est le truc, hein ? On se dit toujours qu'avec quelques millions de dollars, tout sera génial et puis... quand tu as finalement l'argent...

— La vie est merdique.

Il n'arrivait pas à savoir si elle était triste de revivre tout ça ou soulagée d'en parler à quelqu'un qui comprenait. En tout cas, le fait de la voir pleurer lui fit monter les larmes aux yeux. Ils se mirent à sangloter de conserve. La vie était merdique et la vie était magnifique. Ils étaient hantés par les morts. Tout comme ces rues, cette île, et pourtant, elles regorgeaient de vie. Cuffy songea à ses parents, à la manière dont les gens portent les morts en eux, dont ces mêmes morts nourrissent leur fureur de vivre. Pour la première fois depuis longtemps, il se sentit en sécurité, lié au passé, tourné vers l'avenir, heureux du moment présent.

Il leva son verre.

— La vie est merdique, mais la vie est magnifique.

Remerciements

JE suis profondément reconnaissant envers mon éditrice, Corinna Barsan, pour son intelligence, son enthousiasme, sa générosité et son sens de l'humour.

Big up et gratitude éternelle à toute l'équipe de Grove Atlantic : capitaine Morgan Entrekin, Judy Hottenson, Deb Seager, Justina Batchelor, Zachary Pace, Allison Malecha, Gretchen Mergenthaler et Julia Berner-Tobin. Merci à Nancy Tan et à Susan Gamer pour leur relecture. Bart Heideman chez Uncanny Design et Martin Rusch pour la photo. Merci également à Mary Evans, Julia Kardon et Brian Lipson pour s'occuper si bien de mes affaires.

Un remerciement tout particulier à Indy Flore, Jamison Stoltz, JoAnn Chaney, Liska Jacobs, David L. Ulin, Diana Faust et Olivia Taylor Smith pour leurs commentaires avisés sur mon travail, ainsi qu'à Mara Amster, Laura Grey-Street et Gary Dop au Randolph College pour m'avoir donné un endroit où écrire.

Salutations à mes amis et à ma famille qui m'encouragent de bien des manières : Tod Goldberg, Agam Patel, Bruce et Cynthia Faust, Jim Peterson, Katie et Amy à la Society of the Spectacle, Alex Wolff, Norman B et Jules Haskell Smith.

Pour l'édition française : merci à François Guérif, Oliver Gallmeister, Benjamin et Julien Guérif, Élisabeth Violleau, Laurent Chalumeau, Philippe Manche, Fabienne Reichenbach, Laure Lege et Sébastien Wespiser.

TABLE

190 Mark Haskell Smith, *Coup de vent*
189 Trevanian, *L'Été de Katya*
188 Chris Offutt, *Sortis des bois*
187 Todd Robinson, *Une affaire d'hommes*
186 Joe Wilkins, *Ces montagnes à jamais*
185 James Oliver Curwood, *Grizzly*
184 Peter Farris, *Les Mangeurs d'argile*
183 David Vann, *Un poisson sur la Lune*
182 Mary Relindes Ellis, *Le Guerrier Tortue*
181 Pete Fromm, *La Vie en chantier*
180 James Carlos Blake, *Handsome Harry*
179 Walter Tevis, *Le Jeu de la dame*
178 Wallace Stegner, *Lettres pour le monde sauvage*
177 Peter Swanson, *Vis-à-vis*
176 Boston Teran, *Méfiez-vous des morts*
175 Glendon Swarthout, *Homesman*
174 Ross Macdonald, *Le Corbillard zébré*
173 Walter Tevis, *L'Oiseau moqueur*
172 John Gierach, *Une journée pourrie au paradis des truites*
171 James Crumley, *La Danse de l'ours*
170 John Haines, *Les étoiles, la neige, le feu*
169 Jake Hinkson, *Au nom du Bien*
168 James McBride, *La Couleur de l'eau*
167 Larry Brown, *Affronter l'orage*
166 Louisa May Alcott, *Les Quatre Filles du docteur March*
165 Chris Offutt, *Nuits Appalaches*
164 Edgar Allan Poe, *Le Sphinx et autres histoires*
163 Keith McCafferty, *Les Morts de Bear Creek*
162 Jamey Bradbury, *Sauvage*
161 S. Craig Zahler, *Les Spectres de la terre brisée*
160 Margaret Mitchell, *Autant en emporte le vent*, vol. 2
159 Margaret Mitchell, *Autant en emporte le vent*, vol. 1
158 Peter Farris, *Dernier appel pour les vivants*
157 Julia Glass, *Une maison parmi les arbres*
156 Jim Lynch, *Le Chant de la frontière*
155 Edward Abbey, *Le Feu sur la montagne*

154 Pete Fromm, *Comment tout a commencé*
153 Charles Williams, *Calme plat*
152 Bob Shacochis, *Sur les eaux du volcan*
151 Benjamin Whitmer, *Évasion*
150 Glendon Swarthout, *11 h 14*
149 Kathleen Dean Moore, *Petit traité de philosophie naturelle*
148 David Vann, *Le Bleu au-delà*
147 Stephen Crane, *L'Insigne rouge du courage*
146 James Crumley, *Le Dernier Baiser*
145 James McBride, *Mets le feu et tire-toi*
144 Larry Brown, *L'Usine à lapins*
143 Gabriel Tallent, *My Absolute Darling*
142 James Fenimore Cooper, *La Prairie*
141 Alan Tennant, *En vol*
140 Larry McMurtry, *Lune comanche*
139 William Boyle, *Le Témoin solitaire*
138 Wallace Stegner, *Le Goût sucré des pommes sauvages*
137 James Carlos Blake, *Crépuscule sanglant*
136 Edgar Allan Poe, *Le Chat noir et autres histoires*
135 Keith McCafferty, *Meurtres sur la Madison*
134 Emily Ruskovich, *Idaho*
133 Matthew McBride, *Frank Sinatra dans un mixeur*
132 Boston Teran, *Satan dans le désert*
131 Ross Macdonald, *Le Cas Wycherly*
130 Jim Lynch, *Face au vent*
129 Pete Fromm, *Mon désir le plus ardent*
128 Bruce Holbert, *L'Heure de plomb*
127 Peter Farris, *Le Diable en personne*
126 Joe Flanagan, *Un moindre mal*
125 Julia Glass, *La Nuit des lucioles*
124 Trevanian, *Incident à Twenty-Mile*
123 Thomas Savage, *Le Pouvoir du chien*
122 Lance Weller, *Les Marches de l'Amérique*
121 David Vann, *L'Obscure Clarté de l'air*
120 Emily Fridlund, *Une histoire des loups*
119 Jake Hinkson, *Sans lendemain*
118 James Crumley, *Fausse piste*
117 John Gierach, *Sexe, mort et pêche à la mouche*
116 Charles Williams, *Hot Spot*

115	Benjamin Whitmer, *Cry Father*
114	Wallace Stegner, *Une journée d'automne*
113	William Boyle, *Tout est brisé*
112	James Fenimore Cooper, *Les Pionniers*
111	S. Craig Zahler, *Une assemblée de chacals*
110	Edward Abbey, *Désert solitaire*
109	Henry Bromell, *Little America*
108	Tom Robbins, *Une bien étrange attraction*
107	Christa Faust, *Money Shot*
106	Jean Hegland, *Dans la forêt*
105	Ross Macdonald, *L'Affaire Galton*
104	Chris Offutt, *Kentucky Straight*
103	Ellen Urbani, *Landfall*
102	Edgar Allan Poe, *La Chute de la maison Usher et autres histoires*
101	Pete Fromm, *Le Nom des étoiles*
100	David Vann, *Aquarium*
99	*Nous le peuple*
98	Jon Bassoff, *Corrosion*
97	Phil Klay, *Fin de mission*
96	Ned Crabb, *Meurtres à Willow Pond*
95	Larry Brown, *Sale boulot*
94	Katherine Dunn, *Amour monstre*
93	Jim Lynch, *Les Grandes Marées*
92	Alex Taylor, *Le Verger de marbre*
91	Edward Abbey, *Le Retour du gang*
90	S. Craig Zahler, *Exécutions à Victory*
89	Bob Shacochis, *La femme qui avait perdu son âme*
88	David Vann, *Goat Mountain*
87	Charles Williams, *Le Bikini de diamants*
86	Wallace Stegner, *En lieu sûr*
85	Jake Hinkson, *L'Enfer de Church Street*
84	James Fenimore Cooper, *Le Dernier des Mohicans*
83	Larry McMurtry, *La Marche du mort*
82	Aaron Gwyn, *La Quête de Wynne*
83	Larry McMurtry, *La Marche du mort*
82	Aaron Gwyn, *La Quête de Wynne*
81	James McBride, *L'Oiseau du Bon Dieu*
80	Trevanian, *The Main*
79	Henry David Thoreau, *La Désobéissance civile*

78 Henry David Thoreau, *Walden*
77 James M. Cain, *Assurance sur la mort*
76 Tom Robbins, *Nature morte avec Pivert*
75 Todd Robinson, *Cassandra*
74 Pete Fromm, *Lucy in the Sky*
73 Glendon Swarthout, *Bénis soient les enfants et les bêtes*
72 Benjamin Whitmer, *Pike*
71 Larry Brown, *Fay*
70 John Gierach, *Traité du zen et de l'art de la pêche à la mouche*
69 Edward Abbey, *Le Gang de la clef à molette*
68 David Vann, *Impurs*
67 Bruce Holbert, *Animaux solitaires*
66 Kurt Vonnegut, *Nuit mère*
65 Trevanian, *Shibumi*
64 Chris Offutt, *Le Bon Frère*
63 Tobias Wolff, *Un voleur parmi nous*
62 Wallace Stegner, *La Montagne en sucre*
61 Kim Zupan, *Les Arpenteurs*
60 Samuel W. Gailey, *Deep Winter*
59 Bob Shacochis, *Au bonheur des îles*
58 William March, *Compagnie K*
57 Larry Brown, *Père et Fils*
56 Ross Macdonald, *Les Oiseaux de malheur*
55 Ayana Mathis, *Les Douze Tribus d'Hattie*
54 James McBride, *Miracle à Santa Anna*
53 Dorothy Johnson, *La Colline des potences*
52 James Dickey, *Délivrance*
51 Eve Babitz, *Jours tranquilles, brèves rencontres*
50 Tom Robbins, *Un parfum de jitterbug*
49 Tim O'Brien, *Au lac des Bois*
48 William Tapply, *Dark Tiger*
46 Mark Spragg, *Là où les rivières se séparent*
45 Ross Macdonald, *La Côte barbare*
44 David Vann, *Dernier jour sur terre*
43 Tobias Wolff, *Dans le jardin des martyrs nord-américains*
42 Ross Macdonald, *Trouver une victime*
41 Tom Robbins, *Comme la grenouille sur son nénuphar*
40 Howard Fast, *La Dernière Frontière*
39 Kurt Vonnegut, *Le Petit Déjeuner des champions*

38 Kurt Vonnegut, *Dieu vous bénisse, monsieur Rosewater*
37 Larry Brown, *Joe*
36 Craig Johnson, *Enfants de poussière*
35 William G. Tapply, *Casco Bay*
34 Lance Weller, *Wilderness*
33 Trevanian, *L'Expert*
32 Bruce Machart, *Le Sillage de l'oubli*
31 Ross Macdonald, *Le Sourire d'ivoire*
30 David Morrell, *Rambo*
29 Ross Macdonald, *À chacun sa mort*
28 Rick Bass, *Le Livre de Yaak*
27 Dorothy M. Johnson, *Contrée indienne*
26 Craig Johnson, *L'Indien blanc*
25 David Vann, *Désolations*
24 Tom Robbins, *B comme Bière*
23 Glendon Swarthout, *Le Tireur*
22 Mark Spragg, *Une vie inachevée*
21 Ron Carlson, *Le Signal*
20 William G. Tapply, *Dérive sanglante*
19 Ross Macdonald, *Noyade en eau douce*
18 Ross Macdonald, *Cible mouvante*
17 Doug Peacock, *Mes années grizzly*
15 Tom Robbins, *Féroces infirmes retour des pays chauds*
14 Larry McMurtry, *Texasville*
13 Larry McMurtry, *La Dernière Séance*
12 David Vann, *Sukkwan Island*
11 Tim O'Brien, *Les Choses qu'ils emportaient*
10 Howard McCord, *L'Homme qui marchait sur la Lune*
8 Larry McMurtry, *Lonesome Dove*, épisode II
7 Larry McMurtry, *Lonesome Dove*, épisode I
6 Rick Bass, *Les Derniers Grizzlys*
5 Jim Tenuto, *La Rivière de sang*
4 Tom Robbins, *Même les cow-girls ont du vague à l'âme*
3 Trevanian, *La Sanction*
2 Pete Fromm, *Indian Creek*
1 Larry Watson, *Montana 1948*

Retrouvez l'ensemble de notre catalogue sur
www.gallmeister.fr

CET OUVRAGE A ÉTÉ COMPOSÉ PAR
ATLANT'COMMUNICATION
AU BERNARD (VENDÉE).

ACHEVÉ D'IMPRIMER EN MAI 2021 SUR LES PRESSES
DE NORMANDIE ROTO IMPRESSION S.A.S., 61250 LONRAI
POUR LE COMPTE DES ÉDITIONS GALLMEISTER
13, RUE DE NESLE, 75006 PARIS

IMPRIMÉ EN FRANCE

DÉPÔT LÉGAL : JUIN 2021
N° D'IMPRESSION : 2102040